庫

敗戦後論

加藤典洋

筑摩書房

目次

敗戦後論 009

I 戦後の起源 012

1 極東の敗戦国にて 012

2 湾岸戦争関連文献 017

3 原点の汚れ 021

II ねじれと隠蔽 029

1 初期の挿話 029

2 『世界』の宮廷革命 036

3 「戦後文学」vs「無頼派」 043

III 分裂の諸相 051

1 ジキル氏とハイド氏 051

2　二様の死者　059

Ⅳ　よごれ――大岡昇平を想起する　070

1　一九六一年の転換　070
2　よごれしょぼたれた日の丸　078
3　一九七一年の選択　092

戦後後論　105

はじめに　108

Ⅰ　太宰治と戦後　123

1　政治と文学　123
2　芸術的抵抗への抵抗　131
3　坂口・石川vs太宰　138
4　「薄明」　150

Ⅱ　文学とは何か　158
1　思想としての文学　158
2　誤りうるものの意味の根源　169
3　盲目と全円　181
4　「内在」と「超越」　187
Ⅲ　戦後以後　195
1　「ノン・モラル」の感触　195
2　太宰 vs J・D・サリンジャー　208
3　意識と、身体的なもの　217
4　正しいことと誤りうること　225
5　不可疑性と可誤性　231
語り口の問題　243
1　ハンナ・アーレント　244

2　素描――戦後の歪み　249
3　『イェルサレムのアイヒマン』　254
4　共同性と公共性――ショーレムとアーレントの論争　260
5　「語り口」とは何か　272
6　私の領域　281
7　共同性を破るもの　291

注　301

あとがき　336
ちくま文庫版あとがき　351
ちくま学芸文庫版によせて　355
ちくま文庫版解説　卑しい街の騎士（内田 樹）　361
ちくま学芸文庫版解説　一九九五年という時代と「敗戦後論」（伊東祐吏）　372

敗戦後論

敗戦後論

きみは悪から善をつくるべきだ
それ以外に方法がないのだから。
（ロバート・P・ウォーレン――『ストーカー』題辞）

＊

はじめに一つのお話をしておきたい。たしか小学校の二年生くらいの頃のこと、山形市から新庄市に転校した。転校してからしばらくして（一年ほどたっていたかも知れない）、遠足があった。市のはずれにある、たしか大沼といったか、山に向かった。ところで、そこでわたし達は別の小学校の遠足の集団と出くわすことになった。両校から代表者（番長）が出て、相撲を取ることになった。わたし達は土俵を作った。回りを取り囲み、互いにはやしたてる中で勝負がはじまった。

相撲はどうだったか、もう覚えていない。覚えているのは、こういうことである。

わたし達の学校の代表が土俵際につめられ、踏ん張り、こらえきれずに腰を落とした、と、うまい具合に足が相手の腹にかかり、それが巴投げになった。そのとたんに、何が起こったか。わたし達の学校の生徒が一斉に拍手してはやし立てた。一瞬のできごとだった。相撲は柔道に代わったのである。

その勝負の結果がどういうものだったかも、わたしは忘れている。何しろ、小学校を五回変わっている。記憶がはっきりしないのだ。でも、一瞬、あっと思い、次の瞬間他の生徒と一緒に拍手した、その時の後ろめたさを忘れられない。その後、しばしばわたしはこの場面のことを思い出すことになった、「あれだ」、と。

一九四五年八月十五日。わたしはその時生まれていないが、後で、勉強してやはり思った、「あれだ」、と。

そういうことがよくある。最近そういうことが少なくなった、ということもない。以下を記すに先立ち、この戦後の思い出を、何かの心覚えに書きつけておく。

I　戦後の起源

1　極東の敗戦国にて

日本が先の戦争に敗れて半世紀がたとうとしている。半世紀といえば、けっして短い期間ではない。まだ、「戦後五十年」などといっているのか、という声が聞こえそうでもあるが、このように、敗戦後何年、という呼び名がいまにいたるまで生きていることに、意味があるかといえば、わたしはこのことには、意味があると思う。

これはよくいわれることだが、戦後という時間は敗戦国によってこそ濃密に生きられる。米国でいま、戦後といえばヴェトナム戦争以後であり、ヴェトナム戦争はかの国にとっての有史以来はじめての負けいくさだった。

負けいくさが、それ以前とは違う時間を負けた国にもたらすのは、それをきっかけにその国が、いわばぎくしゃくした、ねじれた生き方を強いられるからである。

ヴェトナム戦争の傷は、一つにはその戦争が「正義」を標榜したにもかかわらず、「義」

のない戦争であったことからきている。日本における先の戦争、第二次世界大戦も、「義」のない戦争、侵略戦争だった。そのため、国と国民のためにと死んだ兵士たちの「死」、――「自由」のため、「アジア解放」のためとそのおり教えられた「義」を信じて戦場に向かった兵士の死――は、無意味となる。そしてそのことによってわたし達のものとなる「ねじれ」は、いまもわたし達に残るのである。

日本の戦後という時間が、いまなお持続しているもう一つの理由は、いうまでもなく、日本が他国にたいして行ったさまざまな侵略的行為の責任を、とらず、そのことをめぐり謝罪を行っていないからである。

電通、博報堂的な感覚からいえば、まだ「戦後」か、ということになるが、呼称をいくら目新しいものに変えても、この異質な時間が半世紀をへてなお、わたし達を包んでいることの責任の一半は、わたし達にある。

わたしはここでは、このうち、戦後という時間をいまなお生きながらえさせている前者、「ねじれ」の側面について考える。戦後とは何か。それはすべてのものがあべこべになった、「さかさまの世界」である。そして、それが誰の眼にも「さかさま」には見えなくなった頃から、わたし達はそれを、「戦後」と呼びはじめている。

「戦後」が、人が頭を下にして歩き、水が下から上にむかって流れ、覆水が盆に返るさかさまの時代であるとは、どういうことか。

一九八四年六月六日、フランスのノルマンディー海岸で旧連合軍のノルマンディー上陸四十周年を記念する式典が開かれ、それには当時の連合国の首脳と退役軍人が多数参加したが、NATOの一員である当時の西ドイツ首相ヘルムート・コールには、彼から参加の希望が伝えられていたにもかかわらず、招待状が届かなかった。

コールは、ノルマンディー海岸に立つことができなかったが、この時、西ドイツの主要紙『ディ・ツァイト』編集長のテオ・ゾマーは、こう書いている。

来週、勝利者達は記念式典のためにノルマンディーの戦場跡に集う。我国ではコール首相の式典不参加をめぐって当惑した議論が行われた。（中略）
我々ドイツ人にとって、Dデー（ノルマンディー上陸作戦決行日——引用者）は、いずれにせよ、いくつかの痛みにみちた見解に決着を与えるためのきっかけである。
第一の見解は、なかでももっとも辛いものだ。我々が今日、享受している自由や民主主義や繁栄は、四〇年前に連合軍がアドルフ・ヒトラーの第三帝国への突撃を試みていなかったら、ありえなかった。つまりそれは、我々に対しては、まず外からトータルな崩壊が押しつけられなければならなかった、という見解である。（「Dデー——賽が投げられた日」『ディ・ツァイト』一九八四年六月一日号）[1]

この文章の書き手の当惑は、いうまでもなく、現在の自分たちの価値観に立って事にあたろうとすると、自分たちを滅亡に追い込んだ作戦の四十周年を、自分たちが寿がなくてはならない、というねじれの構造からくる。

そんなことが、そもそも可能だろうか。

そんなアクロバットのような難度の高い曲芸を自国の首相があえて試みようとし、あっさりと幸福な勝利者たちに断わられた、いわばその〝翌朝〟に書かれているのがこの文章なのである。

戦争に負けるとは、ある場合には、こういうことにほかならない。たとえばわたし達は、よく横暴な侵略者の専制下、じっと面従腹背の姿勢で屈辱を耐えしのぶ敗戦者たちの物語を見聞きするが、これらの敗戦者たちは、いくさに敗れたとはいえ、「理」は自分たちにある、と信じていられる分、まだまだ幸せな敗戦者たちなのである。ある場合、事態はさらにその先に進む。敗戦者たちは、もう胸の底でも自分の「義」を信じることができない。かつて自分を動かした「理」また「義」がじつは唾棄すべきもの、非理であり不義であると、認めざるをえなくなり、自分をささえていた真理の体系が自分の中で、崩壊するのを、経験しなくてはならない。すると、その先彼は、どういう「生」を生きていくことになるのか。

そこにはもう「正解」はない。

火事の中、地面に倒れた。と、誰かが自分の上に覆いかぶさり、気がついたら、その人はもう灰となり、すでに火は消え、自分はその灰に守られ、生きていた。その自分の真先にすべきことが、自分を守って死んだその人を否定することであるとしたら、そういうねじれの生の中に、そもそも「正解」があるだろうか。戦争に負けるとは、ある場合には、そういう「ねじれ」を生の条件とするということである。そして第二次世界大戦の敗戦国日本のおかれた場所は、この西ドイツの場所とほとんど同じなのである。

ここまできてやっといえるが、この極東の敗戦国日本の戦後が「さかさま」だとは、西ドイツ同様、それがこの「ねじれ」を中核にかかえ、存立する社会だということ、しかし同時に、その「ねじれ」が日本では、「ねじれ」としてすら受けとめられていない、ということをさしている。テオ・ゾマーの文章は、西ドイツにおける代表的メディアの社説的な文章だが、たとえば、これまで、このように苦渋をにじませた文がその苦渋の理由を自明のものとして、代表的ジャーナリストの手で書かれたことが、日本のメディアにあっただろうか。そういうことは、ないので、ねじれは、戦後の日本では、ねじれとは意識されないまま——二重の転倒として——わたし達に生きられているのである。

その結果として、わたし達は、このねじれについて考えようとすれば、まず、その「ねじれ」を指摘することから、はじめなくてはいけない。ダサい、ダサくない、という〝センス〟の問題ではなく、事実として、わたし達はセンスを云々する遥か手前で、口悪くいえば低能、言葉を改めれば、何かを激しく欠落させた国民なのである。

2　湾岸戦争関連文献

その証左となる事例には事欠かない。

三年前（一九九一年）、湾岸戦争が起こった時、この国にはさまざまな「反戦」の声があがったが、わたしが最も強く違和感をもったのは、その言説が、いずれの場合にも、多かれ少なかれ、「反戦」の理由を平和憲法の存在に求める形になっていたことだった。

わたしは、こう思ったものである。

そうかそうか。では平和憲法がなかったら反対しないわけか。

わたしは、こういう時、一抹の含羞（？）なしに「平和憲法」を掲げる論者たちの感覚に、事態の深刻さを知らされる思いがした。また、わたし達に法の感覚がないことを、強く感じた。わたし達に戦争に反対する理由があり、それが、わたし達に戦争を反対させ、また、平和憲法をも保持させる、順序はそうであるはずのところ、それが、そうではなかったからである。

たとえば、この時に若い文学者を中心に出された「文学者」の反戦署名声明なるものには、こう記されていた。

声明1

私は、日本国家が戦争に加担することに反対します。

声明2

戦後日本の憲法には、「戦争の放棄」という項目がある。それは、他国からの強制ではなく、日本人の自発的な選択として保持されてきた。それは、第二次世界大戦を「最終戦争」として闘った日本人の反省、とりわけアジア諸国に対する加害への反省に基づいている。のみならず、この項目には、二つの世界大戦を経た西洋人自身の祈念が書き込まれているとわれわれは信じる。世界史の大きな転換期を迎えた今、われわれは現行憲法の理念こそが最も普遍的、かつラディカルであると信じる。われわれは、直接的であれ間接的であれ、日本が戦争に加担することを望まない。われわれは、「戦争の放棄」の上で日本があらゆる国際的貢献をなすべきであると考える。

われわれは、日本が湾岸戦争および今後ありうべき一切の戦争に加担することに反対する。

引用の正確を期せば、この二つの声明のうち、前者には署名者四十二名の名前が、後者には、「文学者の討論集会　事務局」と声明者十六名の名前が、声明の日付とともに記されている。[2]

このうち、ここでは主に後者に触れるが、ことによれば外国向けの修辞として作文されたこの声明は、「戦後」の自己欺瞞が半世紀も続くとどうなるものかを示す、好個の例証となっている。

まず第一に、この文面は、戦後憲法の「戦争の放棄」条項が、敗戦直後、それこそ原爆の威力、軍事的威圧のもとに強制的に押しつけられた事実を、策定、保持の過程を明言しない姑息なレトリックでボカし、あたかも、この憲法をわたし達が自力で策定、保持したかに読みとれるように作文している。

第二に、この声明はわたし達日本人が第二次世界大戦を「最終戦争」として闘った、と述べているが、戦争指導者のごく一部にそのような思想の持ち主がいたことをとらえて、このように虚偽のレトリックを弄し、事情にうとい外国人の新聞特派員やまた若い日本人をたぶらかすのは、後にふれる美濃部達吉の言葉を使えば、「虚偽の声明」である。

第三に、この声明文は、戦争放棄条項について、これは、「とりわけアジア諸国に対する加害への反省」に基づくものであると述べているが、これも、事実に反する。わたし達日本人は、たんに戦争はもうごめんだ、という最近の言葉にいう「一国平和主義」の心情に基づいてこの条項を自発的に保持してきたにすぎない。その証拠に、いまなお、たとえば朝鮮・韓国人の慰安婦として動員された女性への謝罪、賠償一つすませていないばかりか、それへの迅速な対応すら、放置している。

また、最後に、この声明は、この戦争放棄条項にわたし達が二度の世界戦争を経た西洋人の「祈念」がこめられていると信じていると述べるが、これも、タチの悪い「西洋人」向けのレトリックというべきである。この条項の厄介さは、それが、西洋人の平和祈念のたまものであると同時に、原爆の威力をチラつかせてなされた危険な旧敵国日本からの戦争能力並びに交戦権の剝奪の企てでもあるところにある。その程度のことを自明の理として、わたし達は戦後を生きてここまできているはずだからである。

ところで、幸か不幸か、この文学者の「声明」は、社会的にさして強いリアクションを呼ばなかった。しかし、この声明の当事者のほとんど誰一人として、最終的にこれを対社会的言明としての責任において受けとめなかったことは、そのこととは別に、記憶にとどめるに値する。

たとえば、「声明1」の「日本国家」の戦争加担に反対する、という言い方には、「日本」とも「日本政府」とも違う留保がこめられている。その留保とは、つきつめていえばどこにも着地先をもたない、指示性を弱められた、文学的ニュアンスにほかならない。

ここに欠けているのは、一言でいえば公共的な感覚だが、公共的な感覚が文学と無縁だというのは、文学者のひとりよがりな考えにすぎない。この声明に数十名の文学関係者が関与し、しかもここに見られる言明の中身の虚偽に、ほぼその全員がさして自覚的でなかったという事実とともに、この社会性の忌避の感情は、この時期の「文学者」のあり方として、一つの指標の意味をもっている。

どういう指標か。

戦後、五十年をへて、わたし達の自己欺瞞は、ここまで深い。ここにあるのは個々人の内部における歴史感覚の不在だが、その事態が五十年をへて、ここでは、本来はない歴史主体の、外にむけての捏造が生みだされているのである。

3 原点の汚れ

この声明が見ていない「平和憲法」をめぐる日本国民のねじれとは、ほぼ、次のようなものである。

この憲法の第二章第九条は、戦争の放棄をうたっている。その精神は、軍事力の否定、つまり軍事力によって他に威圧を与え、動かす、あるいは他から威圧を与えられ、動かされることへの否定にほかならない。そこには、こうある。

第二章　戦争の放棄

第九条　①日本国民は、正義と秩序を基調とする国際平和を誠実に希求し、国権の発動たる戦争と、武力による威嚇又は武力の行使は、国際紛争を解決する手段としては、永久にこれを放棄する。／②前項の目的を達するため、陸海空軍その他の戦力は、これを保持しない。国の交戦権は、これを認めない。

ところでこの条項を含む戦後憲法は、わたし達の発意により、わたし達自身の力で作られたのではなかった。それは当時の連合軍総司令部の発意により、その力で作られ、わたし達、占領下の非独立国である戦後日本の国民、政府に、手渡された。正確にいえば、押しつけられたのである。

その時行使された「力」の質を如実に示すのは、たとえばマーク・ゲインの『ニッポン日記』に出てくる、次のようなこの憲法草案の手交をめぐる、一挿話だろう。

連合軍当局が自分たちの手になる日本憲法草案を日本側につきつけた時、日本側に検討のため与えられた時間は、十五分だった。連合軍総司令部民政局局長のコートニー・ホイットニーが日本側閣僚による憲法草案検討作業の場に直接赴き、これを手渡したのだが、この時、彼は、総司令官マッカーサーはこれ以外のものを容認しないだろうと述べて、日本側に十五分間検討の時間を与え、「隣のベランダに退いた」のである。
やがて、検討をはじめた日本側閣僚のいる家屋すれすれに爆撃機一機が「家をゆさぶるようにして」飛びすぎていく。検討時間が過ぎ、一同が部屋に会した時、ホイットニーは、こういったという。

「原子力的な日光《アトミック・サンシャイン》の中でひなたぼっこしてましたよ[3]」。

ところで、この挿話を引いてダグラス・ラミスは、こう述べている。

　これが実際にあった話かどうかは疑わしいにせよ、(この話は——引用者)占領軍がもつもっとも奥深い感情をみごとに表している。ホイットニーは日本人にたいして、この新憲法が論拠や論証に裏付けられたすぐれた思想であることだけをのみ込ませようとしているのではない。この草案は、世界史における最大の、しかももっとも怖るべき権力、原子爆弾という権力によっても裏付けられているのだ(そういうことを、彼は日本人にのみ込ませようとしているのである——同)。(「原子力的な日光の中のひなたぼっこ」『影の学問　窓の学問』所収、一九八二年)

これは、一九四六年二月十三日、マッカーサー草案が日本側に手渡された時の情景で、このホイットニーの言葉を聞いているのは、当時の吉田茂外相の秘書、白洲次郎である。

ところでこの時手渡された草案中に、戦争放棄条項が入っている。総司令部案の第八条。すなわち、

国民ノ一主権トシテ戦争ハ之ヲ廃止ス他ノ国民トノ紛争解決ノ手段トシテノ武力ノ威嚇又ハ使用ハ永久ニ之ヲ廃棄ス
陸軍、海軍、空軍又ハ其ノ他ノ戦力ハ決シテ許諾セラルルコト無カルヘク又交戦状態ノ権利ハ決シテ国家ニ授与セラルルコト無カルヘシ

要するに、いかなる戦力ももたない、「武力による威嚇又は武力の行使」を国際紛争解決の手段としてはどのようなことがあっても認めない、という条項が、原子爆弾という当時最大の「武力による威嚇」の下に押しつけられ、また、さしたる抵抗もなく、受けとられているのである。

わたしが戦後の原点にあると考える「ねじれ」の一つは、この憲法の手にされ方と、その内容の間の矛盾、自家撞着からくる。

しかし、それだけではない。その矛盾が、指摘されない。というより、その矛盾、「ねじれ」の中にある「汚れ」がわたし達によって直視されず、わたし達においてまた、抑圧されてしまう。

ここにあるのはどういう事態だろうか。

こう考えてみる。

もし、ここに与えられているものがわたし達の価値観からして、否定されるべきもので、ただそれが勝者の強圧下に「押しつけられ」ているにすぎないなら、ここにわたしのいう「ねじれ」は、それほどのものではない。わたし達は面従腹背の態度でいったんはこれを受け入れ、後に、独立の後、これを廃棄して、アッカンベーすればよい。

しかし、わたし達はこれを「押しつけられ」、その後、この価値観を否定できない、と自分で感じるようになった。わたし達は説得された。しかし説得されただけではなくて、いわばその説得される主体ごと変わってしまったのだ。

平和条項のディテールに異論こそあれ、わたし達はこの価値観を、いま、大本で、自らのものとしている。

当然ながら、この二重になったわたし達の平和憲法をめぐる「ねじれ」は、これを白日のもとに曝す形で公共化し、ねじれているが、よいものだ、という形にしない限り、わたし達自身によって抑圧され、わたし達は、最初からこの平和憲法を実質的には自分で欲したのだと考えるか、最初からこの平和憲法を欲していないし、いまも欲していないのだと考えるしかなくなる。

わたし達は自分をいつわるしかなくなる。

ところで、事実を見れば、わたし達は、この押しつけられた平和憲法を、さまざまな国際環境の動因による綱引きに翻弄されながら、とにもかくにもかろうじて自力で保持してきた。

わたし達はこの憲法を強制された。しかし、以後、この憲法の理念を自分のものとし、何とか自分の決定において半世紀の間これを保持し、いまでは、何だ、平和憲法というものは米旧ソ超大国を蝕んだ産軍複合体の発生を防止する、案外使えるものなのじゃないか、というような自前の評価をもつまで、これを自分ふうに、根づかせてきている。

しかし、その結果、わたし達は憲法を憲法として尊重しない、不思議な立憲国国民になった。たしかに憲法を自分で作ったのではない、しかし、それは重要ではない、実質が大切だ、そんなふうに考えるようになったのである。

そこで問題は、いちおう次のように定式化できる。

わたし達のこの平和憲法保持は、この「強制」の事実に眼をつむることによって完遂された。わたし達はこれを擁護し、また否定しようとしてきたが、そのいずれも現実を直視したものではなかった。現実はどうだったか。わたし達は「強制」された、しかし、わたし達は根こそぎ一度、説得され、このほうがいい、と思ったのである。とすれば方法は一つしかない。強制されたものを、いま、自発的に、もう一度、「選び直す」、というのがその方法である。

しかし、わたし達の間に現れたのは、そういう主張ではない。現れたのは、一方で、平和憲法は当時の旧体質の日本政府にこそ「押しつけ」られたが、民主的改革を望んでいた日本人民には熱烈に支持された、という実質的憲法「かちとり」説、平和条項は戦争の死者の犠牲によって日本国民に与えられたいわば死者からの贈り物なのだという憲法形見説、あるいは押しつけられたのは事実だが、以後、実質的に日本国民により長きにわたって保持されることで、この初発の「汚れ」は消えている、という押しつけ消化説で、これらは、大きく分けて、護憲論者によって主張された[4]。

また、これに対し、もう一つ現れたのは、この押しつけられた亡国的な憲法に代わり、自主憲法を制定せよ、という主張で、それは、彼ら自身がこの戦後の新憲法の恩恵を受けていることを直視しない、これもまた現実回避の論法だった。それは、いくつかのヴァリエーションをもつが、近代国家の最低要件である交戦権の回復をめざす点で、共通している。これを主張したのは、戦前日本の価値を全肯定するとはいわないまでも否定しない、ほぼその価値によって立つ改憲論者たちである。

つまり、いろいろな憲法論が提示されたが、そのうち、ただ一つ、この憲法の精神を尊重するがゆえに、この憲法をもう一度「選び直す」べきだという、この憲法の「ねじれ」に立脚した主張だけが、語られなかったのである。

しかし、なぜ、このような主張が、現れなかったのだろうか。

この戦後五十年の間に現れた護憲論、改憲論は、いずれもあの原点のねじれを受けとめることを回避したものだった。彼らは、そういう主張を行うにはすでに自分が汚れているという自覚をもたない点で共通しているのであり、この二つは、戦後日本に汚れのない無垢を起点とする主張が可能だと、無意識のうちに想定している点、対立者であるというより、むしろ、双生児的存在なのである。欠けているのは、「ねじれ」をそのままに受けとめるというあり方である。それこそが、敗戦国の国民であるわたし達に新たに求められていた、勇気ある態度だったのではないだろうか。

Ⅱ　ねじれと隠蔽

1　初期の挿話

ここで、少しだけこの戦後の「ねじれ」の初発の現場に立ちどまってみたい。

最近（一九九四年）出版された黒川創の『リアリティ・カーブ』によって、わたしはこの憲法制定の初発の時期、このねじれに気づいて、その国家ぐるみの隠蔽に激しく抵抗した日本人がごく少数なりといたことを、知ることができた。

先の「原子力的な日光浴」発言がホイットニーの口をついて出るのは、一九四六年二月十三日のことである。翌三月、この時の総司令部案をもとにした「憲法改正草案要綱」が、勅語、首相談話という強力な援護のもと、政府から発表され、これにはただちにマッカーサーによる支持の声明が続く。

以後、この憲法改正案は、詔勅によって国会提出の手続きをとられ、枢密院に諮詢のあと、衆議院、貴族院と回付されるが、その途中、一つの抵抗に出会う。この新憲法案を審議する枢密院の帝国憲法改正案審査委員会の席上、憲法学者美濃部達吉が、これを審査することと自体に疑義があると異議を唱え、この憲法案に対する激烈な反対論を、展開するのである(佐藤達夫『日本国憲法成立史』第一巻)。

美濃部の改正反対論の骨子は、次の三点だった(一九四六年四月二十二日)。

一、憲法改正を定めた帝国憲法の第七三条は、日本政府がポツダム宣言を受け入れた時点で無効である。
一、憲法改正案でその存在が不適当であるとして廃止をめざされている枢密院が、その改正案を審議するというのは、不可解である。
一、前文に「日本国民が制定する」旨明言されている改正案が、勅命により、政府の起草、議会の協賛、天皇の裁可で公布されるのは、「虚偽の声明」である。

興味深いのは、美濃部の主張が、すべて事態のあべこべ、「さかさま」をただす形の言説となっていることで、いってみれば、誰一人ほんとうのことをいわない中で、この老学者は一人、新憲法を前に、「王様は裸だ」、というのである。

この後、新憲法案は枢密院の審査委員会を美濃部による反対者一名を記録して賛成多数で議決され、枢密院本会議にまわされるが、天皇臨席のもと行われたこの本会議でも、起立による採決の際、美濃部はただ一人立ちあがらない（一九四六年六月八日）。十月には衆議院、貴族院での修正をへて憲法改正案が再度枢密院に諮詢されるが、もう美濃部はこれに出席しない。委員会、本会議を欠席で通す。

この年、三月六日の「憲法改正草案要綱」の政府発表と同時に出された勅語には、こう記されていた。

朕曩ニポツダム宣言ヲ受諾セルニ伴ヒ日本国政治ノ最終ノ形態ハ日本国民ノ自由ニ表明シタル意思ニ依リ決定セラルベキモノナルニ顧ミ日本国民ガ正義ノ自覚ニ依リテ平和ノ生活ヲ享有シ文化ノ向上ヲ希求シ進ンデ戦争ヲ抛棄シテ誼ヲ万邦ニ修ムルノ決意ナルヲ念ヒ乃チ国民ノ総意ヲ基調トシ人格ノ基本的権利ヲ尊重スルノ主義ニ則リ憲法ニ根本義ノ改正ヲ加ヘ以テ国家再建ノ礎ヲ定メムコトヲ庶幾フ政府当局其レ克ク朕ノ意ヲ体シ必ズ此ノ目的ヲ達成セムコトヲ期セヨ

日本の国の政治の「最終ノ形態」は「日本国民ノ自由ニ表明シタル意思」によって決定される、と天皇が国民に勅語を垂れ、国民の誰一人として、これが、天皇の「自由ニ表明シタル意思」だとは考えていないという、この構造。

この「勅語」に逆らう形で、美濃部はただ一人新憲法案に反対票を投じる。

さて、この美濃部の対応は、一般に、天皇に奉じる明治人美濃部の古さの表れであると否定的に評価されており（家永三郎『美濃部達吉の思想史的研究』一九六四年、など）、他に少数、外国からの押しつけ憲法に反対し、祖国の自由と独立を守ろうとする「自由主義者としての面目」を示すものであるとする肯定的評価があるが（小林直樹、松尾尊兊など）、そのいずれにもいくぶんか理のあることを認めつつ、わたしとしては、ここで美濃部が戦争に負けるということをそのまま引きうけようとしているところに、その対応の最も高度な思想的意味はあると、考えておきたい。

たとえば家永三郎は、この時期の美濃部の発言を検討して、その反対は、改正案の「内容、特に象徴天皇制に賛成できなかったことが、彼の態度を決定する重要な動機であった」と推定している（前掲書）。しかし一方、その家永に、憲法が押しつけられ、戦争放棄条項が武力の威嚇で「強制」されていることへの「ねじれ」の痛みの感覚は、奇異なほど、見あたらない。

他方、たとえば松尾尊兊は、この美濃部の真意を、外国による憲法押しつけへの「抵抗の論理を模索した結果」と考えている。ポツダム宣言を逆手に取り、憲法改正は国民の手によるべし、と政府主導反対の論陣を張った美濃部は、「文字通り国民の自由意思で憲法を制定することになれば、或いは天皇制廃止に帰着するかも知れない。しかしそれは外国より憲法をおしつけられるよりもましであり、その際は天皇制を維持するために努力しよう」と考えた、つまり「彼にとっては天皇制よりも祖国の自由と独立の方が大切であった」というのが、松尾の判断だが(「美濃部達吉」『日本人物史大系』第七巻所収)、ここでも、松尾が「国民の自由意思で憲法を制定する」ことが敗戦国において選択肢としてありうると考えていること、そのナイーブさ、また「ねじれ」の感覚のなさに、わたしなどは、驚くのである。

美濃部は、親友松本烝治に請われ、松本を担当国務相とする幣原内閣の憲法問題調査委員会に顧問として参加している。この委員会が作った天皇の統治権総攬を四大原則の一つとするいわゆる松本私案は、ほぼ美濃部の意見に沿っていた。これを見て、マッカーサーが総司令部主導の急進的草案を押しつける以外に打開の道はないと考え、先のホイットニーの手交の場面へと続くことは、知られているが、この本来の形での「抵抗」が可能でない場合、次善の策として、彼がどのような憲法案を考えていたかを見る時、少なくともわたしの眼に、明治人美濃部(一八七三年生)と大正人家永(一九一三年生)、昭和人松尾(一九二九年生)の落差は、覆いようのないものと感じられる。

いわゆる美濃部意見書の中で、彼は、憲法改正は独立後、国民の手で(たとえば国民投票などにより)なされるのが望ましいが、それまで仮りの形でやっていくことが難しく、いま憲法を改正しなくてはならないとしたら、それは、この降伏の現状を基礎に、たとえば次のようなものに〝修正〟されなくてはならないだろうと、数ヵ条の例をあげている。

そこにあげられる改正憲法の第一条とは、このようなものである。

第一条　日本帝国ハ連合国ノ指揮ヲ受ケテ　天皇之ヲ統治ス

美濃部は、彼の願いである「天皇の統治権総攬」の堅持が、敗戦国になお可能であるなどと、夢にも考えなかっただろうその現実感覚で、素朴にそれをめざしたと考える家永とも、国民の自由な憲法選択が可能であるかに思う松尾とも、まったく違っている。

戦争に負けるということは、いわば自分にとっての「善」の所与が、奪われるということと、どのような願いもほんとうの形では果たされず、ねじれた形でしか世界が自分にやってこないということだが、その自覚がつまりは、美濃部の出発点となっているのである。美濃部は、少なくともここでは、国の基礎である憲法を欺瞞の具にだけはしてはならないという立場に立っている。その意味は、不如意があれば不如意が、ねじれがあればねじれがそのまま映る歪みのない鏡で、憲法はあらねばならない、ということである。

憲法の「ねじれ」を直視するとは何か、それが、この美濃部の対応にいかんなく示されている。

われわれは戦争に負けた。その負けいくさの国に、負けた現状のまま憲法が必要だとしたら、第一条はこうなる。負けた人間が、負けたという事実を自分に隠蔽したらしまいだ。

美濃部はきわめて簡潔な態度を、ここに示しているというべきなのである。

ところで、この美濃部の「闘い」は、美濃部欠席のもとでの一九四六年十月二十九日の枢密院本会議での可決をへて、十一月三日の新憲法公布となると、いわばステージを替えて、新憲法解釈による条件闘争めいたものに変わっていく。彼の憲法に対する姿勢は、反対一点張りから、その肯定へと変わる。美濃部はこの憲法を「正当の手続に依り有効に決定せられたものと見」て、以後、憲法学者としての活動を再開し、その後『新憲法概論』、『新憲法の基本原理』を著し、一九四八年、七十六歳で没している。

しかし、この戦後の彼の「転身」を、現実追従と見るのは正確ではない。彼の考え方では、このいかがわしい憲法は、その制定過程で少なくとも一度、正当な反対意見（つまり美濃部の反対）にあっている。その限りで、それはかろうじて「正当の手続に依り有効に決定せられ」たといえるものになっている。彼は制定まではできるだけこれのいかがわしさを指摘する。しかし、その指摘、その反対は、制定されると、そのまま新憲法の正当性の基礎の一部に転化しているのである。

彼はこの憲法を「不当」であるという立場には踏みでなかった。もしそうしていたなら、彼は明治人として操を貫く国士だったろう。しかし彼がそうしなかったのは、けっして心弱かったからではない。彼は一九三五年にも天皇機関説への攻撃によく立向かっているが、その時、またこの時と二度まで示された彼の個人としての意力の強さは、こういう想像をしりぞける。美濃部は、たぶんこうした、まっさらな〝キッパリ〟したあり方が、もう許されない、それが戦争に敗れることだ、そう自認している。わたしの想像は、こうである。つまり、彼にあり、家永、松尾にないものが、この自認、「ねじれ」の感覚なのである。

2 『世界』の宮廷革命

この「ねじれ」は、では、なぜいまわたし達に見えないものとなっているのだろうか。このように問いをおく時、やはりわたし達に特別の意味をもって浮かびあがってくるのは、まだそのような感覚に敏感だった言論人が少なくなかった、敗戦直後の最初の数年の問題である。

たとえば、この最初の数年に関し、長い間わたしの中に消えない一つの疑問は、岩波書店から出ている雑誌『世界』をめぐる、次のようなものだ。『世界』創刊号は、一九四六年一月、このような顔ぶれを執筆陣に、出発している。

剛毅と真実と知恵とを　安倍能成
民主主義と我が議会制度　美濃部達吉
直面するインフレーション　大内兵衛

封建思想と神道の教義　和辻哲郎
国際民主主義の原理　横田喜三郎
日本農政の岐路　東畑精一
各自能力の世界への放出　三宅雪嶺
敗戦と自分の望む世界　武者小路実篤
これこそ天佑　長与善郎
先ず安易な考えを捨てること　富塚清
趣味判断　桑原武夫
時勢について　中村光夫
自己教育　湯川秀樹
感遇　尾崎咢堂
当面の一問題　谷川徹三
女性と自由　羽仁説子
敵国日本　H・バイアス
「世界」の創刊に際して　岩波茂雄

この顔ぶれの特徴を一言にいえば、二、三の例外を除いて、天皇に個人的には親近感を抱く明治生れのオールド・リベラリスト達、ということになるが、しばらくすると、この顔ぶれは、都留重人、丸山真男、久野収、坂本義和といった革新派リベラリスト達に取ってかわられる。気がつくとこの雑誌は保守派リベラリストの立場から革新派リベラリストの立場を標榜する雑誌に、いつのまにか色あいを大きく変えているのである。

この創刊時と数年後の執筆陣の主要な論調の間に大きな考え方の相違があり、それが当事者に強く意識されていたことは、この創刊時のオールド・リベラルな執筆者たちが語って、一九四八年七月、「第二次大戦後の急激な左翼的風潮にあきたりない安倍能成、武者小路実篤、天野貞祐、田中耕太郎、小泉信三」らを中心に、同人雑誌『心』が新たに創刊されているという一事（平凡社百科事典「心」の項、海老原光義筆）によってそれと知られる。

しかし不思議なことに、雑誌『世界』からこの新旧の対立の声は聞こえてこない。『世界』は、この保守派リベラリストから革新派リベラリストへの重心の移動を、なぜか「しのび足」で行っているのである。

そのため、何が見えなくなっているのか。

たとえば、美濃部達吉と家永三郎の対立する場面、そういう「戦後」にとって重要な思想的対立の場面が、機会を与えられず、わたし達に公共化されずに終っている。雑誌『世界』における宮廷革命は、書き手たちを傷つけなかったかわり、ある大切な差異露頭の場面を、水に流してしまったのではないか。

そんな疑いが、消えずに残るのである。

ところでいまの時点から半世紀に及ぶ戦後の時間をふりかえると、特にその最初の数年が、白波のたつ波打際のように見える。

美濃部の事例は、そのような観点に立つ時、必ずしも孤立したものではない。斎藤茂吉の、

最上川逆白波のたつまでに
ふぶくゆふべとなりにけるかも

の歌を収めた歌集が現れるのは一九四九年のことだが、たぶんこのような「逆白波」は、この当時、そこかしこに見られたのである。

しかし、ここでの問題とはどういうことだったかといえば、すでに自己欺瞞の中にいる新世代とそこから自由な旧世代（？）の対立は、たとえ「対立」という場面をもっても、そのようにはもはや、受けとられなかった。

『世界』においても、創刊第四号に、津田左右吉が奇妙な動きを示して、若い彼の信奉者たちを戸惑わせるという、名高いできごとが起こっている。ここでも、わたしが参照の手

がかりとするのは先と同じ家永三郎の手になる『津田左右吉の思想史的研究』だが、これによれば、この時の事態は以下のように記されている。

美濃部の場合と同じく、津田も戦前、その実証的な古代研究で当局の弾圧を受けながら自説をまげない志操堅固ぶりを示した。敗戦をへて当然津田はいわゆる民主主義陣営に立つ長老学者として活躍することを期待された。津田が最初『世界』に寄せたのは、一九四六年三月号に掲載された「日本歴史の研究に於ける科学的態度」である。そこで彼は、ほぼ読者、編集者の期待に沿う内容のことを述べている。しかし翌月になると、一転、「熱情的かつ積極的な天皇讃美」の書である「建国の事情と万世一系の思想」と題する論文が寄せられ、「民主主義的変革と建設とに寄与することを目的」とする『世界』の編集者を驚かせ、かつ困却させるのである。

国民が国家のすべてを主宰することになれば、皇室はおのづから国民の内にあつて国民と一体であられることになる。(中略) 国民みづから国家のすべてを主宰すべき現代に於いては、皇室は国民の皇室であり、天皇は「われらの天皇」であられる。「われらの天皇」はわれらが愛さねばならぬ。国民の皇室は国民がその懐にそれを抱くべきである。

『世界』の同じ号には、「津田博士『建国の事情と万世一系の思想』の発表について」という編集者から津田に宛てた書簡が載せられる。これは、疎開先の平泉から送られてきた津田の原稿の「意外」な内容に驚倒した編集者が、「先生の御論説が反動的勢力によって『政治的』に利用される見込みは非常に多いのであります。それは『世界』にとっても、また恐らく先生御自身にとっても、非常に不本意なことであり、客観的には、今日の日本のため甚だ遺憾なことと申さねばなりません」と礼を尽して再考を求める手紙である。いまから見れば、これは明らかに戦後の雑誌『世界』を含む民主主義謳歌の腰の軽さに危惧の念をもった津田の心血を注いで書いた原稿だが、それは、ここでそのようなものとして受けとめられるどころか、明治生まれの老学者の、たぶんに復古的な世迷言であって、世の反動勢力の利用から守らなければならない庇護の対象と、受け取られているのである。

そのようなあり方がどのように強いものだったかは、それから十分に時間をへて書かれる家永の津田論でも、この評価が変わっていないことからそれと知られる。家永の考えは、ここでも、津田の戦後の言動を「客観情勢の変化に伴う津田の位置の変化」と結びつけ、これを整理し、「十分に理解できる」形に整序したうえで批判する、先とほぼ同じ形を示している。彼がここで津田を理解しないのは、先の美濃部に対する場合と全く同じである。(5)

ここに、後に林達夫が「Occupied Japan 問題」と呼ぶことになる問題が顔を見せているのは明らかだろう。林は、占領下にある日本の知識人が、そのことに無感覚なさまにある根底的な欠落を見ているが、その日本が占領下にあることの意味が、一九七一年、この『津田左右吉の思想史的研究』を書く時点でなお、家永にはどうもピンときていないのである。

津田はたとえばこの原稿の半年後、一九四六年九月のある講演で、こう述べている。皆さん学生の方々にとって、先の時代は大変な試練だったが、敗戦と共に学問の自由、思想の自由が回復されたことは大いなる喜びである。「しかし学徒自身が求め得たのではなくして、情勢の変化によつて、又は他から与へられて、得たといふことは、自由そのものの本質から見ると、やはり矛盾であり、皮肉でもあります」。このことは現在の状態にも関係がある。いまは権力の抑圧はない。

しかしそれに代はる他の抑圧、抑圧といふ言葉を用ゐては当らぬかも知れませんが、何かやはり自由な研究を妨げ、思想の自由を妨げる力があるのではないか、これは戦争中の如き頭の上におしかゝつてゐた重苦しい力ではありません。けれども、しかし落ちついた、誠実な、自由の研究が、それによつておのづから妨げられ抑圧せられるやうな力なり働きなりが、新に生じたのではないか、といふことが私には感ぜられます。それは一口に申しますれば、世間の風潮といふやうなものであります。(「我が国の思想界の現状に就て」)

さすがにいまでは、この時の津田の反時代的ふるまいは、戦前の軍国主義一辺倒から戦後の民主主義、マルクス主義一辺倒への「言論界の豹変ぶり」への抵抗、違和、として理解されている、といってよいかも知れない。しかしこうした津田の言葉から感じられるのは、そう理解するとしてなお足りない、ともいうべき、いわば群盲の一人として、彼が撫でている象の感触である。

国が敗れるとはどういうことか。占領されて、なおかつ自由だとしたら、そう感じる自分が、どこかおかしい。ある抑圧が感じられる。一口にいえば、それは「世間の風潮というふやうなもの」だ。そういう時、わたし達が受けとっているのは、自分たちに、自分たちを征服している存在の「力」が感じられないとしたら、ここにはそれほど深い自己欺瞞がある、という、やはり美濃部の場合と同様の、見えない大きな力に対する、彼の「ねじれ」た直覚の形にほかならないのである。

3 「戦後文学」vs「無頼派」

ところで、これはいうまでもなく社会科学に限られたことではない。文学にもこれに類したことはあり、ただそれをわたし達は以下に述べる精妙な仕方で、見えなくしてきているのである。

たとえば敗戦直後、戦前は天皇信奉者でなかったにもかかわらず、美濃部、津田と同様世相に抗する形で「天皇」を擁護する言説を吐いた少数の文学者がいる。

そこを話の糸口にしてもよい。

これら少数の文学者とは、『新日本文学』派の中野重治であり、また「無頼派」の太宰治である。

一九八九年に上梓された江藤淳『昭和の文人』における「政治と文学」論争評価を、思いだしてみよう。

従来この論争は、『近代文学』派の批評家、荒正人と平野謙が、政治にたいする文学の優位あるいは独立という至極まっとうなヒューマニスティックな主張を述べたのにたいして、戦前のプロレタリア文学につながる『新日本文学』派の中野重治が、先輩風を吹かせ、高飛車にこれに反駁した、『近代文学』派の主張に理のある論争として受けとめられてきた。これにたいし、はじめてこの評価を逆転してみせたのが、江藤のこの本である。ここに見ようとすることとは、この江藤の指摘を受けとったうえで、この論争における中野の優位性を、また江藤とは別の観点から、確認することに相当している。ではどこがわたしと江藤の論点の違いで、またどこが「高飛車でヒステリックな」中野の、「まともでヒューマニスティックな」荒、平野にたいする優位な点か。江藤は荒、平野に日本が占領されていることへの感覚が欠けているとして、それを一種のナショナリズムの問題に還元している。しかし、わたしの観点からいえば、ここに荒、平野がもつべくしてもたないでいるのは、そういうものではない。

「健全なナショナリズム」ではなく、「ねじれ」の感覚こそが、中野にはあり、荒、平野らの戦後文学的センスに唯一、欠けているものなのである。

中野は、一九四七年一月に発表される敗戦後はじめての小説を初老の中学校校長を書き手とした書簡体の形で書いているが、そこで語り手に、天皇に触れ、こう語らせている。

だいたい僕は天皇個人に同情を持っているのだ。原因はいろいろにある。しかし気の毒という感じが常に先立っている。（中略）僕は共産党が、天皇個人にたいする人種的同胞感覚をどこまで持っているかせつに知りたいと思う。

また、

天皇、臣問題、教育勅語、人間性、すべてこういう問題のこんな扱い方に僕は腹が立ってくる。せっかくの少年らが、古い権威を鼻であしらうことだけ覚え、彼ら自身権威となるところへは絶対出てこぬというのが彼らの癖になろうとしている危険、そしてこれほど教師を永くやってきたものにとってやりきれぬ失望はないのだ。

中野には二人の論争相手がここにいう「少年」として見えている。この「五勺の酒」が、たとえば別の個所で憲法に触れ、

あれが議会に出た朝、それとも前の日だったか、あの下書きは日本人が書いたものだと連合軍総司令部が発表して新聞に出た。日本の憲法を日本人がつくるのにその下書きは日本人が書いたのだと外国人からわざわざことわって発表してもらわねばならぬほどなんと恥さらしの自国政府を日本国民が黙認してることだろう。

と書いて総司令部の忌諱にふれ、検閲削除を受けるのも、「政治と文学」論争と、無関係のことではない。あの論争で、中野の主張を歪ませているのは、この占領のねじれ、憲法のねじれの痛覚が年少の論争相手に共有されないことへの、絶望的な苛立ちなのである。一方、「無頼派」の太宰に見られるのも、これと違うものではない。彼もまた象を前に苛立つ群盲の位置に自分を置いている。

一九四五年十月から翌年一月まで連載された、敗戦後はじめてのこれも書簡体の小説「パンドラの匣」に、彼は天皇について語る、こんな人物を登場させている。

「むかし支那に、ひとりの自由思想家があって、時の政権に反対して憤然、山奥へ隠れた。時われに利あらずというわけだ。そうして彼は、それを自身の敗北だとは気がつかなかった。（中略）日本に於いて今さら昨日の軍閥官僚を攻撃したって、それはもう自由思想ではない。便乗思想である。真の自由思想家なら、いまこそ何を措いても叫ばなければならぬ事がある。」

「な、なんですか？　何を叫んだらいいのです。」

かっぽれは、あわてふためいて質問した。

「わかっているじゃないか。」と言って越後獅子はきちんと正坐し、「天皇陛下万歳！この叫びだ。昨日までは古かった。しかし、今日に於いては最も新しい自由思想だ。」

続けて彼は、「冬の花火」、「春の枯葉」と戯曲の連作に挑戦するが（ともに一九四六年）、その敗戦直後の作が書簡体の小説に続き、ここでも彼に珍しい戯曲の企てとなっているのは、偶然のことではない。そこで彼は彼の前に得体の知れない象の巨大さで現れている時代のねじれを、なんとか構造としてとらえようと、彼に似合わない企てを行なっている。その最初の作「冬の花火」が、こんな主人公の独白からはじまるのは、理由あることなのである。

数枝 （両手の爪を見ながら、ひとりごとのように）負けた、負けたと言うけれども、あたしは、そうじゃないと思うわ。ほろんだのよ。滅亡しちゃったのよ。日本の国の隅から隅まで占領されて、あたしたちは、ひとり残らず捕虜なのに、それをまあ、恥かしいとも思わずに、田舎の人たちったら、馬鹿だわねえ、

また、二作目の「春の枯葉」には名高い「あなたじゃ／ないのよ／あなたじゃ／ない／あなたを／待って／いたのじゃない」なる歌が引かれている。そこにいわれる「あなた」はいうまでもなく、占領軍である。太宰は、美濃部、津田、中野と同じく、ここには何かねじれがあることを直覚する。そしてこうしたことのすべてが、彼をその後、中野と同様、しかしその逆の岸辺で、いわゆる戦後文学への逆白波の位置に立たせるのである。(6)

ここに見られる「天皇」への言及は、いうまでもなくこの四人が天皇の信奉者に変わったことを語っているのではなく、いくさに負けた事実を起点に、自分の生きる空間のねじれに眼を注いでいることを表示している。彼らの天皇賛美は、墜ちた偶像としての天皇にむけられたそれ自身「ねじれ」た天皇の賛美である。天皇は、敗戦直後の時期、マッカーサーの傍らに転校生のように直立不動の姿勢で立たされている写真に体現される、この「ねじれ」の象徴たる可能性を帯びていた。この後、さまざまな資料により、天皇が「ね

じれ」の苦渋の象徴であることをすら放棄した存在であることが明らかになるまで生きるのは、このうち、中野だけだが、いずれにせよ、ここで彼らは、「冬の花火」、「春の枯葉」という、その命名が示す「ねじれ」た形象のうちに、戦後日本の〝象徴〟を見ているのである。

ところでここに顔を出しているのは、どういうことだろうか。

たとえば中野重治が一九〇二年の生れで、小林秀雄と同年だと知らされれば、ああ、そうか、と思う。しかし太宰が一九〇九年六月の生れで、大岡昇平（同年三月生）、埴谷雄高（翌年元旦生）とほぼ同年だと知らされると、ちょっと意外の感が身体を走る。それにしては両者、三者の間に「関係」がない。太宰が、大岡、埴谷とは別の世界の住人のような先入観が、いつの間にか、わたし達の中にできているのである。

中野も、太宰も、戦時下、時局に迎合するという姿勢から遠く、よく軍国主義の体制に抵抗し続けた。しかし彼らは、戦後になると、いわばそこに迎えられて不思議ではない戦後文学というカテゴリーから排除される。彼らは、戦時下、よく闘った津田左右吉が『世界』から当惑ぎみにそうされるのと同様、戦後の文学の主流となる「戦後文学」派から、——衝突を通じてではあるが、やはりその衝突のほんとうの意味は隠蔽される形で、——別の場所に移されるのである。

そもそも「無頼派」とは何だろうか。なぜ、同世代の太宰、坂口安吾らのためにわざわざ「戦後文学」と違う別のカテゴリーが用意されているのだろうか。わたしの考えをいえば、無頼派という範疇は、ここにある逆白波の現出を回避しようとするわたし達の心の動きが作った、あの同人雑誌『心』にも似た一個の隔離室である。これと同じことが中野重治に代表される戦前プロレタリア文学の流れの文学と、戦後文学の関係についてもいえる。[7]戦後文学と無頼派、旧プロレタリア文学を区切るのは、破滅型であるとか、戦前からの活動であるとか、文学観の違いであるとか、たしかにそれもあるが、それだけではない。それをもっとも深く規定しているのは、あの「ねじれ」の感覚の有無なのである。これらは、その理由を別種の理由によって見えなくする、結果的にいえば、やはりあの逆白波の隠蔽装置にほかならないといわなければならないのである。[8]

一九四八年六月、太宰は死ぬ。この年の暮れ、おりから各方面から名乗りをあげつつあった戦後文学を糾合する形で、戦後文学派の大同団結的な雑誌『序曲』が三島由紀夫から野間宏までを含む幅で、創刊される。その創刊同人は、野間宏、椎名麟三、埴谷雄高、武田泰淳、三島由紀夫、寺田透、島尾敏雄、梅崎春生、中村真一郎、船山馨。——彼らを結びつけているのは、世界性と人間性、その要素としての国際性、市民性、社会性、主知性だが、それ以上に、旧プロレタリア文学と無頼派の排除によって確定された、敗戦の「ねじれ」のない輪郭をもつというほうが、指摘としては、力がある。この「戦後文学」がほどけ、解体していく過程として、以後、戦後の文学は展開していく。[9]

Ⅲ　分裂の諸相

1　ジキル氏とハイド氏

ある意味で「戦後」は、この〝最初の数年〟が終わる、一九四八年あたりからはじまっている。

そこにはじまる時代を敗戦後ならぬ「戦後」と呼ぶなら、わたし達の生きてきた、また現に生きている「戦後」とは、どういう時代というべきだろうか。

以後、この時代を外観において動かしてきた枠組を、ふつうわたし達は、保守と革新、改憲と護憲、現実主義と理想主義、というような概念を用いて理解している。

しかしこれらの概念で、この戦後という時代の本質を語りうるとは思われない。これらの概念は、それら自身が、この時代の産物、〝作品〟にほかならないからである。

わたしの考えをいえば、戦後というこの時代の本質は、そこで日本という社会がいわば人格的に二つに分裂していることにある。

ここで特に人格的な分裂と断わるのは、たとえば米国における民主党と共和党、イギリスにおける保守党と労働党の併立、というような事態を指して、わたし達は国論の二分というが、日本における保守と革新の対立を、これと同様に見ることはできないからである。わたしはその違いを、比喩的に、前者においては、二つの異なる人格間の対立であるものが、後者においては、一つの人格の分裂になっている、といっておきたい。簡単にいうなら、日本の社会で改憲派と護憲派、保守と革新という対立をささえているのは、いわばジキル氏とハイド氏といったそれぞれ分裂した人格の片われの表現態にほかならないのである。

よく知られるように、このところ、動揺激しい日本の政権で、一年足らずのうちに三人の閣僚がたて続けに、過去の戦争は侵略戦争ではないといった類いの失言がもとで、大臣の座を去るということがあった[10]。

ともに自分のゆるぎない信念として述べたものではなく、その歴史認識を問われるとすぐに平身低頭して前言撤回するという哀れむべきていたらくだったが[11]、それにしても、なぜこれほど時をおかず、何度もこういうことが反復されるのか、そう問われ、岸田秀が、あるところでほぼこのような意味のことを述べている（「永野発言は、『内的自己』の爆発」朝日新聞一九九四年五月十六日付夕刊）。

岸田によれば、一九九三年八月、自民党支配の終った細川政権成立後に生じたこれらの

「日本は正しい」とする発言（たとえば一九九三年十二月の中西啓介防衛庁長官、一九九四年五月の永野茂門法相）は、じつは先の戦争をこれまでにない明確さで侵略戦争であると認めた「日本は間違っていた」という細川発言（一九九三年八月）と「セットになっている」。細川発言があったにもかかわらず、なぜ二度までそれに逆行する発言が続くのか、と考えるのではなく、細川発言があったからこそ、これらの発言が現れた、そう考えるべきなのである。

たぶん南京大虐殺に関する「でっちあげ」発言は、発言者の本音だろう。細川政権を継承する形で生れた内閣の「閣僚に入ったことで、逆に、自らも細川さんと同じ線上の人物とみられることに対する無意識の強い不安」が、この人物をしてそれを「言わしめ」ている。

岸田の理解は、人間を本能の壊れた幻想的存在と見たうえで、そのような幻想的存在として一個の社会をも見ていくという世に唯幻論と呼ばれる立場だが、それによれば、日本社会は近代の開国以来、いわば分裂人格として生きてきた。日本はペリーの砲艦外交で一挙に開国させられ、「自分の軍事的な無力さ」、「近代西洋文明との落差」を思い知らされることで、以後、人格の統一を失い、外向きの自己（外的自己）と内向きの自己（内的自己）に分裂する。今回の閣僚発言は、その分裂から現れた、内的自己の爆発だというのが、このできごとに関する、岸田の解釈の骨格なのである。

さて、わたしはここで話を戦後に限り、この指摘をいったん壮大な唯幻論的な解釈とは切り離して考えるが、この岸田の考えは、戦後の日本について、かなり有効な考え方の糸口を、提供しているのではないだろうか。

日本の社会はいわば人格的に分裂しているが、これは、あの戦後のねじれを意識下に押しこめ、見えなくした、その深い自己欺瞞の結果、現れずにいない現象であると考えてみて、そう不当とも思われないからである。

そのようなわたしの観点に立てば、ここでの問題は、次のようなこととなる。

このできごとは、閣僚発言が「内的自己」の爆発だったということのほかに、もう一つのことを示している。そのもう一つのこととは先の細川発言が、その主観はどうあれ、それ自体、「外的自己」の表現でしかなかった、ということである。では、たとえば日本に戦争責任があるということを、ジキル氏、つまり外向きの半分の自己としてでなく、一個の人格としていうとは、どういうことだろうか。

このジキル氏とハイド氏の分裂をどうすれば克服できるか、そういう課題が、戦後の起点におかれたねじれを隠蔽することでやってきたわたし達の「戦後」が、この「さかさまの世界」から脱けでるために答えられるべき、第一の問いとして、浮かびあがってくるのである。

分裂はさまざまな相をもつ。

たとえば、最近(一九九四年)岩波新書で『日本の憲法・第三版』を出した法学者の長谷川正安は、憲法はほんらい、現実との間に乖離をもつ存在だが、それにしても憲法第九条と自衛隊の存在に示される日本のようなケースは珍しいと指摘して、「このような現実を作ってきたのは歴代の自民党政府」であると述べている。

長谷川によれば、日本の戦後政治を「一本の太い線」として貫いてきたのは、「現実にあわせて憲法第九条を変えるか、憲法の条文に適合するよう現実を変えるか」という、「改憲」と「護憲」の対立である。

この長谷川の描く構図の延長に、わたし達に親しい光景として、「一九四六年憲法」の拘束を脱して「改憲」により交戦権を回復することを説く江藤淳の主張と、戦後民主主義を信奉し、あくまで戦後憲法の理念を日本に根づかせようとする大江健三郎の「護憲」の主張の対立を、思い浮かべることができる。

また、これをさらにワン・ステージ進めた湾岸戦争のおりの分裂の様相として、日本も国際平和維持に寄与する米国主導の国連軍に合流する平和部隊(軍隊)をもつべきだとする小沢一郎、あるいは北岡伸一の〝現実主義〟的な「普通の国家」論と、戦後憲法の戦争放棄条項こそ「最も普遍的、かつラディカルである」とする柄谷行人、あるいは浅田彰の観念的「ラディカルな平和主義」論の対立を該当させることもできる。しかしここにあるのもわたしの考えからいえば、ジキル氏とハイド氏の分裂を本質とする、半世紀来の半身同士の対立なのである。

これまで、改憲派の主張は、憲法が押しつけられた事実を重視し、長年自主憲法の制定を主張してきたが、この主張を貫くなら、国家主権確立のため、在日米軍の撤退にまで進まなければならないところ、それは米国の利害との対立を意味するため、主張に加えないという中途半端な屈折した姿勢を余儀なくされてきた。

彼らの致命的な弱点は、この屈折に意味を見出すことができないため、ここに見る一点をあいまいなまま、押し殺してきたところにある。情勢の変化に応じ、現在この親米愛国の主張はやや反米的色あいを強めるにいたっているが、その主張はほんらい、国内のナショナリズムを納得させても、国際社会に働きかける普遍的な理念なり、言語をもっていない。

これがさらに「普通の国家」なる主張に進み出ているところに特徴的だが、この主張は国外を気にするその仕方において没理念的である。「普通」などという普遍、理念は存在しない。こう主張しているのは、あくまで国内に向けられた内向きの自己でしかないのである。

また、従来、護憲派は、戦争放棄、平和主義を高らかに謳う一方、その原則をわたし達が自分の力でかちとり、国に認めさせたのではないことを過小評価し、これにほおかむりしてきた。

たとえばこれまで改憲派が行ってきた憲法制定過程に関わるさまざまな「強制」をめぐる主張には、占領政策をめぐる指摘を含め、耳を傾けるべき点が少なくないが、にもかかわらず、たとえば大江健三郎の江藤淳にたいする拒絶的な姿勢に代表される、かたくなな姿勢が、この陣営の一貫した態度だった。それは、当初から国内のコンセンサスの形成をめざすことを放棄した、根っからの外向きの自己にほかならない。

この二種の言説は、一つの点で本質的な共通性をもっている。改憲による自主憲法制定論、護憲による平和原則堅持論は、ともに、彼らのめざす理想が、そのまま実現しうるとみなしている点、相似であり、江藤淳、大江健三郎の両人には、どこか精神の双生児を思わせる、潔白な信念への信従が、共通しているのである。

そこにないのは、一言でいえば、やはり「ねじれ」の感覚である。もう一歩踏み込んでいえば、対立者を含む形で、自分たちを代表しようという発想が、そこで両者に欠けている。たとえば米国の二大政党制は、対立する二つの政党が、いったん自分が政権をとった暁には対立者である相手を含み「われわれ」を代表する構えの上に立っている。しかしここにあるのは、相手との関係で自分を定義する、とでもいった、それと逆向きの対立、つまり一人格の分裂という様相なのである。

ここで問われているのは、そのような一個の人格の回復のためにどんな方法がわたし達にあるか、ということだ。

しかし、分裂した人格が、自分でその分裂を克服する。そんなことが可能だろうか。それはわからないが、ただ一つはっきりしていることがある。

もし、それが可能でないとしたら、侵略戦争を行い、敗れた国の国民であるわたし達に、ある種日本国民としての誇り、矜持が宿ることはない。あのジキル氏とハイド氏のいずれかでしかない分裂から、一人の人格に、立ちかえる方途は、ないことになる。

しかし、なぜそもそも、そのようなことが必要なのだろうか。ここで、それは国民というナショナルなものの回復に、むしろつながることなのではないか、という反問が予想される。しかし、よく考えてみれば、このことなしに、わたし達に、逆に、ナショナルなものとしての国民という単位の解除の企ては、着手されえない。こう考えてみよう。そのことなしに、わたし達に他国への謝罪はできないが、そのことは、何を意味しているのだろうかと。国民をナショナルなものにするのも、その逆により開かれたものにするのも、わたし達である。そのわたし達という単位がいま、わたし達の手にない。わたし達はやがては、このわたし達という単位それ自体が不要になるまで、これを風通しのよいものにしていくことを要請されているが、しかし、そのゴールにいたる道の始点は、けっして、「われわれ」から発想しない、国民という枠組に立たない、ということではないのである。これらの主張は、むしろ現にあるナショナルな国民という枠組を放置し、それと共存することに帰着する。反国家のイデオロギーに立つことは、いま、けっして国家の枠を解除することを意味していない。反国家のイデオロギーに立つことは、国家のイデオロギーに立つことと一対をなし、そういう形で、むしろ、いま旧来の国家の体制が残存し続ける、生存条件の一つをなしているのである。

では、国民というナショナルなものの解除のために、何が必要だろうか。それを言葉で否定してみても、それに代わり市民とか、世界市民の立場に立つといってみても、それはそこにあり続け、微動だにしない。日本社会の人格の回復とここで語られていることは新しい「われわれ」の立ち上げということで、その新しい「われわれ」は、当然、共同性として国民と同じカテゴリーの中にあるが、それはそのカテゴリーの中で、従来のナショナルな国民のあり方と対立している。そのような別種の「われわれ」の対置なしに、従来のナショナルな共同性が解体をへて、それがより開かれたものになるということは、ありえないのである。

2　二様の死者

さて、先の対立者を含み、「われわれ」を代表するという課題は、わたし達を一つの問題へと導く。そこでの対立の様相を最もよく示すのは、わたし達ともう死んで帰らない死者たちの関係である。

わたしはこの文章では、大岡昇平について書こうとしている。戦後を語るうえに、大岡が不可欠の文学者である所以を語りたい。その準備はほぼ整ったといってよいが、最後に一つ、その死者の話をここにさしはさんでおく。

いったん、死者との関係に眼を向けるなら、先の戦争に敗れ、いまわたし達が生きているのがねじれた世界であることの意味が、もう少し違った意味で、誰の眼にもはっきりする。

第二次世界大戦は日本人にとってはじめての国家規模の回復不可能なまでの敗北に終った戦争だった。しかしこの戦争は、たんに負けいくさに終った戦争というだけでなく、道義的にも「正義」のない悪い戦争だった点、やはり、これまでにない新しい意味をもっている。

これまで戦争の死者といえば、どのようないくさの場合でも、わたし達は彼らを厚く弔うのを常としてきた。たぶん古代以来、それはどのような文化においてもそうだったはずだが、第二次世界大戦は、残された者にとってそこで自国の死者が無意味な死者となるほかない、はじめての戦争を意味したのである。

たぶん、その意味ではわたし達に原爆の死者があったことは、戦争の死者をわたし達に弔いやすくするための外的な偶然だった。しかしやがて、わたし達日本国民の加害責任ということが当然ながら、遅刻者のようにやってくると、戦後のねじれは誰の眼にも明らかに、この点に関し、わたし達をとらえるようになる。

そのことの帰結をわたし達はいまよく知っている。先の閣僚の戦争への言及による更迭問題もこのことと無関係ではない。ある時以来、戦後日本の外向きの正史は、日本の侵略戦争を公式に認めてきたが、その際、敗戦者のねじれを、戦勝者の前に示すということを行わなかった。その正史は、日本がまず謝罪すべき死者として二千万のアジアの死者をあげているが、そこで、一方三百万の自国の死者、特に兵士として逝った死者たちへの自分たちの哀悼が、この謝罪とどのような関係におかれるかを、明示することはしていないのである。[12]

その結果、この自国のために死んだ三百万の死者は外向きの正史の中で、確たる位置を与えられない。侵略された国々の人民にとって悪辣な侵略者にほかならないこの自国の死者を、この正史は〝見殺し〟にするので、この打ちすてられた侵略者である死者を〝引きとり〟、その死者とともに侵略者の烙印を国際社会の中で受けることが、じつは、一個の人格として、国際社会で侵略戦争の担い手たる責任を引きうけることの第一歩だとは、このジキル氏の頭は、働かないのである。

たとえば被侵略国中国の国家代表が、侵略の担い手は一握りの軍国主義者たちで、広範な日本人民に罪はない、というような発言をする。しかし、じつをいえばわたし達にそれを聞く用意はまだない。わたし達が、わたし達の軍国主義者たちとの関係をいわば五分五分の貸し借りないものとし、あの細川首相の謝罪発言と永野法相の南京虐殺でっちあげ発言との「セット」を壊すことができたら、その時はじめて、わたし達はこの被侵略者の側からの発言に耳を傾けることができる。そして、いや、そうではなくて、罪はこのような軍国主義者の「跳梁」を許した自分たちにこそある、とこの寛大な「被侵略国代表」の言葉を否認することができるのである。

いまもたとえば、日本の護憲派、平和主義者は、戦争の死者を弔うという時、まず戦争で死んだ「無辜の死者」を先に立てる。その中身は、肉親であり、原爆など戦災の死者であり、二千万のアジアの死者であり、そこに、侵略者である「汚れ」た死者は、位置を与えられていない。ここで三百万の自国の死者はいわば日陰者の位置におかれるので、あの靖国問題は、このことの正確な陰画、この「空白」を埋めるべく三百万の自国の死者を「清い」存在（英霊）として弔おうという内向きの自己、ハイド氏の企てなのである。

ここに欠けているのは、これら平和主義者、また靖国神社法案推進者双方に共通する、戦争を通過していまわたし達がここにいるという、敗戦者の自覚、「戦争通過者」の自覚である。

一九四五年八月、俘虜収容所で広島への原爆投下の報を聞いた時の感慨を、大岡昇平は『俘虜記』の語り手に簡潔に、こう語らせている。

……戦争の悲惨は人間が不自然に死なねばならぬという一事に尽き、その死に方は問題ではない。

しかもその人間は多く戦時或いは国家が戦争準備中、喜んで恩恵を受けていたものであり、正しくいえば、すべて身から出た錆なのである。

広島市民とても私と同じ身から出た錆で死ぬのである。兵士となって以来、私はすべて自分と同じ原因によって死ぬ人間に同情を失っている。

この未知の敗戦者の自覚とは、「広島市民とても私と同じ身から出た錆で死ぬ」という自覚、自分たちの死は、どのような死であっても「無辜の死」ではない、もはやどこにも無垢な自分たちの死は、ありえない、という自覚である。

護憲派は、原爆の死者を「清い」ものとし、同じく改憲派は兵士として死んだ自国の死者を「英霊」とし、「清く」する。広島の平和記念公園は韓国・朝鮮人の碑を受け入れていないが、ともに死者を「清い」、無垢な存在として祀ろうとしている点、平和記念公園と靖国神社は相似なのである(13)。

両者に欠けているのは、これらの死者は「汚れている」、しかし、この自分たちの死者を、自分たちは深く弔う、と外に向かっていい、内に向かっていう、これまでにない新しい死者への態度であり、また、その新たな死者の弔い方を編み出さなければ、ここにさしだされている未知の課題には答えられない、ともいうべき、この問いに対する深い自覚にほかならない。

補えば、ここに引く大岡の感慨は『俘虜記』全体を流れる通奏低音の一つであって、この作品の最後にもう一度、現れる。

もうすぐ復員船が日本につくという三日前、船上で病気の復員兵が二人死に、水葬の回状がくる。

そこで語り手は思う。

祖国を三日の先に見ながら死んだ人達は確かに気の毒であった。しかし、彼等が気の毒なのは戦闘によって死んだ人達が気の毒なのと正確に同じである。私とても死んだかも知れなかった。自分と同じ原因によって死ぬ人間に同情しないという非情を、私は前線から持って帰っている。

語り手と船上の死者は、戦場での兵士の死を共有している。語り手と広島の死者に共通しているのは、両者がともに愚劣な指導者をいただく政府のもとでの「市民」であったという事実であり、その意味は同じく『俘虜記』から引けば、こう書かれる。

フィリピンに送られる途中、語り手は思う。

私は既に日本の勝利を信じていなかった。私は祖国をこんな絶望的な戦に引ずりこんだ軍部を憎んでいたが、私がこれまで彼等を阻止すべく何事も賭さなかった以上、今更彼等によって与えられた運命に抗議する権利はないと思われた。一介の無力な市民と、一国の暴力を行使する組織とを対等に置くこうした考え方に私は滑稽を感じたが、今無意味な死に駆り出されて行く自己の愚劣を嗤わないためにも、そう考える必要があったのである。

坂本義和は、最近書かれたある文章で、近年の国際政治の動向を「国家の脱力化」、「国家より市民が先に行く時代」の到来ととらえ、「戦後五十年たった今日」における先の戦争の責任を、ほぼこのように語っている。

いま問われているのは、旧日本帝国の責任であるとともに、国家そのものの意味なのだ。被爆者への国家補償、アジアその他諸外国の犠牲者個人への国家補償の問題、それは「人が国家のために死ぬこと」の意味だけでなく「国家が人を殺すこと」の根拠を根本から問う時代が世界にきていることの表れなのだ。（「二つの戦争の終わり」朝日新聞一九九四年八月十四日）

しかし、この坂本の考えからは、にもかかわらず、日本が、なぜ「被爆者への国家補償、アジアその他諸外国の犠牲者個人への国家補償」へと進みでてゆかないのか、ゆけないのか、そのことが困難な課題として現れてくる構造は見えてこない。この考えに立てば、先の『日本の憲法』における長谷川同様、ではなぜ日本はそうしないか、「このような現実を作ってきたのは歴代の自民党政府」である、というほか、ないのである。

しかし、「歴代の自民党政府」でなければそういうことができるか、と考えれば、事がそう簡単なものでないことが、わかるだろう。はじめて「自民党政府」の枠が外れ、細川政権ができて、細川が明瞭な謝罪発言をしたとたん、起こっていることは、実をいえばそのことの小さな指標にほかならないのである。

わたしが感じるのは、こういうことである。

たしかに坂本のいうように、いま時代は国家のフィクション性が明らかになり、「国家」の枠それ自体が問われるところまできている。そうだとして、もしわたし達が無垢な十歳の子どもであるなら、わたし達はこの認識を出発点に、いま、ここからはじめられる。

しかし、わたし達は十歳の無垢で素朴な児童ではない。歴史を生きている。悪い戦争を戦い、敗れている。その経験がわたし達を、大人にしている。

国民国家がいつか波打ち際に指で書かれた文字のように消えていく存在だと知らされて、

そうか、それなら、とそこから考えはじめられるような状況には、わたし達はないのではないだろうか。そう考えはじめるには、それまでにやっておかなければならない侵略国「国民」としての仕事が、わたし達に残っているのではないだろうか。そしてそこからはじめなければ――何度もいうが――わたし達に国民を再定義し、よりひらかれたものにする起点は、築かれないのではないだろうか。いま大人であるわたし達は、すべての戦争は「悪」だろうと考えるにいたっている。しかし、それは、いまやどこにも十歳の子どもなど、いない、という苦い明察と裏腹である。国民国家の消滅を眼で追いながら、しかし手は汚れたまま、これまでのツケを返済しつつ事にあたる、これが起点に「汚れ」をもつ、わたし達の姿勢だろうというのが、わたしの考えなのである。

なぜ日本は、日本政府は、速やかに戦後責任をまっとうしないのか。その理由は愚劣なものを含め、多々あるが、その根源に、わたしは、戦後日本社会における「国民」の基体の不在、わたし達「戦後日本人」の人格分裂があると考える。

坂本は、先のくだりに続き、

日本がこの問いに誠実にこたえる国家へと自分を変えていくこと、それが、あの侵略戦争での日本と諸外国の犠牲者の死や傷を無駄なものにしない、せめてもの償いであり、ほんものの国際貢献の第一歩だろう。また、その小さなしるしとして、八月十五日を、日本の戦没者だけでなく、外国の犠牲者の慰霊をも同時におこなう日にするのが当然ではないだろうか。

と書くが、この最後の坂本の提言は、どこにわたし達の最大の困難があるのかを、見ていない。なぜ、坂本のこの提言とまったく同質の主張がここ十五年以上なされてきて日本社会が一つも動こうとしないのか。この提言は、正確に同じ比重で、今後、アジアの二千万人の死者へのわたし達の謝罪が、同時に、三百万人の日本の死者、とりわけ兵士の死者たちへの鎮魂を含むものとなることへの希望と、隣り合わせて語られない限り、いわばよりよいジキル氏の発言になり終るほかないのである。

ここには二様の死者がいる。死者もまたわたし達のもとでは分裂している。この分裂を越える道はどこにあるのか。

吉田満は『戦艦大和ノ最期』にこのような少壮士官の言葉を記録している。大和が出航し、しばらくして士官室に若い士官たちが集まり、この作戦の行く末が論じられる。この作戦は、軍事的にはほとんど無意味な自殺行為だ、という点で皆の意見が一致するが、と、ぽつりと一人の士官、哨戒長である臼淵大尉がいう。

進歩ノナイ者ハ決シテ勝タナイ　負ケテ目ザメルコトガ最上ノ道ダ

日本ハ進歩トイウコトヲ軽ンジ過ギタ　（中略）敗レテ目覚メル、ソレ以外ニドウシテ日本ガ救ワレルカ　今目覚メズシテイツ救ワレルカ　俺タチハソノ先導ニナルノダ

この大尉に吉田は一度、部下に優柔不断な態度を見せた時、間髪を入れず、殴られたことがあった。臼淵はこの時二十一歳、兵学校出身の根っからの軍人である。

ところで、たとえ一人であれ、わたし達がこのような死者をもっていることは、わたし達にとって、一つの啓示ではないだろうか。死者は顔をもたなければならないが、ここにいるのは、どれほど自分たちが愚かしく、無意味な死を死ぬかを知りつつ、むしろそのことに意味を認めて、死んでいった一人の死者だからである。

ここまできてわたしは、こういうことができる。

坂本の提言は、わたし達の前にある最大の困難を見ていない。彼の方法では彼のいうことは実現できないが、わたし達が行わなければならないことは、彼の見ていない最大の困難を克服して、彼に代わり、その提言の内容を実行することである。

それは、たぶん不可能ではない。

しかし、それはどのように可能で、それはそもそも、死者にどう対することなのか。

Ⅳ　よごれ――大岡昇平を想起する

1　一九六一年の転換

最近（一九九四年）『小説家大岡昇平』を上梓した松元寛は、きわめて鋭敏な観察眼の持主で、大岡昇平について看過されてきたことをこれまでいくつも指摘してきた研究家だが、この近著に収められた「一九六一年の転換」という論考は、ここまで考えすすめてきた観点から見る時、きわめて刺激的な内容をもっている。

以下、必要なところだけ、松元の考えを祖述する。

一九六〇年前後の大岡の著作を見ると、あることに気づく。一九五七年から以後の単行本を列挙してみると、『雌花』、『作家の日記』、『朝の歌』、『夜の触手』、『扉のかげの男』、『真昼の歩行者』、『花影』、『逆杉』、『常識的文学論』、『文壇論争術』……となるが、このうち、傍線をつけたものが、歴史的仮名づかいで書かれている。一九六二年に出ている『逆杉』以降、大岡は歴史的仮名づかいを用いていないが、よく調べていくと、ここにあるのは大岡のきわめて特異な意思決定なのである。

一九五〇年代後半から一九六〇年代前半にかけては、表音主義に比重をおく国語審議会による現代仮名づかいの導入をめぐり、文学者たちと審議会幹部の間に激しい論議が繰りひろげられた。この対立は、結局六〇年代に入り、現代仮名づかいの勝利で決着がつく。ところで、この時期の文学者の対応を見ると、一九六〇年、『私の国語教室』を書き、先頭に立って国語審議会の現代仮名づかい導入に反対した福田恆存を筆頭に、三島由紀夫など少数の文学者はなお歴史的仮名づかいに固執するが、他の多くの文学者は、さみだれ式かつなし崩し的に現代仮名づかいへと移行していく。

たとえば大岡と同世代の武田泰淳は、一九五四年の全四巻の作品集までは歴史的仮名づかいを用いているが、五五年の単行本では現代仮名づかい、以後、歴史的仮名づかいに戻り、その後再び現代仮名づかいに返るという動揺を示している。一九五八年に出る『森と湖のまつり』は現代仮名づかいで書かれる。

また、大岡より一世代若い安岡章太郎の場合について見ても、歴史的仮名づかいで出発し、早い時期に現代仮名づかいに移るものの、その後、再び歴史的仮名づかいに戻るといった逡巡が認められる。一九六二年の『花祭』は現代仮名づかいで書かれ、これにたいし、六七年の『幕が下りてから』は歴史的仮名づかいで書かれる。

ところが、大岡を見ると、『雌花』を書く半年前の一九五六年七月には、「僕自身としてはやはり使いなれた旧カナの方が便利だが、営業政策上、雑文の発表される新聞雑誌の方針次第で、どっちでもいいということにしている」と述べ（「新カナ遣いと名前のアクセント」）、武田、安岡とほぼ同様の対応を示すが、以後、しだいにこの問題に頭を突っ込むにつれ、国語審議会にたいし、批判の色を強めていく。

松元は、この時期に刊行された単行本を遺漏なく列挙し、検討しているが、それによると、右に記したように大岡は一九六二年一月の『逆杉』を最後に、歴史的仮名づかいをやめている。ただ松元はそのやめ方とやめようがきわめて特異かつ厳密であることに、注意をむけるのである。

まず大岡は、『逆杉』を最後に、「以前ならば歴史的仮名づかいで発表したはずの作品もすべて現代仮名づかいで発表するようにな」る。その移行は、以前歴史的仮名づかいで発表したものでも、再度活字にする時には現代仮名づかいに変えるという厳密さである。たとえば「一九七三年から出始める中央公論社版『大岡昇平全集』では、『俘虜記』以後『逆杉』に至る全作品が現代仮名づかい化され」ている。そしてこれは「八二年から出る岩波書店版『大岡昇平集』でもその方針が」そのまま「踏襲される」。彼は一九六二年一月刊の『逆杉』までは臨機応変の態度だったのが、気がついてみると、以後一度なりと、歴史的仮名づかいを使っていないのである。

では、一九六一年に何が起こっているのだろうか。松元によれば、大岡は『逆杉』刊行の半年前にあたる一九六一年七月、「国語審議会の連中は……」と題する激烈な現代仮名づかい批判の文を書いている。

この文章は、現代仮名づかいを制定し、「アメリカ占領軍の占領政策の尻馬に乗って国民にそれを押しつけようとした国語審議会の一部委員の、安直且つ傲慢なやり方」を「問題の委員を一人一人名指し」の上「手厳しく批判し」て、「そのような委員たちによって作られた現代仮名づかいがいかに杜撰なものであるか」をつぶさに指摘し、口をきわめて攻撃したものだが、しかし、「これだけ叩けば、現代仮名づかいが今となってはもはや受け入れないではいられぬ程の勢いで普及しているとしても、今更それに同調するなど、とても考えられないように思われる」（松元）ところ、以後、大岡の論理は、「思いがけない方向へと進んでいく」。

大岡は、こう書く。

現代かなづかいは矛盾に満ちた、早産児であった。それは決して国語審議会の連中の発明品ではなく、輪郭は明治三十八年で出来上っていたものであった。敗戦のどさくさまぎれに充分検討することなく、提出されたものにすぎない。

しかしそれが十年間新聞に採用され、強行されて来た実績を、無視することは出来ない。日本語を混乱させ、言語生活を貧弱にした罪は大きいが、現在の巨大なマスコミの影響力に鑑みれば、狂瀾を既倒に廻すのは不可能である。

（中略）

「現代かなづかい」は批判者の意見を取り入れた改正を加えて、用いるほかはない。わが国が敗戦の結果背負わされた十字架として、未来永劫に荷って行くほかはない。

彼は、現代仮名づかいを全面的に否定するが、そのあげく、これを「わが国が敗戦の結果背負わされた十字架として、未来永劫に荷って行くほかはない」という。続けて彼は二、三具体的修正案を示した後、こう書いている。

以上私一個の素人案であって、専門家に考えて貰わねばならぬのは言うまでもないが、われわれが国語審議会の連中を排撃するものは、決して彼等の宣伝するように、歴史的かなづかいと五万字の漢字を復活せよというわけではないことを示すために（これら修正案を――引用者）記した。私がこの文章を現代かなづかいで書いているのも、同じ趣旨からである。

ここで、何が起こっているのだろうか。松元の指摘を補えば、この一九六一年七月の「転換」は、どうやら大岡にとっても不意にやってきたある心意の転換だった。

『常識的文学論』第四回「国語も小説もやさしくない」(『群像』一九六一年四月号)で、大岡は福田恆存の『私の国語教室』を取上げ、国語審議会を激しく批判しながら、これまで多くの読者に読んでもらおうとこの連載を現代仮名づかいで書いてきたが、「『私の国語教室』によって、この考えが間違っていたのがわかったから、来月から旧かなにするつもりだ」と書いている。

彼はいったん四月に、現代仮名づかいはやめる、と断言しているのである。しかし、次の月、この新仮名づかいは改められない。翌六二年一月、単行本にした時、大岡は、「次の月から旧かなにし、単行本で改めるつもりだったが、その後国語審議会五委員の脱退騒ぎから、情勢が大きくかわった。私は別に『新潮』七月号に『国語審議会の連中は……』を書いて闘争に加わった。そこで『現代かなづかい』は認める、『新おくりがな』『当用漢字表』は廃止、という妥協案を出したので、その後も新かなづかいを使った。この本でも改められていない」と、注記し、この間の事情を弁明する。しかし、よく考えてみれば、あの四月から七月への一八〇度の「転換」を、ここにあげられた理由は、十分に説明していない。彼はしかたがないので新かなを認めることにした、というが、彼の行っていることは、旧かな一辺倒の宣言から以前の臨機応変(新旧併用)に戻ることではなく、そこを行き過ぎ、一挙に、新かな一辺倒に変わるということだからである。

この時、大岡がどれほどの心意で、歴史的仮名づかいを貫こうという福田や三島由紀夫の決定とも、また他の大多数の文学者とも違う、このいっぷう変わった決定を行っているのかは、わたし達にはよくわからない。しかし、この時点で、あることが「選択」されている。松元によれば、時間をへて、一つのことが明らかになる。彼は旧かなをやめる。かつて旧かなで書かれたものも再録の際には新かなに変える。ところが、その原則は、戦後書かれたものにしか適用されない。彼は戦後書かれたものは、先に由緒正しい歴史的仮名づかいで書かれたものも、彼いうところのお粗末な現代仮名づかいに直すが、戦前に書かれたものは、断簡零墨の類にいたるまで、その旧かなを、動かさないのである。

即ち、一九七三年の『大岡昇平全集』（中央公論社）には第一巻「初期作品」と、第十四巻「補遺」中の『俘虜記』以前、「戦前に発表された文章」が、「初出のまま、歴史的仮名づかいで収録されている」。一九八二年十一月刊行の『大岡昇平集』（岩波書店）でも同様で、その第十五巻「同時代Ⅰ　1937—1964」は、戦前に書かれた冒頭部分が、歴史的仮名づかいのままに残されている。

またそれは、一九八七年七月刊の、「戦争について、折に触れて求められるままに書いた文章」を集めた『証言その時々』にも、そのまま、適用される。

さらによく見れば、大岡は一九七五年に書く自伝的作品『少年』に中学生時代の「吾輩は犬である」なる作文を引いているが、そこでも、

吾輩は犬である。しかし毎日ごみためばかりあさつてゐる野良犬ではない。堂々たる坊ちやんの飼犬でござる。（傍点松元）

見られるように、戦前と戦後の差違は、徹底的に貫徹されているのである。

大岡は、一時は現代仮名づかいの「悪」が福田の『私の国語教室』を読んでとくとわかったから、もう「新かな」は使わない、と書く。一九六一年七月の「国語審議会の連中は……」の委員批判、現代仮名づかい批判は激烈をきわめる。彼の現代仮名づかい否定が福田のそれより弱かったとは考えられない。では、彼の、にもかかわらずこれを用いるという決定は、どこからくるのか。

彼は、「歴史的かなづかい」と「五万字の漢字」の復活を自分は要求しない、と書く。彼自身書くように、現代仮名づかいの強行が「アメリカ占領軍の占領政策の尻馬に乗って」もう十年も続いていて、事実として、これを復古させることがきわめて困難だというのがその理由だろうか。

たしかに彼は、そう書いている。しかし、もしそうなら、彼の以後のあの厳密な決定遵守は説明されない。

理由と根拠があれば、どれほど困難でも、彼は一九六一年四月、『常識的文学論』連載時に思ったように、「旧かなにする」ことにしたに違いない。

わたしの考えをいえば、この時彼には、別の声が聞こえた。彼以外の大多数の文学者には聞こえない声として、それは彼に届く。

いくさに敗れるとは、こういうことではないのか。

死者は帰ってこない。

甕が割れたのだ。

元通りのこと、復古が可能だとしたら、そのような「復古」は、死者が生き返らず、何もかもが元通りになるのでない以上、嘘だ。元通りを求めることができない、起点に「汚れ」がある。

戦争を通過するとは、二十世紀後半のいま、こういうことではないか。

——つまり、彼はこういう声を聞いたのだといってよい。

「きみは悪から善をつくるべきだ、それ以外に方法がないのだから」、と。現代仮名づかいを「わが国が敗戦の結果背負わされた十字架として、未来永劫に荷って行く」、と書く時、大岡は、そのことのほうが歴史的仮名づかいという「清く正しいもの」をこの「汚れた世界」で守るより、困難でもあれば大事なことでもある、そう感じているのである。

2　よごれしょぼたれた日の丸

なぜそれは大事なのだろうか。

さしあたっていえば、それはわたし達が深い自己欺瞞の結果陥っているジキル氏とハイド氏の人格分裂を脱するうえに唯一の方途をさし示すものである点、わたし達に困難ではあるが、大事なことといえる。

この戦後の欺瞞の構造から自由になるとは、どういうことか。

これを護憲派の側からいえば、この欺瞞の構造の起点をなすのは、平和憲法がそもそも「武力による威嚇」によって生れているという、戦後の原点にひそむ「汚れ」の問題である。戦後民主主義を信じるなら、誰よりも早くこの「汚れ」を指摘し、この「汚れ」をそれこそ「わが国が敗戦の結果背負わされた十字架」として引き受け、そこにひそむ「ねじれ」を生きる方途が模索されなければならないが、わたし達の戦後民主主義者は、一人としてこのような方向に進まなかった。その結果として、彼らの主張は、ジキル氏としての発言に終始し、そのあげく、外向きに黒を白といいくるめるあの湾岸戦争時の「文学者による反戦声明」という鬼子を、生むにいたるのである。

また、これを天皇を信奉する改憲派の側からいえば、そこで欺瞞の起点をなすのは、昭和天皇の責任放棄の問題である。昭和天皇が、宣戦の詔勅の署名者である責任を、敗戦時、あるいは占領終結時、でなければまた別の時点での退位で明らかにすべきだったことは、戦後の天皇支持者がどのような詭弁を弄そうとも、誰の眼にも明らかである。天皇の責任とは、臣民にたいする責任であり、何より、その名のもとに死んだ自国の兵士たちにたいする責任にほかならない。二千万のアジアの死者たちに対する責任はわたし達日本国民に帰するが、そのことを含み、それ以上に三百万の自国の死者にたいする責任の一半を天皇はやはり免れないのである。

戦後の歪みは、この点でいえば、彼の死者である兵士の側から天皇に向けられるべき責任の問いかけが、抑圧されたことにある。その死者の声を代弁すべき日本遺族会が、まったくその主張を反転してしまい、死者たちの遺言執行人がどこにもいなくなってしまった。その結果、どういうことになったかといえば、たとえば、その抑圧は、一九六六年、三島由紀夫に『英霊の声』を書かせる。そこで、三島が、なぜ昭和天皇を呪詛し、非難するかといえば、誰もこの自国の死者の側に立つ責任追及をやろうとしないこと、それが彼の唯一の道義なのである。(14)

わたしは思うのだが、もしここに天皇を敬愛する知識人がいるとして、彼が真先にやるべきは、やはり天皇にたいし、このふるまいを「責めはしないが正しくないこと」と見て対することだっただろう。彼らは、もし本当に天皇を敬愛していたとすれば、少なくともそのことにほおかむりすべきではなかった。たとえば一九四六年四月、当時の東大総長南原繁が天皇の道義的責任にふれ、講演を行っているが、その種の発言に、もっと同趣旨の発言が後続しなければならなかったのである。

なぜなら、そのことなしに、彼ら自身の天皇への親愛はまっとうされない道理だからだ。正しくないことを、正しいといいつのれば人格は分裂せざるを得なくなる。たとえば天皇に道義的責任はないという戦後的な詭弁を捏造することで、日本の保守派は、致命的な弱点を抱えることになった。なぜなら、天皇をかばおうとする余り、彼ら自身が、それまでは彼らもそこに立脚していた近代的で普遍的な悟性の世界から、撤退せざるをえなくなったからである。[15] 天皇の戦争責任は否定できない。これは、これまでの数千年の歴史に照らして、万人が万人認めざるをえない明白な事実である。しかし、昭和天皇は生涯、その個人としての責任、公人としての責任をたとえば文面、あるいは退位という仕方で明らかにすることがなかった。死去してみれば、人として果たすべき責任をまっとうしなかった一人の天皇が残ったのである。

しかし、ここまでは問題はそう困難ではない。わたし達の眼に、この局面での「ねじれ」を生きるみちすじはかなりの程度に単純、かつ明瞭である。

前者については、わたしの考えは簡明で、わたし達はいまからでも遅くないから、やはり現行憲法を一度国民投票的手段で「選び直す」必要がある。日本国憲法には憲法改正のための条項があり（第九六条）、それは各議院の総議員の三分の二の賛成と国民投票による過半数の賛成という条件を明記している。[16] わたし達はその条項に訴えて、たとえば平和条項を手に取るのか、捨てるのか、選択すればよい。その選択の結果、たとえ第九条の平和原則が日本国民により、捨てられたとしても、構わない。わたしは個人的には、この平和原則をわたし達にとり、貴重なものと考えるから、こういう事態は好ましくないが、しかし、憲法がタテマエ化し、わたし達の中で生きていない現状よりはましである。もしそういう結果となれば、その考えに立ち、憲法を再度その方向に変えるべく何らかの行動をすることになるだろう。そもそも平和憲法にささえられる平和主義とは完全に語義矛盾だというほかない。もし平和主義などというものがあるとしたら、それはダメな憲法をダメでなくし、逆に憲法を支えるものでなければならないはずである。

また、後者についても、わたしの考えははっきりしている。

戦後、何より天皇の名のもとに死んでいった兵士たちへの道義的責任を果たさずに死んでいった昭和天皇に、わたし達はどのような言葉を向けるのがよいのか。

さして天皇に敬愛の念をおぼえることのなかったわたしに思い浮かぶのは、ここでも、あの大岡昇平が天皇の生涯に触れてもらした言葉、「いたわしい」からそう遠くない感情である。心からの敬愛に立ち、死者への責任をまっとうしなければどう考えてもdecentではない、とツメよる信奉者を、一人としてもたずに逝った「裕仁氏はやはり運が悪いおいたわしい天皇だと言わざるをえない」。大岡の評言はわたし達もはや天皇を必要としていない者の弁として、委曲を尽しているといってよいのである（大岡「二極対立の時代を生き続けたいたわしさ」一九八九年〔死後発表〕[17]）。

ところで、このような戦後的光景の周游を続けて最後にわたし達が身をおくのは、この文章の冒頭の場所、敗戦国の「ねじれ」の根源の場所である。

憲法や天皇をめぐる問題ではまだしも「悪から善をつくる」ことができる。

しかし死者をめぐる「ねじれ」はどうか[18]。

悪い戦争にかりだされて死んだ死者を、無意味のまま、深く哀悼するとはどういうことか。

そしてその自国の死者への深い哀悼が、たとえばわたし達を二千万のアジアの死者の前に立たせる。

そのようなあり方がはたして可能なのか。

ここではっきりしていることは、ここでも、この死者とわたし達の間の「ねじれ」の関係を生きることがわたし達に不可能なら、あの、敗戦者としてのわたし達の人格分裂は最終的に克服されないということだ。

わたし達がアジアへの戦争責任を明言し、アジアの二千万の死者に謝罪するという時、それがジキル氏の明言、謝罪でないとはどういうことか。その明言の論理が、わたし達がいまここにいることのために死んだ自国の死者への哀悼とつりあい、その謝罪がこれら死者を悼むことをつうじてわたし達のものである時、それは一人格としてのわたし達の明言であり、謝罪なのである。

ここでわたしは先の問いに戻る。

ここにいわれているのは、一言にいえば、日本の三百万の死者を悼むことを先に置いて、その哀悼をつうじてアジアの二千万の死者の哀悼、死者への謝罪にいたる道は可能か、ということだ。

アジアの死者を悼むという時、わたし達はいつも自国の侵略者たる三百万人の死者を、脇にのける。その瞬間、わたし達の哀悼はジキル氏の、腰の軽い、清く潔白な哀悼に変わる。

先の場面で、大岡が清く潔白な歴史的仮名づかいを守るより、敗戦の「汚れ」のある現代仮名づかいを引受けることのほうが大事だ、と感じているところに働いているのは、たぶんこれと同じ「よごれ」の直観である。彼には、「清く潔白なもの」が、何か足りないと感じられる。「清く潔白なもの」とは何か。簡単だ。それは戦争の前に、戦争と関わりなく、あった。それは戦争を通過していない。

大岡は、福田恆存の著作に教えられ、「歴史的かなづかい」が正しいこと、善であること、清く潔白な存在であることを知るが、これが戦争を通過していない無垢の存在であることがわかると、それは彼の欲求の対象をずり落ちる。

なぜ戦争を通過して世界はこんなに汚れているのに、汚れていないものを欲するのか。

たぶん日本の戦後はこの「汚れ」で、二十世紀後半以降の世界の普遍性につながっている。この「汚れ」に外部はない。先に引いた「きみは悪から善をつくるべきだ／それ以外に方法がないのだから」という言葉は、アンドレイ・タルコフスキーの映画の原作として知られるアルカジーとボリスのストルガツキー兄弟の小説『ストーカー』の冒頭に、題辞としておかれているアメリカ人の詩人の言葉だが、どこにも無垢の足場のない旧ソ連の内部で摑まれた彼らの言葉は、同じ汚れの中に生きるわたし達の心に、深く響く。わたし達も彼らと同じく、いわばこの汚れを生きることで、「悪から善をつくる」ことを要請されている。そもそも、わたし達の生きる場所が広くこのような条件のもとにあることが誰の目にも明らかになった機会が、あのベルリンの壁の崩壊に代表される近年の世界史的なできごとである。そこで消えているのは、汚れのない理想社会へのみちすじに一抹の現実性を保証していたマルクス主義の「大きな物語」にほかならない。わたし達に汚れないものとして汚れないものをめざす道は、ここでとだえている。わたし達に残されているのは、汚れたものとして、汚れた場所から、「ほんとう」と「よきもの」をめざす道、「善から善を」ではなく、「それ以外に方法がない」という理由から、「悪から善を」つくり出さなければならない、外部のない道である。ところで、この「汚れた世界」は、これをまっさらなみちすじの消滅という事態と考えれば、まず、一九四〇年代、ドイツ、イタリア、日本という正義に打ち負かされた敗戦国にはじめて現れている。その「よごれ」が、以後、少しずつ、世界にひろがり、いま、全世界を覆おうとしているのである。

わたしは戦後にあって自己欺瞞からつねに自由だった稀有な批評家の一人として福田恆存を尊敬するが、大岡には、福田の戦後日本にあってなお「善から善をつくる」ことが可能であるかに見なす確信が、理解できなかったろうと思う。

敗戦はその国を大人にする。しかしそれは国だけではない。大岡の眼には、護憲派、改憲派はいうまでもなく、じつに多くの人が、子どものように、ナイーブに見えたはずである。

彼は書いている。

テレビなんかで、一日の番組の終りで、画面一杯に、日の丸の旗が動くのを見、君が代が伴奏されるのを聞くと、いやな気がする。「逆コース」に対する憤慨なんて、高尚な感情ではない。なんともいえないみじめな気持に誘われるのだ。

わが家の日の丸は無論、終戦後米袋に化けた。そのうち破れて、その用をなさなくなったから、すててしまった。以来うちには日の丸はない。

日本国は再び独立し、勝手な時に日の丸を出せることになったが、僕はひそかに誓いを立てている。外国の軍隊が日本の領土上にあるかぎり、絶対に日の丸をあげないということである。

捕虜になってしまったくらいで弱い兵隊だったが、これでもこの旗の下で、戦った人間である。われわれを負かした兵隊が、そこらにちらちらしている間は、日の丸は上げない。これが元兵隊の心意気というものである。（「白地に赤く」一九五七年）

世界は汚れている。しかしそのことがではなく、そのことに口をぬぐってその「汚れ」がかくもたやすく忘却されていることが、彼を「なんともいえないみじめな気持に誘」う。なぜテレビに映る日の丸が彼を「いやな気」にするのか。それは清潔で潔白だ。それは使われていない。それは戦争を通過していない。「汚れ」とは何か。

自衛隊幹部なんかに成り上った元職業軍人が神聖な日の丸の下に、アメリカ風なお仕着せの兵隊の閲兵なんてやってる光景を見ると、胸くそが悪くなる。恥知らずにも程がある。

捕虜収容所では国旗をつくるのは禁ぜられていた。帰還の日が来て、船へ乗るためタクロバンの沖へ筏でひかれて行ったら、われわれが乗るのは復員船になり下った「信濃丸」で、船尾に日の丸が下っていた。

海風でよごれたしょぼたれた日の丸だった。

私が愛する日の丸は、こういうよごれた日の丸で、「建国記念日復活促進国民大会」

なんかでふり回されるおもちゃの日の丸なんか、クソ食えなのだ。(同前)

戦後の改憲派、保守陣営と護憲派、革新陣営の対立。

すぐわかるように、ここにあるのは「清く潔白な」日の丸と赤旗の対立、清く潔白なもの同士の対立であり、文字通り、こうした純粋な理念と心情の対立の構図を文学の世界で典型的に体現してきたのが、ともに生涯のある時期大岡と親しく交渉したことのある、江藤淳と大江健三郎という二人の代表的な戦後文学者だった。ところで、大岡は、「建国記念日」の復活をとなえる日の丸に、「逆コース」にたいする憤慨とは違う、「いやな気持」を置く。彼がここに示すのは、日の丸に対するに「よごれたしょぼたれた日の丸」を置くという、また別種の対置なのである。

ここで、先に触れた江藤の『昭和の文人』を思い浮かべてみよう。それは、「彼等はいはば人情不感症なのである」という河上徹太郎の左翼人評を手がかりに、それ以前にはなかった新種の文人類型として、「昭和の文人」というタイプを仮設し、平野謙、中野重治、堀辰雄の三人を人間的に指弾しようとしたものだった。一言にいって「昭和の文人」はそれ以前の文人とどこが違うか。彼らは「きたない」。人間として蔭ひなたがある。「汚れ」ている。つまり、ひるがえっていえばこれを指弾する江藤は、河上同様、「清く潔白」な存在を善とし、それを自説の背骨としている。

しかしたぶん河上の直観した「人情不感症」は、世界史的には第一次世界大戦以後のある「汚れ」に呼応している。具体的にはそれは十九世紀の終わりになって西欧の国民国家を内部から崩しはじめる帝国主義体制の出現と、これに対応する共産主義体制の勃興と見合う精神類型である。(19) 堀は関東大震災のおり、死んだ実母を死体の山の中、探し回った過去を誰にも語らない。その西欧かぶれと家での小暴君ぶりは同じコインの裏と表をなす。平野は、自分が僧侶の家の出の長子であることを文学仲間に隠し続ける。そして中野は、転向しながらも筆を折れという父親の諫言に従おうとしないが、むしろ、これらの「人情不感症」につらなる戦後日本の経験、その社会の原点にひそむ「汚れ」は、それが、二十世紀後半の日本人を世界につなぐ、世界に開かれた一つの窓なのである。わたし達の戦後の可能性は、この「汚れ」、「ねじれ」を生きぬいて、一つの世界性へと抜け出ていく以外の道をもっていない。彼自身汚れから自由であるはずのない江藤の「清く潔白な」観点からする「汚れ」の断罪は、むしろ完全に転倒しているという印象をぬぐいがたいのである。(20)

大岡は、『レイテ戦記』で神風特攻に触れ、こう書いている。

(勝利が考えられない状況で面子の意識に動かされ、若者に無益な死を強いたところに神風特攻の最も醜悪な部分がある、という指摘に続け——引用者)しかしこれらの障害にも拘らず、出撃数フィリピンで四〇〇以上、沖縄一、九〇〇以上の中で、命中フィリピンで一一一、沖縄で一三三、ほかにほぼ同数の至近突入があったことは、われわれの誇りでなければならない。

想像を絶する精神的苦痛と動揺を乗り越えて目標に達した人間が、われわれの中にいたのである。これは当時の指導者の愚劣と腐敗とはなんの関係もないことである。今日では全く消滅してしまった強い意志が、あの荒廃の中から生れる余地があったことが、われわれの希望でなければならない。

この文章の書き手は、「あの荒廃」の中になおこれだけの「強い意志」がありえた、という。それは「われわれ」の誇りだ、と。ここにいう「誇り」の用法は、戦前の大日本帝国の「誇り」の用法とは違っている。それは一回使われている。汚れている。しかしこれは、これこそが、「誇り」の正しい用法ではないだろうか。たしかにいまや、「誇り」という言葉はほぼ完全に意味を失っている。しかし、わたしは、「誇り」というものがただちにマッチョだとは思わない。それは、そのマッチョな用法しか、自分たちにはない、ということの別様の言い方にすぎない。そのマッチョな用法に対し、マッチョでない用法をもっていないため、しばしばわたし達はそういうが、生きるという経験がいわば三六〇度の広がりでわたし達に試練を与えるものである以上、わたし達は、こういう概念、正義、法、誇りといったものについて、いわば一度使用された感触、「よごれ」「しょぼたれた日の丸」を、手にしている必要があるのである。

そう考えれば、ここにいう「われわれ」が、わずかに歪んでいることがわかるだろう。その「われわれ」は、無意味なことのために動員され、作られたわれわれである。もし何の歪みも汚れもなければ、この「われわれ」はこの国民国家単位の近代戦争を戦った「日本国民」に帰着する。そうであるところ、それは、わずかに「あの荒廃」を了解する集団へと歪み、この戦記の献辞にある「死んだ兵士たち」、レイテ戦を戦った者たちという、ある時、ある場所に置かれた「よごれ」「しょぼたれた日の丸」の位置に、ふみとどまっている。それは、その汚れの自覚で、表面張力でたわむガラス板上の水滴のように、薄く平たく「日本国民」へと広がるのを自ずから制する、そういうわずかに歪んだ「われわれ」たりえているのである。

「汚れ」とは、単なる否定、あるものの不在の形ではない。それは、否定の形をした一つの肯定にほかならない。それは、「日の丸」の否定だが、大岡はそれを、「よごれ」「しょぼたれた日の丸」と肯定命題の形でいう。それは、「誇り」を否定しない。また、「われわれ」を否定しない。それは、単なる「誇り」の否定、「われわれ」の否定以上の否定をこれらにたいしてもつゆえに、別のものの対置へと突き抜ける、そういう、二枚腰の、肯定命題なのにほかならない。

この「われわれ」が肯定命題であるとは、どういうことか。

3　一九七一年の選択

ベネディクト・アンダーソンは、「ナショナリズムの起源と流行」という副題をもつ『想像の共同体』を、このような戦争の死者たちの弔い方をめぐる考察から、説き起こしている。

〈無名兵士〉の墓と碑、これほど近代文化としてのナショナリズムを見事に表象するものはない。これらの記念碑は、故意にからっぽであるか、あるいはそこに誰が眠っているか誰も知らない。そしてまさにそれ故、これらの碑には、公共的、儀礼的な敬意が払われる。こういうことは、これ以前の時代にはまったく例がなかった。それがどれくらい近代的なことであるか。どこかの出しゃばり男が、〈無名兵士〉の名前を「発見」したとか、記念碑に本当の骨を収めようなどといいはったとして、一般の人々がどんな反応をするか、ちょっと想像してみればわかるだろう。奇妙な、近代的冒瀆！　しかし、これらの墓には誰とわかる遺骸とか不死の魂こそないとはいえ、にもかかわらず、鬼気迫る国民的想像力はみちているのである。（これこそ、かくも多くの国がこの種の墓をもちながら、その不在の住人の国籍を特定する必要をまったく感じていない理由である。

ドイツ人、アメリカ人、アルゼンチン人……以外の誰で、彼らがありえよう?)[21]

ここにいう「無名兵士」とは誰か。それこそ、誰の指紋もついていないあのまっさら、潔白な「日の丸」的存在にほかならない。それは「名前」をもってはならない。それは、そこで名前が「汚れ」であるような存在なのであり、そう考えればわかるように、日本の文脈に置き直せば、ここにいわれる〈無名兵士〉の記念碑とは、靖国神社にほかならず、また〈無名兵士 Unknown Soldiers〉をわたし達は、ふつう、「英霊」と呼んでいる。

ところで、この「英霊」を壊すものは何だろうか。それを壊すものは、けっして彼らと別種の共同的な実体をもつわれわれではない。江藤と大江がかつて同じく編者に名を連ねた叢書のタイトル『われらの文学』にいう「われら」、そういうものではない。無名兵士なる観念を壊すのは、無辜の市民という観念でもなければ、戦後の新しい価値観をもった若者という観念でもなく、また、二千万のアジアの死者という観念でもなく、むしろ名前という汚れをもつ個々の兵士からなる、もう一つの「われわれ」という観念なのである。

大岡は、戦記を書く。一九六五年以来準備をはじめられたその戦記、『レイテ戦記』は、六年をかけ、一九七一年に上梓されるが、この試みに触れ、彼は、こう語っている。

レイテ島の俘虜収容所で聞く話は、悲惨な詳細に満ちていた。しかしそれだけ旧軍人にとっては恥多き戦場なので、責任ある者の報告はなかなか出なかった。防衛庁戦史室の公刊戦史が出たのは、やっと昨年（一九七〇年）末、実に戦後二十五年目である。

しかもその記述は大本営、方面軍の作戦が主で、戦闘経過の占めるスペースは至って少ない。ところが私の知りたいと思うこと、また多くの遺族の知りたいと思うことは、戦闘の実状である。自分の父や兄はどういうところで、どういう風に死んだかである。

（中略）

私の意図は、最初はレイテ戦を全体としてとらえることであった。しかし書き進めるうちに、戦死した兵士の一人一人について、どこでどういう風に死んだか、を数え上げることになって来た。（「フィリピンと私」一九七一年）

この戦記には膨大な兵士が登場する。その地名索引・人名索引・部隊名索引は、文庫版で七十頁に及ぶ。他に書誌・年表・部隊編成表で約六十頁を数え、じつに多くの死んだ兵士の名が、その索引を埋める。

その献辞は、「死んだ兵士たちに」である。

いったいここで大岡は、何をなしとげたことになるのだろう。

彼は、「英霊」と呼ばれるものにこの膨大な地名と人名と部隊名を対置する。彼は、死者を名前ある兵士として取りだすことであの「英霊」なるものの虚妄をついている。「英霊」なる観念から一人一人の兵士の死を奪回している。しかし、それだけではない。彼は一人一人を調べ、話を聞き、フィリピンへも行く。その結果、最後に約一年近くを費して調べ、連載終了後になされた加筆の多くは、フィリピンに関連したものとなる。彼は一人一人の兵士を追い、「事実と判断したものを、出来るだけ詳しく」書くが、「しかしレイテ島の戦闘の記録を書き終った時」、最後、「結局一番ひどい目に会ったのは、フィリピン人ではないか」、そう感じるのである。

そもそも、名前をもたない三百万の自国の死者に対置されるさらに名前をもたない二千万のアジアの死者とは、何か。

そこでは何かが激しく転倒している。

しかし、そのことを了解した上で、わたしは、先に述べた三百万の自国の死者への哀悼をつうじて二千万の死者への謝罪へといたる道が編み出されなければ、わたし達にこの「ねじれ」から回復する方途はない、と考える。

しかし、それはどのように可能か。大岡は、まさしく、自分がその一員であってよかった「死んだ兵士たち」への哀悼からはじめることで、それがそのままフィリピンの死者への謝罪へとつながる、そういう道でもあることを、ここに、証しだてている。

彼は、別にハイド氏にならなくとも、靖国神社を通過しなくとも、わたし達にわたし達の死者を弔うみちすじは用意されてあり、別にジキル氏にならなくとも、二千万のアジアの死者という枠を通らなくとも、他国の死者と会うことはわたし達に可能であることを、彼のコミットを通じ、教えているのである。

何が彼と彼以外のわたし達の違いなのか。

『レイテ戦記』解説は、菅野昭正が力のこもったものを書いているが、そこに菅野は、こんな大岡の地中海の紀行文の一節を引いている。

> 獅子を建てることを許したのは、恐らくアレクサンドロスで、ギリシア全土を征服した後だったに違いない。テーバイ人は銘を刻まず、坐ったままの姿勢から立ち上ろうとする獅子像をここに建てた。土地にはテーバイ人の怨恨と敗れた後にも消えない戦意が眠っているのである。
>
> 永遠に慰められることのない死者の怨霊がこの地に生きている、と私は感じた。（中略）
>
> しかし鎮めようにも鎮めようのない前三三八年の死者の怨霊は、カイローネアの野に生きている、と私は感じた。恐らく極東の元兵士にも、同じ鎮められない魂があって、カイローネアの獅子にかり立てられるのだろう、と思った。敗者には永遠に勝者と和解出来ない核がある。（「鎮魂歌」）

たしか、昭和天皇が死去した時、求められてわたしは「『敗者の弁』がないということ」という文章を書いた。敗戦前後の雑誌などを見ると、敗戦までは多くの雑誌が「撃ちてし止まん」などと呼号していたのが、いったん敗戦となると、「よかったよかった」とばかり新日本の出発を寿ぐ声一色になっていた。たぶん敗戦前の編集者は、そこで辞職していたし、あるいは軍国主義下に雌伏していた他のメンバーと、交代しているのだろう。敗戦前、敗戦後の発話者の声にそれぞれ偽りはないのだろう。しかしそれにしてもここに、その選手交代のため、「敗者の弁」がない。つまりわたしは、この文章の冒頭に書いた、「あれだ」という声を、ここに聞いたのである。

一九四五年八月に欠けていたのは何だったろう。

そこでは、敗戦の以前と以後を貫いて他の国々との間で続いているゲームにおける「負け点」の引き継ぎがなかった。この時国体の護持などということ以上に大切だったのは、はっきりと相撲をいったん負けきること、この〝負け点〟の護持、継承だったはずである。

大岡と彼以外のわたし達の違いは、わたし達の多くがいつか敗者であることを忘れた後も、ひとり大岡が「敗者」の位置を動こうとはしなかったことである。確かに大岡のように敗者の位置にとどまった戦前の人間は他にもたくさんいたかも知れない。しかし、敗れた後、「敗者」として新しい現実、この戦後を生きた人間、そうすることでまた新たな地平にたどり着くことがあり得ることを示した文学者は、たぶん大岡一人だった。

その結果、他の戦後人においては人格分裂として現れている多くのことが、彼においては串ざしされる直列する二項として現れる。「敗けた」という声を発すべきところ、「喧嘩はよくない」ということからはじめられたわたし達の戦後にあって、力と平和はつねに相反する二つの原理だったが、先に見た日の丸の例にしろ、神風特攻の例にしろ、レイテの死者からフィリピン人へと覚醒する道にしろ、彼の中でこの戦争と平和が串ざしされた一つのことであり続けたのは、彼が「敗者」という「ねじれ」を最後まで、ねじれのままに、生きたからである。

一九九四年は、ノーベル賞を受けた大江健三郎が文化勲章を辞退するのに大岡昇平の芸術院会員辞退を例にあげた関係で、大岡の二十数年前の行為にわたし達の関心が再び向かう年になった。

しかし、大岡の「よごれた日の丸」と、大江健三郎の「戦後民主主義」の関係について述べれば、両者の間にはほとんどまったく関係がない、むしろそれは対立する、というのが、わたしの考えである。

文化勲章辞退の弁として、大江はこう語っている。

……先達のひとり大岡昇平さんなら、この賞(ノーベル賞——引用者)にあわせて(文化勲章という——同）「国民的栄誉」があたえられるとして、やはりそれを辞退されるだろうと思う。そこで僕もそうさせていただくことにした。申しわけない気持においてではあるが、「戦後民主主義者」——なんと懐かしい語感だろう——に「国民的栄誉」は似合わないから、と。そして思えば、故郷の森の少年時から、老年に近付いた今にいたるまで、僕は「戦後民主主義者」のままなのだ。（「ノーベル賞を受けて文化勲章を受けぬ理由」東京新聞一九九四年十月十五日）

大江の戦後民主主義は「少年時」から変わらないものとして語られる。それは無垢な、「汚れ」のない理念である。しかし、わたしは、一九七一年十一月の大岡の芸術院会員辞退は、むしろこれとは逆に、戦後という欺瞞空間の中で「敗者」であり続けること、「よごれた日の丸」であり続けることが、どのような「力」であるかを示したできごとだったと、考える。

大岡は辞退の理由に、自分の汚れ、「汚点」をあげている。

私の経歴には、戦時中捕虜になったという恥ずべき汚点があります。当時、国は〝戦え〟〝捕虜にはなるな〟といっていたんですから。そんな私が芸術院会員になって国からお金をもらったり、天皇の前に出るなど、恥しくて出来ますか。（中国新聞一九七一年

十一月二十八日付、記事中の談話）

大岡は『レイテ戦記』を上梓したところだった。芸術院会員という話は、この『レイテ戦記』完成にたいして、という形だった。

もし、推薦者が『レイテ戦記』を読んでいたなら、あえて大岡を芸術院会員に推そうと考えただろうか。

大江の文化勲章辞退は国からの贈り物は自分の戦後民主主義の理念に照らし、「汚れ」ているので、受けられない、と聞こえる。しかし大岡がいっているのは、国からの贈り物を受けるのに自分は「汚れ」ている、というそれとちょうど逆のことである。

しかし、これは逆説でもアイロニーでもない。大岡にとって、この戦後の世界で汚れていないものがあれば、それは、それこそが汚辱にみちた存在なのである。

大岡が十七年後、彼自身の死の直前に書き残した天皇重篤の報知に接しての談話にも、やはり「汚点」という言葉が出てくる。

（昭和天皇は——引用者）歴代天皇の中でこんなにつらい経験をした以上、そのまま退位はしたくなかったに違いない。それが戦後、日本はここまで戦前を上回る経済成長をとげた。天皇にすれば、よくもここまで来たという、およろこびがあったろう。しかし敗戦・降伏という汚点は拭いきれない。それゆえ威厳を取り戻そうとする気持ちから最後まで解放されなかったのではないか。(「二極対立の時代を生き続けたいたわしさ」)

大岡は、自分の中で「恥ずべき汚点」の自覚の薄れるのをこそ恐れて生きた。その彼に、昭和天皇は、歴代天皇中はじめて「敗戦・降伏」した「汚点」を雪ぎ、威厳を取り戻そうと、退位の道すらとざした「不幸な」存在と見えている。

この大岡の談話は、天皇を「おいたわしい」、「いたましい」と述べたというので、彼の長年の知友、信奉者を動揺させたといわれる。しかし、大岡の言葉に、いつわりはない。一九七一年、芸術院会員の推輓をうけた時、彼の口から思わず洩れているのは、「恥を知れ」という呟きだとわたしの耳には聞こえる。この「恥を知れ」は、当然、戦争の死者のことを書いた本で、栄誉を与えようというその与え手、昭和天皇に向けられている。いままた彼はその相手に「おいたわしい」というが、彼は、一歩も動いていないのである。

彼は書いている。

二十六年前、私が一兵卒として前線に行き、死と顔を突合わせて帰って来たということが、決定的なことだったらしいのである。安らかな老後を求める気持は、私にはない。

働き続け、苦しみ続けて死ぬつもりである。（「六十三、四の正月」一九七二年一月）

＊

こういう情景が浮かぶ。

そこでわたし達は子どもで、石を手渡され、こういわれる。

「さあ、この石をできるだけ遠く投げてごらん」

わたし達は精一杯、力をこめて投げる。

するとこういわれる。

「じゃあ、今度はそれを取りにいってごらん」

わたし達はずんずんと歩き、それを取ってくる。

わたし達はもう一度いわれる。

「ではもう一度、この石をできるだけ遠く投げてごらん」

わたし達はいく。

わたし達は石を取って帰る。

わたし達は、またいわれる……。

きっとこの時、歩いて取りにいくその石をほんの少しでも手控えして投げたら、ゲームは終る。それをすることの「意味」が消える。

大岡は、戦後というサッカー場の最も身体の軸のしっかりしたゴールキーパーだった。一九四五年八月、負け点を引き受け、長い戦後を、敗者として生きた。きっと、「ねじれ」からの回復とは、「ねじれ」を最後までもちこたえる、ということである。

そのことのほうが、回復それ自体より、経験としては大きい。

戦後後論

——エズミ、いいかい、本当の眠気をおぼえる人間は、あらゆる機能が元のままに戻る可能性を、必ずもっているんだ。

（J・D・サリンジャー）

＊

去年一年間（一九九五年）、太宰治の戦後の全作品を書かれた順に読んでいくということをある場所でやって、一つのことに気がついた。太宰が、戦後新しく現れた文学に著しい違和感を抱いていたことは、その書いたものに明らかで、その違和感のため、彼は彼と同様の受けとめ方をした作家たちとともに、無頼派という不思議な部屋に隔離されるのだが、その無頼派の主要な書き手である坂口安吾、石川淳らとも、太宰は、実をいうと、一つの点で違っている。

坂口も、石川も、戦後文学の小説家たちと同様、戦後、戦時下のことを描いた作品を残している。坂口の「白痴」、「戦争と一人の女」、「続戦争と一人の女」、石川の「無尽燈」などは、戦争中の生活を一つの小説として描いたもので、これをざっと読むだけではそれが戦後に書かれたか戦時下に書かれたかわからない。しかし、太宰は、戦時下こそ戦争中の話を書いているものの、戦後になると、一度もそのような、戦時下に書いたかどうかわからないような形での、戦争中の話は、書いていないのである。(1)

わたしはそこから、こんな感想をもった。誰のとも似ていない、太宰治の戦後がある。それはわずか、三年足らずしか続かない。しかし、その約三年間に、太宰は一気に敗戦から戦後以後まで駆けぬけている。その太宰の場所から見ると、日本の戦後、また戦後以後の空間は、どのような眺めとしてわたし達に、見えてくるのだろうか、と。

わたしは、先に「敗戦後論」というものを書いて(一九九五年一月)、日本の戦後がどのようにはじまったか、その起源に横たわる「ねじれ」を問題にしたのだが、この感想は、ではその戦後がどのように戦後以後につながるか、というその終わりにひそむ問題が、もう一つここにあることを、示唆するように思われたのである。

はじめに

ここで、この論のおおよその枠組みを話しておこう。

この文章をわたしは、昨年書いた「敗戦後論」の続きのつもりで書いている。この評論文は、発表の後、さまざまな批判と論議の対象になった。[2] しかし続きというのは、ここでその批判、論議に答える、という意味ではない。もちろんそれらを含め、先の論が新しくわたしに考えさせることになった問題が、考察の対象となるが、わたしの気持としては、先に行ったのとちょうど逆のことを、ここでは少し、考えてみたいのである。

先にわたしは、いまのわたし達の生をいわば五十年前の戦後の起源の歪みを光源に、照らしてみた。

いまわたしがやってみたいのは、逆にその戦後の最初の数年を、弱いいまの白色光で照らしてみる、ということである。

川村湊がわたしのこの論にふれ、こんなことをいっている。

しかし、敗戦から戦後の「ゆがみ」を文字通り体験した美濃部達吉や大岡昇平などの戦前派や戦中派の人たちとまったく同じ立場や同じ状況であったかのように、「ゆがみ」や「原点の汚れ」を自分の身にまとってみせるということは、別の意味での自己欺瞞に陥ることではないだろうか。もちろん、私は「戦後生まれ」だから、戦争にも、敗戦にも、「原点の汚れ」にも関係がないということをいいたいのではない。また加藤典洋の潔癖感（それを「モラル」と呼んでいるようだが）が借り着だというつもりでもない。しかし、そこには著しく、私が「戦後」において良きものだと考えている、ある意味では無責任なノン・モラルの柔軟さが欠如しているように思われるのである。（「湾岸戦後の批評空間」『群像』一九九六年六月号）

わたしには、この川村の考えがよくわかったとはいえないが、しかし、こういう疑念にも、この続編は答えることになる。わたしは、川村が戦後において「良きもの」だと考えている、「ある意味では無責任なノン・モラルの柔軟さ」なるものが、ほんとうは何であるのかを、ここでは、考えてみたい。

どのように重大な問題も、どのように過酷な経験も、時間がたち、それを目撃し、体験した人間が消えていくにしたがい、薄らぎ、消えていく。一人の死の痛切な意味は、その人間を深く愛する人間が生きていることのうちに残るが、その人間が死ぬと、あっさりと消える。

たぶん、記憶せよ、という命題はその理不尽さを埋め合わせよう、というわたし達の口惜しさからくる。いま、わたし達のまわりには、ユダヤ人のホロコースト、日本の戦争責任、アメリカの原爆投下など、大きな過去の問題の記憶をどう継承するか、というさまざまな声が聞かれるが、そのむこうにわたし達が見ているのは、どのような痛切な経験も、必ず、それを記憶する人の死の重なりとともに風の塵となって消える、という、理不尽さの動かしがたい壁のひろがりである。

しかし、ここにあるものこそ、「ノン・モラル」の問題ではないだろうか。あの、そんなこと、知らないよ、という呟きが、この壁のそこかしこの穴から、ウサギのように、――顔を覗かせているのではないだろうか。

川村の指摘は、このような形で、わたしの虚をつき、ここにいわば一つの戦後の終わりの問題のあることを教える。わたしはこの論を、この「ノン・モラル」を光源に書きすすめていきたいが、ここにあるのがいったいどのような問題であるかを教えるのが、それとある意味で反対の場所からなされている、もう一つの批判にほかならない。

「敗戦後論」では、わたしは、美濃部達吉と大岡昇平を手がかりに、戦後の起源におかれた歪みの問題とそこからの脱却に必要な認識について考えてみた。戦後の歪みの起点をなしたのは、死者への対し方と法への対し方という、二つの問題である。先の戦争は、すべてが明らかになり、人々を動かしていた天皇への熱情が消えてみれば、義のある戦争ではなかった。では、義のない、悪い戦争で死んだ死者を、残された者はどう弔うのがよいのか。これは、二十世紀になり、世界戦争が出現し、はじめて出てきた問題だが、このことを普遍的な問題として深く考える思想家は、この戦後から生まれなかった。

また、武力否定をうたう憲法を武力によって押し与えられる、という法の問題として埋め込まれた矛盾と欺瞞は、これも、二十世紀になって現れたきわめて現代的な現象だったといってよい。どのような国も、もはや自分の正当性を普遍的に立証できなければ国として立てない。さまざまな矛盾が抑圧され、隠蔽され、法が新たな力の作用の場になる。この矛盾と欺瞞からその中に置かれた人間が自由になる方法は、それをはねのけることが物理的に不可能である場合には、その矛盾と欺瞞を自覚し続けること以外にないが、ここでもやはり、美濃部などごく少数の例外的明治人の対応を除くと、多くの戦後人の対応は、この矛盾と欺瞞を速やかに忘れるほうに流れた。

さて、ここに生まれた日本社会の歪みを、わたしは、岸田秀の見解に示唆され、国内における二論の対立ならぬ、ジキル氏とハイド氏にも似た人格分裂として描いた(3)。

この社会の誰かがたとえば、日本が行った侵略戦争に対してアジアに出向き、頭を下げて、謝罪する。しかし、その謝罪が必然的に反動を引き起こし、この社会のまた別の誰かが再び出向いて、その逆のことをするのであれば、これは、この社会が、謝罪できない社会だ、ということである。先に謝罪をしたのは、ジキル氏で、後にその反動としてたとえば南京大虐殺などでっち上げだ、というのがハイド氏である。このような社会の誰が謝罪しようと、それはこうした構造の中では、ジキル氏の謝罪であるほかない。

まず必要なのは、この社会が謝罪できる社会になること、謝罪主体の構築である。その方途は、この人格分裂の克服以外にない。ではどうすればこの人格分裂は克服されるだろうか。この問題の核心は、ジキル氏の側にハイド氏の論拠を吸収、消化できるだけの論理が用意されていない点にある。ハイド氏という「内的自己」の亡霊を生み出さない謝罪の論理をジキル氏が作り出せれば、少なくともこの問題は思想的には克服できたことになるはずである。ところで、これは、ある批判者の指摘するように、国民の共同的主体としての「われわれ」の立ち上げ、ということをも意味する。これが、戦前型の共同性への復帰に道を開くのではないか、というのがそこでの批判の一つの趣旨だが[4]、しかし、この論をそのように受けとる人がいるとしても、侵略者であるわたし達は、最低、謝罪の主体を構築する義務だけはある[5]。万が一、そこにその構築がもつ単一性への傾斜の危険があるとしても、その危険は、その構築を通じ、わたし達の責任で、除去していくしかないのである。

わたしの考えは、ほぼ、このようなすじみちをたどり、そこから、新しい死者の弔い方を編みだすことの必要、汚れをこそ原点にするような重層的な認識主体の形成、憲法の改正規定を通じての国民投票による現憲法の選び直し、というようなことが書かれた。

ところで、この論への反応はもっぱら、この新しい死者の弔い方の編みだし、という点に集中した。

わたしは、いまわたし達のまわりに見られるこのことに関する人格の分裂が、まず他国の二千万の死者への謝罪を、という旧護憲派の流れを汲む主張と、いや自国のために死んだ三百万の英霊の哀悼を、という旧靖国法案推進派の流れを汲む主張との対立となっていることに着目し、先の論に、こう書いていた。


悪い戦争にかりだされて死んだ死者を、無意味のまま、深く哀悼するとはどういうことか。

そしてその自国の死者への深い哀悼が、たとえばわたし達を二千万のアジアの死者の前に立たせる。

そのようなあり方がはたして可能なのか。

ここではっきりしていることは、ここでも、この死者とわたし達の間の「ねじれ」の関係を生ききることがわたし達に不可能なら、あの、敗戦者としてのわたし達の人格分裂は最終的に克服されないということだ。

(略)


ここでわたしは先の問いに戻る。

ここにいわれているのは、一言にいえば、日本の三百万の死者を悼むことを先に置いて、その哀悼をつうじてアジアの二千万の死者の哀悼、死者への謝罪にいたる道は可能か、ということだ。(「敗戦後論」)

自国の死者を先にする、というこのわたしの主張への批判は、さまざまな形をとったが、わたしは、これらに応接することをつうじて、一つの感想をもった。わたしはこのようなあり方の可能性を大岡昇平、吉田満といった戦争体験の保持者の仕事から取りだしたが、そこで問題とされたのは、わたしがこのように主張することの意味、ということのほうだった。

わたしは、戦後と戦後以後の日本社会がいかに敗戦と戦後に拘束されているか、その「つながり」の構造を論じたのだが、それは、それをいま、戦後以後を生きるわたしが論じることとの意味という、「切断」の構造の中で受けとられたのである。

先の論を書いてからの一年数ヵ月は、こうして、わたしと大岡の距離を意識させ、わたしがこう感じる、その感じ方の根がどこにあるかを、わたしに自省させた。

たしかに、わたしは戦後の社会問題をそれとして考えてきたのではない。いまの問題を、文学の関心に導かれ、考えすすめているうちに、このことにぶつかった。わたしにとっては、文学が導きの糸だった。

死者の弔い方について、わたしは、先の論では、こんなふうに考えていた。

靖国法案推進派は、自国の死者を哀悼しようと、戦争を義のあるものに捏造し、旧護憲派は、先の戦争が悪い戦争であればこそ他国の死者に謝罪しなければならないと考え、自国の死者を、扱いかねている。しかし、戦争の死者を、あの吉田満の『戦艦大和ノ最期』の臼淵大尉が示唆するように、無意味であるがゆえに、その無意味さゆえに、深く哀悼することは、可能である。という以前に、それは、必要なことでもある。それだけが、なされなくてはならないにもかかわらず、なされずにきたことなのだ。実際問題として、その場合には、自国の三百万の無意味な死者を無意味ゆえに深く哀悼することが、そのまま二千万のアジアの他者たる死者の前にわたし達を立たせる、その踏み込み板（スタートライン）になる。また、そういう死者への対し方が作り出されない限り、日本社会総体がアジアの死者に謝罪するという形は、論理的に、追求不可能である——。

しかし、なぜ、わたしはこう考えるのか。

わたしはこんなにも政治問題に熱心だっただろうか。

わたしがこの考え方に傾くのには、ここにいうような歴史的、社会的な理由がある以前に、別のある直観が働いている。わたしはそのことに、次の高橋哲哉の批判に接して、ありありと気づかされたのである。

高橋はわたしの先の論を、自国の死者を「かばう」、「内向きの」議論ととらえ、むしろ、「汚辱の記憶を保持し、それに恥じ入り続けるということ」が必要だと述べていた（「汚辱の記憶をめぐって」)。

わたしは、これに対し、ある対談⑹で、この批判にふれ、それが日本におけるアジアの死者、ヨーロッパのユダヤ人殲滅をめぐる問題に及んでいるのに応じて、なぜヨーロッパには「ユダヤ人虐殺の問題をひと事として語る、この問題の他者がいないのか」と、こう述べていた。

日本になら「南京大虐殺、朝鮮人元慰安婦、七三一部隊などの問題に対して、そういうものの前で無限に恐縮する、無限に恥じ入ることが大事だという高橋さんのような人がいる一方で、これは違う、これはいやだ。思想というのはこんなに、鳥肌が立つようなものであるはずがない、という僕みたいな人間もいる。ヨーロッパには吉本隆明みたいな人間がいなかったということではないか(笑)」

しかし、このわたしの感じ方は、そういう誰かすぐれた思想家の影響というような話で説明できることでは、さらさらなかった。ここに顔を見せていたのは、あの川村のいう、「ノン・モラル」の問題なのである。

ヨーロッパのユダヤ人殲滅の問題、また日本におけるさまざまな戦争責任の問題は、高橋のいうように、記憶され続けなければならない。しかし、この「記憶せよ」という声の前に、壁の中から出てくるウサギのように、「そんなことは、知らないよ」というはるかな後続世代の「無垢(イノセント)」な声⑺がたちはだかる。その時、わたしたちはこれにどう応接すべきか。ここにあるのは、いわば飢えた子どもの前で——また、ユダヤ人のホロコーストの前で、また、朝鮮人元慰安婦の女性の前で——「ノン・モラル」は権利をもつか、という、きわめて戦後以後的な、わたし達に固有の問題なのである。

ところでこの問いに関し、わたし達はどう考えるべきか。わたしの答えはきまっている。この「ノン・モラル」は権利をもっている。人は、それに関与していない限り、どのような問題にも、オレは関係ない、という権利をもつ。このことがあるため、どのような痛切な経験も、やがては消えてゆかざるをえないのだが、しかし、その風化をとどめようと、誰にもそんな権利はない、記憶すべきだ、といいつのれば、そのとたんに、その人の中で、記憶されるべきものは、記憶されるべき痛切さの内実を、失うのである。

川村は、「ノン・モラル」と、やや考えのないままにこの面白い言葉を口にしているが、むろん、これは湾岸戦争となれば反戦署名に立ち上がる「モラリスト」である、川村自身の立場とは、違っている。それは、湾岸戦争の時も、そんなことは、知らないよ、といい、高橋の「恥じ入り続けよ」という言葉にも、アッカンベーをし、またわたしの「ねじれ」た敗戦後の論にむかってもそんなことにオレは関係ない、という、そういうアモラル、「ノン・モラル」の声なのである。

しかし、そのような「ノン・モラル」が、権利をもたなければ、わたし達はあの高橋に代表される声、「無限に恥じ入り続けよ」という声に、いつも後ろめたい思いをもたなければならないのではないだろうか。また、この「自分にはそんなことは引き受けられない」という声に権利がなければ、「自分はこれを引き受ける」という行為の白紙性が、逆にわたし達から奪われるのではないだろうか。ほんらい引き受けなくともいいものを引き受ける、そのことがわたし達にとっては責任の敢取が自由で主体的な行為であることの基底である。ここに「ノン・モラル」の声があることは、わたし達の〝救い〟でなければならないのである。

ところで、ここに顔を出しているのは、どういう問題だろう。

何が、いったい、ユダヤ人のホロコースト、日本軍の南京虐殺、広島の原爆投下といった痛切きわまりないできごとに、そんなことは、知らないよ、という権利を与えるのか。ドストエフスキーの『地下生活者の手記』では、主人公が先に売春窟で知り合い、「同情の言葉」をかけたため、それを純朴に信じ、会いにきたリーザに、こういう。

そうなんだよ！　僕に必要なのは安らかな境地なんだ。そうとも、人から邪魔されずにいられるためなら、ぼくはいますぐ全世界を一カペーカで売りとばしたっていいと思っている。世界が破滅するのと、このぼくが茶を飲めなくなるのと、どっちを取るかって？　聞かしてやろうか、世界なんて破滅したって、ぼくがいつも茶を飲めれば、それでいいのさ。きみには、こいつがわかっていたのかい、どうだい？　まあいい、ぼくにはわかっていたんだ、ぼくがならず者で、卑劣漢で、利己主義者で、なまけ者だってことがね。

「ノン・モラル」に権利があるか、という問いの底には、この地下生活者の声がある。この地下生活者の声には、権利があるだろうか。

ここにあるのが、どういう問題なのか、それにどういう名前を与えればいいのか、わたしにはよくわからない。しかし、この「ノン・モラル」の声に、わたし達がどのような場所でもっとも深い形で出会うかは、よく知っている。

そう、こういう声が、単に微温的な「無責任」さでではなく、その権利をわたし達の心の奥底に要求する強度で現れるのは、文学においてである。また、文学においてを措いてほかにはない。

ここにあるのは、ふつうわたし達が文学と呼んでいるものの、その基底なのだ。それはどのような正義によってもどのような真理によっても、基礎づけられない。しかしそれがなければ、どのような正義も、真理も、それが正義であり真理である意味の大切な一部を、失う。あの「ノン・モラル」の声を通じ、ここに問われているのは、この「文学」の権利の問題、「文学」がわたし達にとって、どのような存在理由をもつか、という問いなのである。

この問いは、いま、どんな形でわたし達の前にあるのだろう。
高橋は、書いている。

しかし、侵略戦争で周辺諸国に二千万（中国だけで三千五百万という最近の説もある）の死をもたらした国民が、その被害者に出会い、向き合い、「問われ、裁かれ、糾弾される」に先立って、そのことぬきに、おのれのアイデンティティーを作り上げるなんてことがいったい許されるだろうか？　謝罪するためにも「まず」「先」に、したがって謝罪ぬきに、「享受」の主体よろしく「他者に対して完全に耳をふさぎ」ながら、「われわれ日本人」を確保するなどということが、あっていいだろうか？　まず「われわれ日本人」を立ち上げないとアジアの死者に向き合えない、と言うべきではない。まずアジアの死者に向き合わなければ「われわれ日本人」を立ち上げることもできない、と言うべきだろう。（「《哀悼》をめぐる会話——『敗戦後論』批判再説」、傍点原文）

つまり、わたしの先の論をささえていた最も初動の直観の形をいえば、それは、自分がなければ他者に出会えない、というものだった。この高橋の言い方に照らされると、わたしと高橋の考えの対立点がよくわかる。高橋は自己を作るのは他者との出会いだ、といっており、わたしは、自己がなければ他者に会えない、といっている。高橋が強調するように、これは高橋の考えというよりは、エマニュエル・レヴィナスにおいて一つの極限的表現を見る、他者の思想である。むろんレヴィナスほど重要ではない、多くのポストモダン期の思想家にもこの考えは広く見られる。ここにあるのは、他者が先か、自己が先か、という、古くて新しい問題、歴史をたどれば「客観か主観か」にはじまり、カントの「もの自体」にいたる、あの問題の一露頭なのである。

よく知られているように、この自己からはじめる思想はいま、旗色が悪い。自己からはじめる思想は、ほんらい外在する何ものにも支えられないことを本質とする思想であるのに、自分を思想として立てると、そのとたんに、「自己」という他者に支えられた思想になり、道を誤ってしまうというのが、その旗色の悪さの原因である。それは、よほどのことがない限り、なかなか哲学、思想として立てられない。哲学として語られる機会のはなはだ少ない思想であり、(8)ふつう、わたし達はそれを、文学として語っている。

わたしは文学というのは、ある限定の中におかれながら、そこから無限を見るあり方だと思っている。無限に接するのにあらかじめ人は当初の限定を脱する必要がある、という他者の思想と、これはまっこうから対立する。わたしは、先の論で自国の死者を先にするとか、謝罪の主体を作り上げるとか、さまざまなことをいったが、そこに働く直観の形をつづめていえば、きわめて簡単なのである。それはこういう。人がどのような誤りの中におかれようと、そこからそこにいることを足場に、ある真にたどりつくことができないのなら、いったい、考えることに、どんな意味があるだろう、と。

人はどのような限定の中にいても、無限に触れることができる。どのような限定の中におかれても、オレは関係ない、という権利をもつ。このようなあり方の底にあるものをさして、いま文学と呼べば、わたしが確かめたいのは、その原理とは何か、ということ、つまり、文学とは何か、ということなのである。

I　太宰治と戦後

1　政治と文学

文学とは何か。

この問いは、どのようにも問われうるが、わたしはここでは、これを問うための入り口に、「政治と文学」という枠を用いてみたい。

これは、これまでさんざん語られ、もう誰からも顧みられなくなった、わたし達の文学史上の石器時代の遺物だが、にもかかわらず、わたしの考えでは、この問題の枠組みは、いまもわたし達に有効である。

わたしの理解をいえば、他者が先か、自己が先か、という問いが日本で生きられたのは、この「政治と文学」という問題枠組みにおいてにほかならない。ほとんど誰もそう思ってはいないのだが、これは、そう理解しておくのが、いいのである。

たしかに、ここで念頭におくのはいわゆる文学史的な理解にいう「政治と文学」論争の通説的な展開ではない。しかし、この文学史上の論争の変遷を見れば、その論争の底に流れているのが他者の思想と自己の思想の対立であり、むしろ「政治と文学」の対立が、そのことの露頭に向けて、これまで過去の各種の概念を淘汰してきたとすら、これまでの推移が、見えてくるだろう。

ここで、「政治と文学」とは、戦前のプロレタリア文学陣営の論争に端を発し、一九八五年の吉本隆明と埴谷雄高のコム・デ・ギャルソン論争にいたる、一連の論争を差配した問題枠組みをさしている。

この問題枠組みの起点は、昭和初期の日本共産党にある。(9) この党が唯一の前衛党であった頃のこの党の主導下のプロレタリア文学陣営での考え方の対立が、この論争にゆりかごを提供した。

一九二八年、中野重治が「芸術に政治的価値なんてものはない」という評論を書く。当時のプロレタリア文学陣営の主流の考え方が、芸術の価値とは何か、それは「『政治的』であると共に『芸術的』でもある所の、単一の価値――社会的価値である」という、いい加減なものだったのに怒って、表題通りの反対に及んだのだが、その頃、つまり「政治と文学」論争という言葉ができた頃、その中身は、プロレタリア文学陣営内の、政治的価値中心の考え方と文学的価値中心の考え方の対立を意味していた。

ところで、戦後になると、第二次の「政治と文学」論争（一九四六年――一九四八年）が、この中野と『近代文学』派の荒正人、平野謙の間でたたかわされる。後者が、戦前の日本共産党主導のプロレタリア文学の中に女性蔑視とか党の統制への服従とか非人間的な側面があったことを指摘し、党から自律した文学の価値を称揚しようとするのにたいして、中野が、戦前のプロレタリア運動を代弁して、これに激しい反論を加えるのである。

次の第三次にあたる論争は、この「政治と文学」という図式の基盤をなしていた左翼性の神話が崩れる一九六〇年代に起こる。高度成長の時代に入り、新展開を見せる、三島由紀夫、安部公房、また新たに登場してきた大江健三郎、倉橋由美子らの文学に可能性を見る若い評論家奥野健男が、「『政治と文学』理論の破産」（一九六三年）を書いて、左翼性から切れた市民主義的な立場を宣明する。そこで彼の批判の的になるのは、荒、平野らの『近代文学』が主導してきた、いわゆる戦後文学である。

そして、最後、一九八〇年代に入ると、この時まで戦後文学への批判の中にあって例外的にその蚊帳の外にあった埴谷雄高と、第三次の論争で奥野を擁護する形で「『政治と文学』なんてものはない」を書き、自分は新左翼的立場から戦後文学批判を行ってきた吉本隆明の間で、世に「コム・デ・ギャルソン」論争と呼ばれる、第四次の「政治と文学」論争が起こる（一九八五年）。おりしも一九八二年には埴谷雄高から奥野健男を含んで大江健三郎まで、広範な文学者を巻き込む文学者反核署名の運動が日本を席巻していた。ここに時代に追い抜かれた文学者の反動的な身ぶりを見た吉本隆明が、これを批判し、これを受ける形で、三年後、この吉本の主張に左翼性の拡散を見た埴谷が、その吉本に反論を寄せるのである。

ところで、わたしはかつて、「政治と文学」論争のこの流れを追った際、一九二〇年代、四〇年代、六〇年代、八〇年代と、都合四回を数える半世紀以上にわたる「政治と文学」論争が、同心円的な構造をもっていることを、面白く思った[10]。

ここには四回の論争があるが、見ると、先の回に「文学」を代表した者が、必ず次の回には「政治」代表に立場を変えているのである。

最初の回で文学代表として政治代表の蔵原惟人らに孤立無援のまま反対するのはプロレタリア文学の中の少数派、中野だが、次の回ではその中野が、戦前のプロレタリア文学を背負って「政治」代表となり、『近代文学』の荒、平野の攻撃を受ける。しかし第三回になると、奥野の攻撃にさらされるのは、ちょうどこの荒、平野の『近代文学』が代表する戦後文学であって、しかもそれはその左翼性がいまや古いという「政治」性の代表の資格において〝破産〟の宣告を受けるのである。

しかし、一九八〇年代に入ると反核運動が起こり、今度は、この奥野を含む大半の文学者がこれに参加し、吉本の攻撃を受ける（一九八二年）。吉本が批判するのは、そこでヒューマニズムがソフト・スターリニズムの相関物になっているということである。つまり、ここにも先の攻守交代が生きている。先に新文学の擁護者として現れた奥野が、ここでは政治の側に組み入れられ、そのヒューマニズムの「政治性」を、批判されるのである。
たぶん、この最後の論争の担い手となった埴谷雄高と吉本隆明は、これが一連の「政治と文学」論争の終結であることを知っている。埴谷は吉本宛の公開書簡の題を二回とも「政治と文学と」と名づけている。また吉本がこれに答えて書く反論の題は、第三次の際のタイトルを受けた、「政治なんてものはない」である。[11]
つまり、ここにはおよそ、こういう同心円がある。
まず、
「芸術に政治的価値なんてものはない」、
次に、
「文学にプロレタリア文学（党優位の文学）なんてものはない」、
さらに、
「『政治と文学』なんてものはない[12]」、
そして、
「政治なんてものはない」。
それぞれ、以前の円の内部にいる者に対して、その外部の「他者」から批判がなされる、という形をとるこの同心円の第一の円をなしているのは、日本共産党内の文学理論上の政治優位性であり、そこにはたとえばそのプロレタリア文学理論のイデオローグ蔵原惟人がいる。第二の円をなすのは、日本共産党主導のプロレタリア文学内の文学派であり、そこにいるのは例外的孤立者中野重治である。第三の円には、戦後文学の中の左派の中心である『近代文学』派の荒がおり、平野がいる。第四の円になると、そこに位置しているのは、市民主義的ヒューマニズムの奥野健男である。そして、その外にあって内側のすべてを「政治」と見、いまや「政治なんてものはない」とこれを否定にかかるのが、最後の円に位置する、吉本隆明なのである。

吉本は、当時、次のように書いて、いわば第五の円に位置する自分の立場を、「ＳＦアニメ的に客体化された人間性」の立場と呼んでいる。(13)

現在、米ソ両超大国が蓄積している原水爆は、地球を何十回となく壊せるだけの量に達している。この二つの国が、ソ連が牧歌的な農耕共同体の国に戻り、アメリカが平和なカウボーイの国に返り、いま保有している原水爆をすべて廃棄したらどんなにいいだろう。でも、それは両国の産軍複合体の巨大な構造と分かちがたいものとなっていて、もし、この構造を廃棄しようとしたら、両国はとたんに経済社会的な側面からの崩壊をまぬかれない。

こういう構造の中では、素朴な人間性は限りなく〝箱入り娘〟に近い存在となる。そこでわたし達は、もし、この「人間性」を世間に通用しないわがままな娘にしたくなかったら、つねにこんな人間性なんて「マンガ」なんだと、揺すって、冷たい風が頬にくるよう、揶揄していなければならない。

「こういうことを望む自分の『人間性』をSFアニメ的にいつも客体化してい」なければならない。

「人間性」という概念も「人間」という概念もそう簡単に消滅するとはおもわれない。だがその実体は不変なものではないにちがいない。高度に技術化された社会に加速されたところでは「人間性」や「人間」の概念は「型」そのものに近づいてゆくようにおもえる。(略)「人間性」や「人間」を不変の概念だとみなせば、わたしたちは過去の「人間」や「人間性」の風景への郷愁に左右されて停滞するのではないだろうか。(「停滞論」『マス・イメージ論』所収、一九八四年)

ところで、この最後と目された論争から十年を経過したいま、この吉本のいる第五の円の外には、もう一つの円ができようとしている。この第五の円と第六の円の間の対立が、いま、ここで考えようとしている他者の思想と自己の思想の対立の位置なのである。

ここでたぶん、消えているのは、あの一九二〇年代の当初からこの論争に大枠を提供してきた、理念としての革命という項目である。一九九一年、ソ連崩壊にわずかに先んじる形で湾岸戦争が起こったおり、多くの人間がそれに日本が関与すべきではないと主張した際、その理由として日本が平和憲法をもっていることをあげた。そこには大きな転倒がある、というわたしの考えは、先に「敗戦後論」に書いたとおりだが、中で、わたしを驚かせた一つが、この「政治と文学」の同心円の最外縁、第五の円の住人である吉本が、彼もまた、戦争への直接関与の反対の理由として、この平和憲法をあげたという事実だった。これまで憲法の平和条項については、積極的な発言をしないというところにある倫理の私性の線を引いていると見えた吉本が、いわば公的な倫理としてこれに言及したことが、わたしを驚かせたのである(14)。

しかし、ひるがえって考えれば、これは、吉本のこれまでの思想に照らして完全な逸脱だというのでもない。吉本の第五の円からの反核運動批判は、いわば彼の信じる革命の理念の場所から、ソ連型のスターリニズムにいまや同伴しようとしているヒューマニズムを批判するという形をしていた。その第五の円の中で、これまで吉本が機会あるごとに言及してきた革命の理念が否定されていたわけではない。たぶん、そこに残された正しいものとしての革命の理念が、湾岸戦争のおりには、それに連なるものとして平和憲法への言及を、ひきだしているのである。

しかし、これまで彼が「政治なんてものはない」という言い方で、政治にたいし、一貫して擁護してきた文学は、その原理を、そもそも、矮小化されたソ連型の間違ったマルクス主義に対する反対というより、彼のいう正当な、無謬のマルクスの思想そのものへの反対のうちに、もつのではないだろうか。「政治と文学」という問題枠組みは、たぶんこのマルクス主義という名の他者の思想——正しさの思想——とそれに抵抗する文学という対位までできて、はじめて、最終の様相を帯びるのである。

2 芸術的抵抗への抵抗

ところで、なぜ、太宰治なのか。

彼が戦時下に書いた日本留学中の魯迅を主題とする小説『惜別』にふれ、竹内好が、こういっている。

一九四一年にでた『東京八景』の少し前から、自分は太宰のファンとなり、以後、「どんな小さな文章でも見逃すまいと」その書くものを読んできた。以前の「著書もほとんど全部集めた」。一九四三年末、応召出征するまで、「この熱狂状態が数年間つづいた」。

太宰治の何にひかれたかというと、一口にいって、一種の芸術的抵抗の姿勢であった。この評価は今から見ると過大かもしれないが、少くとも当時の私の目には、彼だけが滔々たる戦争便乗の大勢に隻手よく反逆しているように映り、同時代者として彼の活躍に拍手したい気持ちになったのである。(「太宰治のこと」一九五七年)

その出征の年、竹内は雑誌から注文を受け、当時書きかけていた『魯迅』の一部を発表し、それを太宰が「ほめていた」という話をきく。そのこともあり、彼は『魯迅』を書きあげ、出征する際、その寄贈者名簿に太宰の名を加える。一九四六年夏、復員すると、太宰からの礼状がきている。太宰が自分の『魯迅』をも利用する形で一九四五年、魯迅の小説『惜別』を書いていることも知る。

しかし『惜別』の印象はひどく悪かった。彼だけは戦争便乗にのめり込むまいと信じていた私の期待をこの作品は裏切った。太宰治、汝もか、という気がして、私は一挙に太宰がきらいになった。この作品が彼の命とりになるかもしれないという予感がした。

(同前)

竹内は、この小説における「魯迅の思想のとんでもない誤解にだけは抗議しなければならぬ」と考え、「太宰治への挨拶のつもりで」短い批判の文章を『近代文学』に書く。しかし、太宰からの反応はない。「そこで私と太宰の縁は絶えた」と述べ、数行おいて、この文章は終わっている。

さて、わたしは、『惜別』を読んで、ここにあげられた批判文「藤野先生」に竹内の書いている趣旨を了解したうえで、なお、竹内とは別の判断をもつが、しかし、ここにいってみたいことは、そのことではない。

以前、関係していた雑誌で、「失敗」を主題に二十世紀について考える企画の準備に参加した際、列挙されたテーマの一つにこの太宰の『惜別』があがった。竹内のこの文は眼にしていたから、その趣旨が太宰の「失敗」をここに見るという考え方であることは理解したが、それ以上のことは考えず、それについての執筆を、筆名を太宰から取るほど古くからの太宰の愛読者である、竹田青嗣に依頼してはどうかと提案した。

ところで、送られてきたのは、次のような文だった。

竹田はまず、「二十世紀の失敗を通してむしろ未来の希望を語る、というのが特集の意図らしい。わたしに与えられた材料は太宰の小説『惜別』である。これが〝失敗〟といえるかどうかむずかしい」と述べ、「事情はだいたい以下のようだ」と、大要、このような考えを記していた。

手もとの新潮文庫版の奥野健男の『惜別』解説によると、この小説は一九四三年に内閣情報局と文学報国会の委嘱をうけて書かれた「国策小説」である。日本留学中の若き日の魯迅を素材にしているが、「日中親善のためという当局の要請を受け」て成っている。太宰はその一方で当局からの話がなくとも魯迅についてはいつか書きたいと思い、材料を集めていた。自発性に立ち、「その構想を久しく案じていた小説」という側面もあり、そのあたりに、この小説をめぐる「微妙で複雑で異常な、戦争下の情況認識、太宰治の思想的、芸術的立場への解釈、その作品への文学的評価、作品中の思想への批判等、さまざまな問題の根源がひそんでいる」、というのが解説者奥野の見解である。

つまり、ここに「何らかの意識的、無意識的な権力への迎合」が存在するのではないか、魯迅という近代中国第一の文学者の像にかかわる別種の評価の問題としても問題を残すのではないか、というのが一般の評価であり、編集部の発想もそこから出ているのだが、しかし、「改めてこの小説を読み返してみて、私には、そういう問題はもはや焦点がぼけており、むしろまったく明瞭な別の問題が浮かんでいるように感じられる」。竹田はそう述べ、少なくともわたしの意表をつく、竹内の観点と正面からぶつかる見方をそこに示していたのである。

戦後、人々はずっと、戦争中の文学者およびその文学がよく戦争に抵抗したか否かということを、文学的に重要な問題だと見なしてきた。それは時代の趨勢として自然の赴くところだったと言うほかない。しかし、わたしの考えを言えば、そのような視線にはどこか危うさがある。たとえば、戦争前後の太宰が最も敏感に反応し、嫌悪したのは、文学についてのそのような視線である。

（略）

誰が間違った天皇制に反対したか？　誰が圧制に最もよく抵抗したか？　そういう社会的な「正しさ」のリトマス紙で「文学」を判定するような視線がある。ところが太宰の直観では、それは皇国イデオロギーの「正義」を持ち回った軍部の思想とほとんど同質のものなのである。太宰がそこにいわば自らの文学的な〝党派性〟を自覚していたことは明らかだ。（「サロン思想について」⑮）

ここで竹田は、それまで戦後、ほとんど誰一人いわなかったことをいっている。文学は、時の権力に対してどれだけ芸術的な抵抗をしたか、という観点ではかられるべきではない。このような考えなら、これまでもしばしばたとえば芸術至上主義者などによって示されてきた。しかし、竹田は、そうではなく、文学はむしろ、そういう「観点」、芸術的抵抗という、文学の外から働きかける「観点」に、それがどのようなものであれ、抵抗する、そういうのである。

ふつう、この種の芸術的抵抗という見方に対する対抗的主張は、文学はそのような左翼的観点によってではなく、純粋に美的な芸術的観点から判断されるべきだ、あるいは、どれだけ人々に感銘を与えるか、という観点から判断されるべきだ、と続く。それらは、社会的な「正しさ」という芸術的抵抗の立脚点に、芸術、あるいは、皇国、国民の「正しさ」といった別種の価値を対置する。しかし、文学は、そのような「観点」、芸術という観点、芸術的抵抗という観点、国家という観点、つまり文学という行為の外に立ち、これにいわばイデオロギーとして働きかける、どのような「観点」の正しさにも抵抗するのではないか、それが文学の本質なのではないか、それがここに示されている竹田の考えなのである。

しかしこれは、別に目新しい考えではない。彼は続けている。

「ある意味で日本の戦後批評は、文学から、あのリトマス紙の思想を引き剝がすための格闘」だった。そしてそれは、かなり成果をあげた。しかし、時間がたって「ようやくはっきりしたのは、この思想は死滅することなどなく、いつでも『文学と政治』とか『文学と社会』とかいった問題を作り出しつづけ」る、ということである。当然、この状況はいまも、変わっていない。

文学を「社会」や「政治」や「歴史」や、その他何らかの功利的概念に還元しようとする思想が、いつも必ず存在する。この思想はつねに文学について多くを語り、しかしいつも文学から最もほど遠いものだ。だがまたそれは、決して文学という環境から離れないで、組織を作ったり、「サロン」を作ったりするのだ。

この思想は常套句を持っている。〝文学は政治や社会やその他諸々のものに還元できない〟。まさしくこの考えこそ、「日本的」、「閉鎖的」、「制度的」なのだ。これをこそ打ち倒せ、と。

ここに文学の党派性が生じないわけにいかない理由がある。

竹田はいわば、ここにけっして「死滅」しない文学と文学を批判するものの対立の原点がある、むしろそこから、文学を見直したほうがいい、というのだが、それは別にいえば、文学を芸術的抵抗への抵抗としてとらえる見方に立たなければ、もう、文学がおかれている状況は見えてこない、ということである。

ここでの竹田の言い方は、わかりにくいかも知れない。念のためいえば、彼は、「〝文学は政治や社会やその他諸々のものに還元できない〟。まさしくこの考えこそ、『日本的』、『閉鎖的』、『制度的』なのだ。これをこそ打ち倒せ」といっているのではない。このような考えこそが、「社会的な『正しさ』のリトマス紙」から文学を判定する、竹内のあの芸術的抵抗という考え方の現代版、ポストモダン版であり、文学は、このリトマス紙の思想に抵抗する。ここに戦後の批評が長年にわたって戦い続け、いまも見え隠れしつつ生き続けている、文学とそうでないものの戦いの差異線が引かれている。彼は、そういっているのである。

ここで、この竹内の芸術的抵抗という考えと竹田の芸術的抵抗への抵抗という考えの対位の示しているものが、あの「政治と文学」の同心円の第五の円と第六の円の間の対立の中身にほかならないことが、こう見てくると、わかる。ここに示された竹田の見解は、偶然ながら、「政治と文学」の論争の同心円構造をめぐるわたしの判断と一致している。あの竹田のいう「リトマス紙の思想」は、プロレタリア文学の政治優位の理論にはじまり、竹内のいう芸術的抵抗をへて、その後、構造主義、ポスト構造主義、さらにポスト・コロニアリズムと、手を替え品を替え、新奇な意匠で文学批判を繰り出し、戦後も戦後文学以来五十年間続いて、いまにいたっているのである。

なぜ太宰なのか。彼は戦後すぐに戦後文学とぶつかったが、それはこのリトマス紙の思想と衝突したということだった。彼ほど明瞭にこの竹内の芸術的抵抗という考えに、正面から抵抗した文学者はいない。太宰がこの時向かい合った竹内のいわゆる芸術的抵抗という考え方は、その後、別種の左翼的意匠に引きつがれたが、太宰の体現したそれへの抵抗が現在その意味を受けとめられているかどうかは、なお、検討の余地があるといわなければならないのである。

3　坂口・石川 vs 太宰

このような観点に立つ時、太宰にとって文学は、たしかに同時代の誰とも違っている。戦争の間は沈黙し、戦後になって堰を切ったように活動をはじめた戦後文学者と違っているのはわかりやすいが、よく見るとそれは、彼と似たあり方を示したと目される無頼派の誰のそれとも、はっきりと違っているのである。

先にわたしはその違いの一端に簡単にふれておいた。しかしそのことの意味を正確にいあてるには、もう少し、説明が必要である。

たとえば、わたしは坂口安吾の「続戦争と一人の女」を読み、石川淳の「無尽燈」を読み、これをただちに秀作と認める。しかし、そこにはこんな留保がつく。これらは、戦争中の物語である。ではなぜ戦争中に書かれなかったのだろう、と。ここには、もし、これらが戦時中に書かれたのだったら、もっとすばらしかったろう、そう感じさせるものが、たしかにあるのである。

たとえば、坂口の「続戦争と一人の女」は、こう書かれている。

私はある日、暑かったので、短いスカートにノーストッキングで自転車にのってカマキリを誘いに行った。カマキリは家を焼かれて壕に住んでいた。このあたりも町中が焼け野になってからは、モンペなどはかなくとも誰も怒らなくなったのである。カマキリは息のつまる顔をして私の素足を見ていた。彼は壕から何かふところへ入れて出て来て、私の家へ一緒に向かう途中、あんたにだけ見せてあげるよ、と言って焼け跡の草むらへ腰を下して、とりだしたのは猥画であった。帙にはいった画帖風の美しい装丁だった。

「私に下さるんでしょうね」

「とんでもねえ」

とカマキリは慌てて言った。(「続戦争と一人の女」一九四六年十一月)

あるいは、これは名高い個所だが、

私はB29の夜間の編隊空襲が好きだった。昼の空襲は高度が高くて良く見えないし、光も色もないので厭だった。羽田飛行場がやられたとき、黒い五六機の小型機が一機ずつゆらりと翼をひるがえして真逆様に直線をひいて降りてきた。戦争はほんとに美しい。私達はその美しさを予期することができず、戦慄の中で垣間見ることしかできないので、気付いたときには過ぎている。思わせぶりもなく、みれんげもなく、そして、戦争は豪奢であった。

これらのうち、先の部分は、文体として明瞭に戦争の風景を脱した色彩をもっている。というより、これが書かれた一九四六年の戦後の風景をも抜け出した、軽々とした味わいを漂わせている。これが一九七〇年代、八〇年代に書かれたといっても読者はそう、違和感をもたない。同じようにこれが戦争中に書かれたといっても、事情のわからないいまの十代の読者などは、いっこうに疑わないだろう。しかし、この文章はやはり、戦後の風を順風として、それを帆に受けて書かれている。その追い風を受けている感じが、これで十分によいのだが、しかし、それにしても、という感想をわたし達に残す。それにしても、もし、これが戦時下に書かれていたら、わたし達の評価と賛嘆の度合いは、もっとはるかに、強いものになっただろう、と。

これに対し、後者の引用は、いわば戦後の風を逆風とする姿勢で、戦後の風潮に逆らう感慨を記している。「私はB29の夜間の編隊空襲が好きだった」、「戦争はほんとに美しい」、「思わせぶりもなく、みれんげもなく、そして、戦争は豪奢であった」。戦後の中にあってこういうことを書くのは、時代に逆らう、勇気のいることに違いない。しかし、そのことに要する勇気は、戦時下にこういう文章を書くとして、そのことに必要とされる意力とは、いささか性質を異にする。この小説は、坂口の真骨頂を示す、彼の残した作品中五指に入る秀作だが、それにしても、もしこの文章が戦争中に書かれなかったのなら、なぜ、戦後になって、作者はこれを書いているのだろう、先の場合と同じく、そういう、戦後文学にはそもそも感じられない種類の疑問が、読者にはやはり一抹、浮かばないではいないのである。

同じことが、石川淳の作品についてもいえる。

たとえば石川は、戦争中の話を素材にした作をこう書いている。

この入籍のことがあってからほどなく、その年は十二月に迫った。そして、われわれは十二月八日の朝をもった。わたしは、この朝おこった事件を「国難ここに見る」とさけんだラジオのように国難と観ずることはできなかった。国難か、国難か。わたしはただわたしのかぎりなく愛するこの国の風土のあまりに狭くして、どこを探しても林泉の無いことを嘆じた。もしわたしが宋元の間もしくは明清の間に身を置いたとしたらば、かならずや草庵を林泉の中にもとめて、そこを最後の精神の在りどころとしたことだろう。今やわたしのわずかに身を寄せるべき仮の宿は、あわれむべし、胸膜炎のほか無かった。胸膜炎はわたしのささやかな草庵である。ただし、いわば女房の油断のすきにいとなまれたこの草庵に、わたしは女房の身柄までともども引きずりこもうとはしなかった。(「無尽燈」一九四六年七月)

「無尽燈」は、この作者石川の面影を宿す主人公と同棲相手の弓子の物語だが、十二月八日を境に、二人の間には奇妙な懸隔が生じる。弓子は、この日を境に、「それまでなおざりにしていた隣組の仕事とか火消の稽古とかに、かなり熱心に、モンペをはいて乗り出して行く」。ある日、気付くと彼がもの書きの仕事をしている部屋の片隅に、神棚ができている。それまで弓子は「勝ち抜く」というコトバをしばしば口にし、ハイクの会と称してよく夜、出ていっていた。戦況が進んだある日、夜、家に帰ろうとして、彼は若い男と寄り添って歩く弓子らしい女の後ろ姿を見る。また、偶然会った弓子の先夫から、弓子が自分と別れようとしているらしい話を教えられる。それからしばらくしたある日、部屋に帰ると、弓子が何か書き物をしていて、急にそれを手で隠す。何だというと、ハイクだという。激情にかられ、それをひったくると、

取り上げた、その紙の上には、鉛筆でぎゅっと力をこめて、ほとんど紙いっぱいに、

「必勝、必勝、必勝……」、と書かれている。彼は「おもわず、つかんだ指先に力がはいって、びりびりっと」紙を引き裂き、ついで「持ち前の気短かに」弾みがつき、弓子をはり倒してしまう。彼はこれまで弓子に手をあげたことはなかった。その時、彼らの中で、「何かが壊れ」る――。

ところで、この「無尽燈」も、一読、心に食い入る。けれども、同じように、記述のあり方は、これが戦争中に書かれてもおかしくないものになっている。なぜこれが、戦時中ではなく戦後のいま、書かれているのか、それは少し、おだやかな、戦後への「時局迎合」――とはいわないまでも、あの竹内の芸術的抵抗という戦後的文学観への、「無抵抗」――なのではないか、あまりにここにスムーズなものがありはしないか、そう感じさせる

ものを、この石川の秀作もまた、わたし達に対し、拒まないのである。

さて、ここにあるのは、どのような問題だろうか。

たとえば、わたしは坂口の戦後に書かれた「堕落論」を読むが、堕ちよ、生きよ、といい、特攻隊の勇士が闇屋になり、未亡人が新しい面影に胸をふくらませる、それでいいではないか、という、その雄弁を痛快には思うものの、ふと、こう書く坂口の中で、彼が十二月八日の心のたかぶりの中で書いたあの彼らしい作である「真珠」は、どんな場所に置かれているのだろうか、そんなことがひとごとながら、心配になる。


半年のうちに世相は変った。醜の御楯といでたつ我は。大君のへにこそ死なめかえりみはせじ。若者達は花と散ったが、同じ彼等が生き残って闇屋となる。ももとせの命ねがわじいつの日か御楯とゆかん君とちぎりて。けなげな心情で男を送った女達も半年の月日のうちに夫君の位牌にぬかずくことも事務的になるばかりであろうし、やがて新たな面影を胸に宿すのも遠い日のことではない。人間が変ったのではない。人間は元来そういうものであり、変ったのは世相の上皮だけのことだ。(「堕落論」一九四六年四月)

この論冒頭のこういう高い声の調子には、いかにもこんなわたしのそらとぼけた疑念を吹き飛ばすものがあるのだが、しかし、かえって、こういう当時の若者を強く共感させただろう語調が、いまのわたしには、「文学」的に見れば弱さをもった、うろんなものに感じられる。

坂口は、四年前、やはり彼らしいというべきだろう、けっして時代に同調したというのではない、しかし別種の「高い声の調子」で、そのおりは真珠湾で玉砕した九人の特攻潜航艇の勇士の霊に、こう、呼びかけていた。

十二月八日以来の三ヵ月のあいだ、日本で最も話題となり、人々の知りたがっていたことの一つは、あなた方のことであった。

あなた方は九人であった。あなた方は命令を受けたのではなかった。あなた方の数名が自ら発案、進言して、司令長官の容れる所となったのだそうだ。それからの数ヵ月、あなた方は人目を忍んで猛訓練にいそしんでいた。もはや、訓練のほかには、余念のないあなた方であった。(「真珠」一九四二年六月)

「真珠」はこう書きだされ、十二月八日、この特殊潜航艇が死の道行きを開始した頃、それとは対照的に自分が小田原近辺を酒飲み友だちといつものようにうろつきまわるさまを描く。いかにも坂口らしい、そういう言い方をするなら「時局への迎合」などの一切ない作といってよいが、それは、真珠湾の九人の死者へのある畏怖、人間的畏敬の念にうながされて書かれればこそ「時局への迎合」をこえた、そういう「真情」に裏打ちされた作品なのである。

「堕落論」と「真珠」と、いずれでも、坂口のコトバはある透徹した響きをもっている。どちらを読んでも坂口の真情は行間にあふれ、わたし達を動かす。しかし、ほんとうは、これは、ありうべからざることなのではないだろうか。これは、素朴な読者であるわたし達がその読みにおいて責められるべきでないとしたら、坂口の文学者としての、何か根本的な欠陥を、語るものなのではないだろうか。

注意を要するが、ここにあるのは、戦争に迎合したとか、これによく抵抗したとかということとは、少し違うことである。彼が戦時中に書いたものを詳しく読めばわかるが、坂口は、「堕落論」のようなことを戦時中も考えていて、それを口に出すのをはばかっていたというのではないし、口に出せば弾圧される、と考えたのでもない。問題は彼があのようなことを彼もまた、戦後の風を追い風にして考えついていることにある。そうであるにもかかわらず、彼がその追い風の分を、これは自分の取り分でないと、自分の考えから取り分けることをしていないことが、ここであの感想の出てくる、根源なのである。

もちろん、戦前には彼の胸に宿らなかった考えが戦後、そこに書かれて悪い理由はない。ただ、彼がそれを戦後になってはじめて自分にやってきた考えとしていっているのでないこと、そう明言すればもういえないことを、言葉の勢いでいっていること、そのことが、わたし達がこれを読むと、これが非常に刮目する内容に富みながら、いわば書き物としては次善の出来と感じる、その理由になっているのである。

そう、これは、社会的な倫理とかモラルといった理由のある問題ではない。ここにあるのは、そのような意味では、取るに足りない問題、――あの「文学」の問題なのである。

石川の場合は、坂口と違い、戦前と戦後と、考えは変わっていない。しかし、彼もやはり、その場所から戦時中に先の引用に記されているような考えをそのままに書くということはしていない。もちろんそのことには言論統制をはじめいくつかもっともな理由がある。しかし、彼が書かなかったのはたとえば言論弾圧のためだろうか。そうでないなら何のためだろうか。何がどうであれば、彼はこれを書いたのだろうか。たとえば、そう考え、戦前に書かなかったことは戦後も書かない、と考える、そういう選択肢もありうる。あるいは手っ取り早く、戦時のおりに書けなかったことをいまだからといって書いてどうなる、と考え、戦前に書かなかったことは戦後も書かない、と考える、そんな単純な考えすらある。いったいそんな選択、そんな決心にどんな意味があるのか、そういう疑問が少し生じるが、ここでもいえば、このようなところに顔を出しているのが、いまわたし達の考える、太宰においてはじめて触知可能なものとなる、文学の原石の感触なのである。

小説の主人公がある戦時下の文学者会議に顔を出す、そこでの見聞はこう書かれている。

わたしが見物席の隅に腰かけたときには、幕はとうにあいていて、舞台上手に椅子をならべた役人衆とおぼしい一かたまりの中から一個の壮漢が立ちあがって、まえの弁士と入れ代って、正面の壇にすすみ出たところで、くだんの上役人、テイブルをたたくと、さっそく咆吼すさまじく、国運を一手に請負いでもしたような、えたいの知れぬタンカをきりはじめた。こいつは付合いきれねえとおもったが、まあ聞きながしているうちに、やがて弁士交代、プログラムがすすんで、宣誓とかいう段どりになった。いったい誓とは何だろう。そのころは隣組でものべつに誓が流行していたようだが、大丈夫が誓を立てるのは一生に一度でたくさんではないか。(「無尽燈」)

ところで、太宰は、ここにあげた、こういう種類の文章を、戦後、一行も書かなかった。どういう文章か。つまり、戦前には書くことをせず、いまだから書ける、という落差をもつ文章。また、戦前には考えつかず、戦後になってはじめて感じるようになったにもかかわらず、そのことを明白にしない、「堕落論」のような文章。彼の戦後のどのような文にあたっても、わたし達は、これはいい、とか、これはそれほどでもない、とか、さまざまな感想をもつことができるが、そこに少なくとも、これが戦前に書かれていたらもっと素晴らしかったのに、という感想だけは、入ってこないのである。

彼と彼以外のすべての戦後の作家の違いを、こういってみることができる。

戦前と戦後のあいだに水門がある。坂口の小説、石川の小説が、先にあげたような、「もしこれが戦争中に書かれていたらもっとよかったのに」という感想を残すとは、水門を開けると、戦後の水が、戦前のほうに流れ込むということだ。戦前と戦後をくらべると、その水路の水位が戦後のほうで戦前より僅かに高い。その高い分がすっと水門が開くと流れ込んで、水面が揺らぐ。先の感想は、その水面の揺らぎなのである。

戦後文学が「堰を切ったように」敗戦を機に花開くのは、文字通り、水門を開けられ、いままで水がほとんどなかったところによそからとうとうと水の流れ込むさまを思わせる。ある意味では「無頼派」もその例外ではない。彼らのうちに何人、そのことへの羞恥を感じた文学者がいたかはわからない。しかし、太宰は、そこに自分の文学の一番大切なものを見た。その証拠に、太宰の文学だけは、戦前と戦後のあいだの水門が開かれても、ぴくりとも水が動かない。坂口、石川の文学は戦後、水門の存在を明記しないまま、しかしその水位を上げている。それに対し、太宰は、水門の存在を明記し、しかしその水位を、戦前から戦後へ、いささかなりと変えていないのである。太宰にとって文学とはそういうものだった。それは、自分以外のものに動かされない。それはいわば、江戸期の盲目の学者のように、突然の明るさの変化にざわめく周囲を尻目に、目あきは不自由だな、そういうのである。

4 「薄明」

そういう太宰に、戦後は、他の文学者とは全く違った形でやってくる。太宰は坂口の「堕落論」の二ヵ月後に発表されたある文を、こう書き出している。

時代は少しも変らないと思う。一種の、あほらしい感じである。こんなのを、馬の背中に狐が乗ってるみたいと言うのではなかろうか。(「苦悩の年鑑」一九四六年五月)

これがあの、坂口の「堕落論」への答えとして書かれているというのは、たぶんありうる想定だろう。坂口は、その「堕落論」を「半年のうちに世相は変った。醜の御楯といでたつ我は。」とその持ち前の「高い調子」ではじめるのだが、これに対し、太宰は、いや、「時代は少しも変らないと思う。一種の、あほらしい感じ」だ、と声低く呟く。彼は、坂口が数年前の自分の文章にはいっさい言及しないのとは逆に、しばしば自分の戦前の文を引くが、この文「苦悩の年鑑」でも、大正時代、デモクラシイなるものがやってきたおりの自分の幼少期のふるまいを記した処女作を引き、してみると、いまから三十年ちかく前に、日本の本州の北端の寒村の一童児にまで浸潤していた思想と、いまのこの昭和二十一年の新聞雑誌に於いて称えられている「新思想」と、あまり違っていないのではないかと思われる。一種のあほらしい感じ、とはこれを言うのである。

と続けている。文の基調は、なげやりめいた、低い調子。彼の文学は、戦後のひたすら素直に「明るい」気分、テンションの高さに、ほとんど身体的に、ついていけない。

私は市井の作家である。私の物語るところのものは、いつも私という小さな個人の歴史の範囲内にとどまる。之をもどかしがり、或いは怠惰と罵り、或いは卑俗と嘲笑するひともあるかも知れないが、（略）私は、色さまざまの社会思想家たちの、追究や断案にこだわらず、私一個人の思想の歴史を、ここに書いて置きたいと考える。

ここにあるのは坂口の場合と違うどのような「無頼派」の気分か。暗黒から真昼に出るように、人が外界の転変に驚き、まぶしさに眼を細め、「赤いりんごにくちびる寄せる」のはいい。しかし文学者が、同じように、その「明るい」気分に染まってしまうのは、解せない。

所謂「思想家」たちの書く「私はなぜ何々主義者になったか」などという思想発展の回想録或いは宣言書を読んでも、私には空々しくてかなわない。彼等がその何々主義者になったのには、何やら必ず一つの転機というものがある。そうしてその転機は、たいていドラマチックである。感激的である。

私にはそれが嘘のような気がしてならないのである。信じたいとあがいても、私の感覚が承知しないのである。実際、あのドラマチックな転機には閉口するのである。鳥肌立つ思いなのである。

転機とは、果たしてそうドラマチックなものだろうか。それはむしろ、自分は時代の転変に影響された、と率直に自分の弱さを認められないばかりに人が考案する、自己劇化の産物なのではないだろうか。

彼は転機を疑う。その彼に、あの八月十五日は、誰とも違う仕方で通過されるのである。彼に、「薄明」と題する小品がある。

空襲に焼け出される敗戦直前の時期を描いているため、ふつう全集などでは戦後の最初の短編の位置に置かれることが多い。執筆時期不詳、一九四六年十一月、これを表題に掲げた単行本が出ており、それが初出という作品だが、彼の家族の罹災をタネに書かれた、次のような話である。
一九四五年春、東京三鷹の家を焼かれ、彼の一家は妻の実家である甲府に行く。やがて焼夷弾の直撃を受け、一家はさらに郊外の知人の家に向かうが、その十日前から、子どもが二人、流行性結膜炎にかかっている。
なかでも、

上の女の子は日ましにひどくなるばかりで、その襲来の二、三日前から完全な失明状態にはいった。眼蓋が腫れて顔つきが変ってしまい、そうしてその眼蓋を手で無理にこじあけて中の眼球を調べて見ると、ほとんど死魚の眼のように糜爛していた。（「薄明」）

その二日後、空襲襲来。焼夷弾の降りしきる中、彼は失明の子を背負い、妻は下の子を背負って、ともに敷き布団を一つずつ抱えて夜の畑を逃げ、翌朝、ほうほうの体で国民学校にたどり着くが、そこでも、見ると病状は好転していない。

上の女の子の眼は、ふさがったままだ。手さぐりで教壇に這い上がったりなんかしている。自分の身の上の変化には、いっさい留意していない様子だ。

彼が家を見に行くと、家は塀を残して焼けている。どこからか義妹がそこに戻っている。義妹に国民学校まで家族を迎えにいってもらい、待っていると、やがて、妻と子供がやってくる。

女の子の眼はなおふさがっている。

「歩いて来たのか?」

と私はうつむいている女の子に尋ねた。

「うん、」と首肯く。

「そうか、偉いね。よくここまで、あんよが出来たね。お家は、焼けちゃったよ。」

「うん、」と首肯く。

「医者も焼けちゃったろうし、こいつの眼には困ったものだね。」

と私は妻に向って言った。

「けさ洗ってもらいましたけど。」

「どこで?」

「学校にお医者が出張してまいりましたから。」

「そいつあ、よかった。」

「いいえ、でも、看護婦さんがほんの申しわけみたいに、——」

「そうか。」

その後、話は曲折をへるが、数日して、ようやく、彼らは県立病院で女の子の眼を見てもらう。この短編は、それから二日目の午後、女の子の眼が開く場面で終わる。その最後の場面は、こう書かれる。

注射がきいたのか、どうか、或いは自然に治る時機になっていたのか、その病院にかよって二日後の午後に眼があいた。

私はただやたらに、よかった、よかったを連発し、そうして早速、家の焼け跡を見せにつれて行った。

「ね、お家が焼けちゃったろう?」

「ああ、焼けたね。」と子供は微笑している。

「兎さんも、お靴も、小田桐さんのところも、茅野さんのところも、みんな焼けちゃったんだよ。」

「ああ、みんな焼けちゃったね。」と言って、やはり微笑している。

こんな気がする。

この小説は、太宰がひそかに書いた、彼の八月十五日の物語ではないだろうか。少なくとも、そのように読むのが、一番、彼の意に叶う読み方ではないだろうか。「薄明」とは、直接には、この一九四五年六月の彼らの空襲罹災をはさむ前後三日間ほどの物語であり、そこにある空襲前後の二つの時間を自分の暗闇の中で過ごした子の前に、すべてが終わった後、ぼんやりと見えてくる、薄明るい焼け跡の視界をさしている。ところで、この視界を、あの八月十五日で何もかもが変わった、という言い方、あるいは国は滅んだ、という言い方の中に置くと、彼が、「ああ、みんな焼けちゃったね。」とただぼんやり微笑する女の子の視界に託したものの輪郭が、静かに浮かび上がってくる。

八月十五日ですべてが劇的に変わった。そう誰もがいう。しかしほんとうにそうだろうか。変わったのは、眼の前の風景であると同時に、それ以上に、それを見る、わたし達の視覚のほうなのではないだろうか――。

彼は自分の六月の空襲の時のことを思い出す。

この二つの時間の区切りを眼をガーゼで庇護されたまま「失明状態」で通過する女の子の眼は、彼が仮託した、こうあってほしいという、彼の文学の姿なのである。

彼には、あの原点とか転機というものがどうにも受けつけられない。彼の中にはこの眼の見えない子供がいて、それは、彼が、ふりかえると、微笑している。「ね、国が焼けちゃったろう?」というと、「ああ、焼けたね。」、それは開いた眼をむけて、ただ、ゆったりと、微笑んでいる。

ここにあるもの、ここにごくひそかに賭けられているもの、それは何だろうか。

水門を開いても水が動かないこと。

そのように自分を持すること。

彼はこの八月十五日に影響されることに自分の文学の敗北を見る。彼はこうして盲目のまま八月十五日を通過する子どもの視界に彼の文学を仮託する。すべてが終わって、一段落した後、彼は自分の文学の包帯を外す。彼は戦前から持ち越しのその眼に、戦後の光景を見させるのだが、彼の考えでは、誰かがそうしなければ、誰もこの戦後を、ほんとうには、見たことにならないのである。

彼の文学は、戦後によって験されるものを意味していない。芸術的抵抗という文学観は、戦後というリトマス紙で文学を見る見方だが、彼は、自分の文学をリトマス紙に、むしろその戦後を、逆に、験そうとするのである。

II　文学とは何か

1　思想としての文学

戦後は太宰の文学に、また新しい対立者を作る機会となった。彼はそれを、「サロン」と呼んでいる。

私はサロンの偽善と戦って来たと、せめてそれだけは言わせてくれ。そうして私は、いつまでも薄汚いのんだくれだ。本棚に私の著書を並べているサロンは、どこにも無い。（略）サロンは、諸外国に於いて文芸の発祥地だったではないか、などと言って私に食ってかかる半可通も出て来るかも知れないが、そのような半可通が、わたしのいうサロンなのだ。世に、半可通ほどおそろしいものは無い。（略）

自分を駄目だと思い得る人は、それだけでも既に尊敬するに足る人物である。半可通は永遠に、洒々然たるものである。（略）日本には、半可通ばかりうようよいて、国士を埋めたといっても過言ではあるまい。
もっと気弱くなれ！　偉いのはお前じゃないんだ！　学問なんて、そんなものは捨てちまえ！（「十五年間」一九四六年四月）

彼の書くところによれば、「サロン」とは、都会の産物であり、知識の淫売店であり、よそから移入された新しい現実を見ない十年前の定義のままのイデオロギーであり、「うつくしい」芸術観に安住した文学であり、お上品な談論である。彼はそれに、十五年間の都会生活でも変わらなかった自分の「田舎臭い本質」、自分の醜さの直視、新しい現実とうしろめたさへの感覚、ヤケ酒、いたたまれなさ、などを対置し、なんとか、自分の前に立ちはだかるこの敵の本質をいいあてようとしたが、それには、十分には成功しなかったように見える。

たとえば、彼は書いている。

秩序ある生活と、アルコールやニコチンを抜いた清潔なからだを純白のシーツに横たえる事とを、いつも念願にしていながら、私は薄汚い泥酔者として場末の露路をうろつきまわっていたのである。なぜ、そのような結果になってしまうのだろう。（略）それは私たちの年代の、日本の知識人全部の問題かも知れない。私のこれまでの作品ことごとくを挙げて答えてもなお足りずとする大きい問題かも知れない。

私はサロン芸術を否定した。サロン思想を嫌悪した。要するに私は、サロンなるものに居たたまらなかったのである。(同前)

あるいは、

このごろの所謂「文化人」の叫ぶ何々主義、何々主義、すべて私には、れいのサロン思想のにおいがしてならない。何食わぬ顔をして、これに便乗すれば、私も或いは「成功者」になれるのかも知れないが、田舎者の私にはてれくさくて、だめである。私は、自分の感覚をいつわる事が出来ない。それらの主義が発明された当初の真実を失い、まるで、この世界の新現実と遊離して空転しているようにしか思われないのである。(同前)

ふつう、この太宰のサロン思想批判は、手軽に移入され、謳歌される外来思想に対する自家製の考え方、戦後の安易な便乗思想に対する戦前とのつながり、清潔で秩序ある市民生活に対する自堕落で薄汚れた生活、あるいは、上品でうつくしい芸術に対する醜い芸術家といった対置の構図で理解され、ここから、たとえば、奥野健男の太宰治論におけるような、太宰の下降志向といった命題が導きだされたりもするのだが、この太宰自身のサロン思想罵倒の言葉から窺われるのは、むしろ、彼が、サロン思想を批判しながら、それに対置すべき自分の思想の原理を、とらえあぐねている、という印象なのである。

わたしの考えをいえば、ここで彼が自分の敵としているものは、外来思想でもなければ、便乗思想でもない。彼のサロン思想批判から透かされてくるのは、誰のとも違う彼における文学の意味である。彼にあってサロン思想の対極にあるのは、この思想としての文学なのである。

しかし、なぜそれは、文学なのか。

先の高橋哲哉の「他者」の言葉では、侵略国の国民が「その被害者に出会い、向き合い、『問われ、裁かれ、糾弾される』に先立って、そのことぬきに、おのれのアイデンティティーを作り上げるなんてことがいったい許されるだろうか?」と語られていた。ところで、太宰がまだ高校生の頃、彼の前に現れていたマルクス主義という「他者の思想」では、ここにいう「侵略国の国民」が「ブルジョワ地主」であり、被侵略国の「被害者」が「プロレタリアート」であり、そのうえで、それが、ブルジョワ地主の息子が「その被害者プロレタリアートに出会い、向き合い、『問われ、裁かれ、糾弾される』に先立って、そのことぬきに、おのれのアイデンティティーを作り上げるなんてことがいったい許されるだろうか?」と強い倫理の形で、彼に迫っていた。ここで、太宰の文学がいまわたし達にとってもつ意味は、何より、彼がこの他者の言葉を、誰より深く受けとめ、その他者の思想を生きることをまっすぐ前方に進んで、そこで、自分の文学を摑んでいることにある。

当時、多くの文学者が、このマルクス主義という他者の思想につまずき、これに従い、文学の世界に入るか、これに対抗し、文学の城を護るか、そのいずれかの道をたどってい た時、太宰の従った道は、これと違っていた。彼は、他の文学者が、自分の文学にたどりつくのとはまったく違った仕方で、彼の文学に触れるのである。

彼は、この他者の思想に動かされ、まず、高校生の頃、友人と『細胞文芸』を発行し、そこにプロレタリア文学的な習作を発表する。しかし、この他者の思想は彼を生きられなくさせずにはいない。彼は、自分の罪深さに耐えられず、自分を追いつめ、大量のカルモチンを飲み、自殺をはかる。今度は日本共産党の非合法活動にかかわり、二度目の自殺を試み、その後、ある女性との心中未遂事件をへて、女性だけを死なせる。彼は三たび自殺しようとするが、その死に先立ち、遺書代わりに自分のことを書く。そしてその「遺書」をもっとしっかり書きたい、という「未練」が、彼の現世への命綱、彼の文学の「出発」の起点となるのである。

けれども私は、少しずつ、どうやら阿呆から眼ざめていた。遺書を綴った。「思い出」百枚である。今では、この「思い出」が私の処女作という事になっている。自分の幼時からの悪を、飾らずに書いて置きたいと思ったのである。(略) 小さい遺書のつもりで、こんな穢い子供もいましたという幼年及び少年時代の私の告白を、書き綴ったのであるが、その遺書が、逆に猛烈に気がかりになって、私の虚無に幽かな燭燈《ともし》がともった。死に切れなかった。その「思い出」一篇だけでは、なんとしても、不満になって来たのである。(同前)

つまり、彼は文学を信じるのでも自分の思想を信じるのでもない。彼は逆に他者の思想のほうを信じる。それをそのまま、真に受けて、生きる、すると彼に、これでは自分は生きていけない、死ぬしかない、というその不可能の形が見えてくる。彼は自分がいかに醜い存在であるかを記し、死のうとする、すると、その記したことが気がかりになり、もう少し書かなくては、と思う。彼は書く。しかし足りない。彼は書く。これでは死んでも死にきれない。彼はこれを最後とさらに書くが、こうして、愚直に最後までこの道をたどると、そのどこまでも他者の思想を信じ、しかしそれでは生きていけない、と感じることが、彼の前に、嘆きの壁を作り、今度は歩いていく彼をゴムマリのように、逆に生のほうに、ころころと、転がすのである。

わたしの理解をいえば、太宰にとって、文学は、やはりどのような限定の中にあっても失われることのない、そういう無限を意味している。彼は地主階級の一員として生まれる。

彼が何を感じ、何を考えてもそれは所詮、ブルジョワの小倅の偽善、自虐、戯言でしかない。その彼が、そういう中でなぜ生きられたか。どのような生き物にも、命があり、そしてその命に無限があるように、どのような環境の中にも、人がそこから考えることのできるゼロの足場がある。彼は、そのことの証左として、文学を摑んだ、というよりいわば、文学に摑まれたのである。

こう見てくれば、なぜここで文学が問題になるかも、わかるだろう。サロン思想とは、大きな枠組みでいえば、あの他者の思想の別名であり、ここではこの他者の思想に、人はどこからでも無限にいたることができるという思想としての文学が対峙している。サロン思想と呼ばれているものを、もし最大の深部で取りだすなら、ここにあるのは、こうした太宰の文学と、それに対し、しかしやはり文学だけではダメだ、それでは誤る、という、強力な、文学否定の思想の対峙する姿だといわなければならないのである。

しかし、そうだとすれば、これはどういう文学をめぐる考え方の対立だろうか。

ここに太宰が見ているサロン思想は、戦後現れた軽薄な便乗思想の群れをさしている。しかし、この太宰の批判を最も深く受けとめるとすれば、ここにあるのは、たぶんこんな形をした「誤り」をめぐる問題である。

吉本隆明は述べている。

それは僕の戦争体験からの教訓なんですね。外から論理性、客観性でもいいですが、そういうもので規定されると、自分をうんと緊張させなければならないときには、自分に論理というのをもっていないと間違えるねっていうのが、そのときのものすごい教訓なんですよ。内面的な実感にかなえばいいんだということで、戦争を通ってみたら、いやそうじゃねえなということがわかったといいますか。

（略）僕はもともと文学的発想なんですね。つまり、内面性の自由さえあれば、他はなんにもなくてもいいくらいに思っています。（略）

ところが、戦後、僕らが反省したことは、文学的発想というのはだめだということなんです。これは、いくら自分たちが内面性を拡大していこうとどうしようと、外側からくる強制力、規制力といいましょうか、批判力に絶対やられてしまう。それに生きてる限り従わざるをえない、そういう生活をしいられるなっていうことがわかったんです。

（座談会「半世紀後の憲法」、『思想の科学』一九九五年七月号）(16)

吉本は戦争中も戦後も太宰にひときわ高い評価を与えてきた思想家だが、ここに太宰をおいてみると、彼の戦後の出発時の、ある表情が浮かんでくる。彼は太宰を評価し、また、肯定する。しかし、そのことと両立する事実として、ここにあるのは、明瞭な顔立ちをした、一つの文学に対する考え方の違い、対立である。

太宰は、文学だけでやってきて、またそれを続けようとして、戦後のマルクス主義的、あるいは民主主義的、あるいは科学主義的な風潮とぶつかる。彼は戦時中はどうだったか。誤ったではないか。いや、彼は誤らなかった。彼は立派に軍国主義に抵抗した――。

しかし、私は何もここで、誰かのように、「余はもともと戦争を欲せざりき。余は日本軍閥の敵なりき。余は自由主義者なり」などと、戦争がすんだら急に、東条の悪口を言い、戦争責任云々と騒ぎまわるような新型の便乗主義を発揮するつもりはない。いまではもう、社会主義さえ、サロン思想に堕落している。私はこの時流にもまたついて行けない。

私は戦争中に、東条に呆れ、ヒトラアを軽蔑し、それを皆に言いふらしていた。けれどもまた私はこの戦争に於いて、大いに日本に味方しようと思った。私など味方になっても、まるでちっともお役に立たなかったかと思うが、しかし、日本に味方するつもりでいた。この点を明確にして置きたい。(「十五年間」)

吉本自身にもむろん、こういう――戦争責任云々という――観点への批判はあるが、それは、この考え方それ自身にたいするものというよりは、その判定が正当に行われていないことへの批判である。次のような後年書かれた一九五〇年代を回顧した文章には、そんな彼のこの太宰との位置関係が、よく現れている。

連合国の裁判を模倣する形でなされた日本左翼の文学組織からの戦争責任の告発が、どんな納得しえないしこりをのこしたか、推して知るべきだった。この文学組織は（略）じぶんたちの組織やその周辺に属さない文学者だけを、もっぱら戦争犯罪として告発したのである。そして告発者自身たちには、戦争下でひそかに抵抗したとか、戦争にひそかに反対していたという手前味噌な評価を用意した。これもまたわたし（たち）の世代からは、虎の威を借る狐にみえたり、じぶんの組織の戦争責任を棚に上げた滑稽な党派劇のようにみえた。（「文学者と戦争責任について」一九八六年）

いわば、文学が誤った時、多くの人が、文学を離れた。吉本の言葉は、その時何が起こったのかをよく示している。吉本はそこで一度、完全に膝を屈しているのであり、もう一度立ち上がった時、先の発言に見られる認識を手にしていたのである。

しかし、太宰は、動かない。彼は、その誤り、沈もうとする船に、一人残るのだが、彼の声は、そこから発して、また一つの反問をわたし達に届けるのである。

太宰の戦後の作品を見渡せば、ここに現れている問題は最後の作、『人間失格』を彼に書かせている、といってもいい。この作品で彼ははじめて悪というものを自分の小説に導き入れている。主人公葉蔵の東京での知り合いに堀木という男がいる。この男はいつも主人公に寄り添い、主人公に、そんなことをしていると世間が許さないぜ、と囁いてどきっとさせる。彼はいわば、「他者」の代理人として、お前は自分では知らないかも知れないが、実は間違っているのだと、たえず主人公につきまとい、彼をおびやかし続けるのである。しかし、最後、主人公は思う。

「しかし、お前の、女道楽もこのへんでよすんだね。これ以上は、世間が、ゆるさないからな。」

世間とは、いったい、何の事でしょう。人間の複数でしょうか。どこに、その世間というものの実体があるのでしょう。けれども、何しろ、強く、きびしく、こわいもの、とばかり思ってこれまで生きて来たのですが、しかし、堀木にそう言われて、ふと、

「世間というのは、君じゃないか。」

という言葉が、舌の先まで出かかって、堀木を怒らせるのがイヤで、ひっこめました。

（それは世間が、ゆるさない。）

（世間じゃない。あなたが、ゆるさないのでしょう？）

（そんな事をすると、世間からひどいめに逢うぞ。）

（世間じゃない。あなたでしょう？）

(いまに世間から葬られる。)

(世間じゃない。葬るのは、あなたでしょう?)

汝は、汝個人のおそろしさ、怪奇、悪辣、古狸性、妖婆性を知れ! などと、さまざまの言葉が胸中に去来したのですが、自分は、ただ顔の汗をハンケチで拭いて、

「冷汗、冷汗。」

と言って笑っただけでした。(『人間失格』一九四八年六月—八月)

堀木の「世間」は、またプロレタリアートであり、第三世界であり、被侵略国住民である。

他者とは何か、それは、正しさに着地しないもの、名指されないものなのではないのか、そう、太宰はいっているのだ。

2 誤りうるものの意味の根源

ここに顔を見せている文学をめぐる問いは、そのゆくえを追うように読めば、太宰の先の「十五年間」では、次の問いに結実している。先の「当初の真実」にふれた文章に続け、太宰はこう書いている。

新現実。
まったく新しい現実。ああ、これをもっともっと高く強く言いたい！
そこから逃げ出してはだめである。ごまかしてはいけない。（略）
私たちのいま最も気がかりな事、最もうしろめたいもの、それをいまの日本の「新文化」は、素通りして走り去りそうな気がしてならない。

ここで、彼が「いま最も気がかりな事、最もうしろめたいもの」と呼んでいるものは、「当初の真実」という言葉の示す同時代性にかかわっている。彼は戦争の時代にもうこれしかないと思って自分の手に導かれ、小説を書き続けた。そしてここにいま戦後の現実があるが、彼には、戦争のおり、戦争が終わったら口を開こうと押し黙っていた人たちが、戦争が終わると、戦争のことを語りだすことで、再び、眼前の現実にコミットするのを、回避していると見える。「最もうしろめたいもの」という時、ここには当然、彼の過去の同時代人が思い浮かべられている。ここにあるのは、後にふれるが、戦争責任というような種類の話とは違う、別種の正しさ、意味、――あの戦争の死者への連帯という問題――なのである。
この後に紹介されているのは彼が戦後すぐに執筆した『パンドラの匣』のある登場人物

の言葉だが、そこで、この人物は、こういうことをいう。

「いったいこの自由思想というのは、」と固パンはいよいよまじめに、「その本来の姿は、反抗精神です。破壊思想といってもいいかも知れない。圧制や束縛が取りのぞかれたところにはじめて芽生える思想ではなくて、圧制や束縛のリアクションとしてそれらと同時に発生し闘争すべき性質の思想です。よく挙げられる例ですけれども、鳩が或る日、神様にお願いした、『私が飛ぶ時、どうも空気というものが邪魔になって早く前方に進行できない。どうか空気というものを無くして欲しい』神様はその願いを聞き容れてやった。然るに鳩は、いくらはばたいても飛び上る事が出来なかった。つまりこの鳩が、自由思想です。空気の抵抗があってはじめて鳩が飛び上る事が出来るのです。闘争の対象の無い自由思想は、まるでそれこそ真空管の中ではばたいている鳩のようなもので、まったく飛翔が出来ません。」

この「圧制や束縛が取りのぞかれたところにはじめて芽生える思想」と、「圧制や束縛のリアクションとしてそれらと同時に発生し闘争すべき性質の思想」によって、彼がいわば、戦後の思想と自分の思想の関係をいいあてようとしていることは疑いがない。しかし、この二つは、何を対立点にここで向かい合っているというべきだろうか。圧制や束縛と同時に現れる自由思想に、もし誤らないことが保証されているなら、それが別種の力に依存して事後に現れる思想より望ましい、すぐれたものであることは明白である。問題は、この自由思想という同時期の思想が、誤りうる点にある。ここにあるのは、単なる後にくる思想と同時期の思想の対照ではない、後にくる、しかし間違いのない思想と同時期の、しかし誤りうる思想という二つの思想の対照なのである。

では、思想が「圧制や束縛が取りのぞかれたところにはじめて芽生える」のでは、なぜ、遅いのだろうか。

なぜそれは、「いま」でなければならないのか。

最近出たある本のあとがきに、この問いにふれると思われる意味深い文章がある。ただし、これを書いているのは、ここで太宰治の対立者に擬されようとしている、吉本隆明である。

彼は、書いている。

わたしには遠い第二次大戦（太平洋戦争）の敗戦期にじぶんとひそかにかわした約束のようなものがある。青年期に敗戦の混迷で、どう生きていいかわからなかったとき、わたしが好きで追っかけをやってきた文学者たちが、いま何か物を云ってくれたら、どれほどこのどん底の混迷を脱出する支えになるかわからないとおもい、彼らの発言を切望した。だがそのとき彼らは沈黙にしずんで、見解をきくことができなかった。（略）その追っかけはそのときじぶんのこころにひそかに約束した。じぶんがそんな場所に立つことがあったら、激動のときにじぶんはこうかんがえているとできるかぎり率直に公開しよう。それはじぶんの身ひとつで、吹きっさらしのなかに立つような孤独な感じだが、誤謬も何もおそれずに公言しよう。それがじぶんとかわした約束だった。（『大情況論』あとがき、弓立社、一九九二年）

ところで、わたし達はよく考えなければならないが、ここにあるのは、どのような問題だろう。ここに顔を出しているのは、どのような意力というべきなのだろうか。「巨きすぎてつかまえどころのない、そしてとうてい正確につかまえられそうにもない動静」を前にして、ひとは一つの盲目状態におかれる。そこで語られることには何の確証もない。それは誤っているかも知れない。しかし、たとえそうだとしても、その誤っているかもわからない考えを、必ず、後でではなく、その場で、公言する。ここには、そういうことがいわれている。

それは、すべてが終わった後、誤らない考えを明らかにすることと、一つの対照をなし、そのことを否定するものとして、ここに語られている。ところで、この吉本の言葉の核心はどこにあるだろう。吉本はこれを思想の発信者（書き手）の受信者（読み手）に対する態度の問題として語るが、ここにあるのは、それ以上のこと、たぶん思想の本質に関わる問題である。

その場合、この吉本の言葉は、こういっている。

その場で考えられ、語られ、受けとめられる思想は、誤りうる。もし、思想の意味と価値が誤らないこと、つねに正しいことにおかれるとしたら、どう考えてもこの同時期の思想よりは、後で語られるほかないにしても誤らない事後の思想のほうが、よいことになる。しかし、こう考える時、わたし達の中に、一抹の失望が生まれるのはなぜだろう。わたし達の中に、たとえ誤りうるとしても、同時期に発生する思想のなかに、何か大切なものがあるという感じが生じるのは、なぜだろう。

わたしは、こういうところで、こんなことを思い出す。

ずいぶんと長い間、文学について考えながら、わたしは、それが政治的、また社会的な問題にふれるたび、居心地の悪い思いを打ち消せずにきた。

たとえば、ある時、わたしは、小林秀雄が一九三七年に書いた「戦争について」という文章について、これを批判する文章を書いた[17]。このエッセーは、おりしもはじまった日華事変に触れ、それまでの知的な西欧派知識人の立場から、一転、小林がはっきり戦争肯定に踏みだした文章として知られている。

日本に生れたといふ事は、僕等の運命だ。誰だつて運命に関する智慧は持つてゐる。大事なのはこの智慧を着々と育てることであつて、運命をこの智慧の犠牲にする為にあわてる事ではない。自分一身上の問題では無力なやうな社会道徳が意味がない様に、自国民の団結を顧みない様な国際正義は無意味である。（「戦争について」）

わたしは、それまで小林が戦時下の中国大陸の紀行文などで、日本の兵士に深い同情を示す一方、現地の人間には余り注意がいっていないさまを見て、何か索然とした気持ちを味わっていた[18]。そのようなことも思い合わせられ、やはりこうしたくだりを認めがたかったのだろう、この文章を批判したが、書きながら、なにか、この批判の文章が、小林の文に負けている、という感じを否めなかった。わたしは、右に引いた引用文をすべて、小林のこのままの文体で、逆の意味に書き直してみた。しかし、どんなふうに書いても、元の文よりも軽い。この批判の腰の軽さはどこからくるのか、居心地の悪さとともに、そんな問いが、わたしに残った。

ところで、わたしの知る限り、小林のこの文に関連して、その戦争肯定の論に否定的にたいさなかった論者、これに単に否定的にたいするだけではダメである所以を論理立てて語った論者は、戦後の批評家の中で、竹田青嗣しかいない。竹田は小林のこの文を引き、こう書いている[19]。

おそらく現在、おおくの読み手は、こういった小林の文章に躓かないわけにはいくまい。だがそれにもかかわらず、これらの言説に根本的な批判を与えることは決して容易ではない。たとえば、本多秋五が示したような、小林が戦争の現実や民衆を「絶対化した」という批判は、全く無効であろう。なぜならこの「絶対化」という言葉には、日本の戦争が侵略戦争であり悪の戦争であったがゆえに、それに加担した言説は誤っていたという事後的な観点が隠されているからである。(『世界という背理』)

なぜ、この本多秋五の批判は無効なのか。竹田は、その理由としてそこに「事後の観点」が隠されているから、という。では、なぜ、事後の観点からする批判は、有効ではないのか。理由はさまざまにいえるだろうが、わたしの観点からすれば、こうなる。本多の批判には、あの『パンドラの匣』の登場人物がいう、鳩の飛翔、誤りうることが欠けている。鳩の飛翔とは何か。それは、空気の抵抗があり、はじめて可能なこと、その思想が同時性の中で、生きている、ということである。この小林の戦争肯定の言葉は、その誤りうることを理由に摑まれている。知識人流の事後の思想ではだめだ、自分は生きた、誤りうる思想に賭ける、というのが、あの吉本の戦後の起点の感想と逆に、ここ、本格的な日中戦争の起点において語られた、小林の戦争肯定への踏み出しの意味なのである。とするなら、小林への「根本的な批判」は、ありうるとして、小林と同じ観点に立つもの、「文学」に立つ批判でなければならない。「文学」だけがよく「文学」を批判できる。わたしは小林という魚を上から取りあげようとすべきではなかった。もっと深くもぐり、逆に下から追い上げなくてはならなかったのである。

ここにあるのは、どういう問題だろうか。

わたしはこれをいまパリで書いている。この文章を書くに先立って、これまでに触れたいくつかの小説、エッセーをパリの路上のカフェに持ちだし、読んできた。「堕落論」をいまわたしが日本文学の他者である誰かに読ませれば、しかしなぜ彼はこれを戦時中に書かなかったのかね、それこそこういうものが書かれなければならなかった時だろうに、といわれるだろうという気がした。

わたしは、太宰の作品ももちだしてみた。中で最も強度のある作品が、戦争中、それこそ防空壕の中で書かれたといってもいい、『お伽草紙』だった。これは何人かの評家の指摘があるが、太宰の希有な傑作である。作中最も面白い「カチカチ山」を読みながら、わたしは、何度か吹き出した。これにかなうものはないだろうという気がした。ところで、わたしはこの作品から何を受けとったのだろうか。この作品の力は、何でできているのか。

太宰はこれを一九四五年二月から七月にかけ、執筆するが、敗戦直後、十月、筑摩書房から刊行されたこの小説の前書きに、こうある。

「あ、鳴った。」

と言って、父はペンを置いて立ち上る。警報くらいでは立ち上らぬのだが、高射砲が鳴り出すと、仕事をやめて、五歳の女の子に防空頭巾をかぶせ、これを抱きかかえて防空壕にはいる。既に、母は二歳の男の子を背負って壕の奥にうずくまっている。

「近いようだね。」

「ええ。どうも、この壕は窮屈で。」

「そうかね。」と父は不満そうに、「しかし、これくらいで、ちょうどいいのだよ。あまり深いと生埋めの危険がある。」

「でも、もすこし広くしてもいいでしょう。」

「うむ、まあ、そうだが、いまは土が凍って固くなっているから掘るのが困難だ。そのうちに、」などあいまいなことを言って、母をだまらせ、ラジオの防空情報に耳を澄ます。

母の苦情が一段落すると、こんどは、五歳の女の子が、もう壕から出ましょう、と主張しはじめる。これをなだめる唯一の手段は絵本だ。桃太郎、カチカチ山、舌切雀、瘤取り、浦島さんなど、父は子供に読んで聞かせる。

この父は服装もまずしく、容貌も愚なるに似ているが、しかし、元来ただものでないのである。物語を創作するという まことに奇異なる術を体得している男なのだ。

ムカシ　ムカシノオ話ヨ

などと、間《ま》の抜けたような妙な声で絵本を読んでやりながらも、その胸中には、またおのずから別個の物語が醞醸《うんじょう》せられているのである。（『お伽草紙』前書き、一九四五年十月）

『お伽草紙』は、この「父」の胸中に「醞醸せられ」た「別個の物語」を先の「薄明」に描かれているような日々、書きついだものだが、わたしの感じをいえば、秤のもう一つの皿の上にその強度でつり合っているのは、たぶん空襲の砲弾であり、高射砲の音である。わたし達はこう考えてみるのがよい。この小説は、たまたま日本の戦争が一九四五年八月半ばに終わったため、戦後に刊行された。しかし、もし原子爆弾が落ち、ソ連が参戦し、しかもなお絶望的な状況で、日本が踏みこたえているそういう一九四五年十月に刊行されていたなら、どうだったろう。「この父は服装もまずしく、容貌も愚なるに似ているが、しかし、……」。この作品がわたしに与えるのは、どこからくるのかはわからない、しかしここにある強度が、あの「同時期の、しかし誤りうる思想」に固有の響きをもっているという感触である。その強度はこの言い方をこう変える。つまり、ここにあるのは、「誤りうる、だから、かけがえのない」思想なのだ、と。坂口、石川は、いわば戦後がもたらした「正しさ」の意味を、拒まないが、ここにあるのは、それとはまったく違う、「誤りうること」からやってくる意味の原石の輝きなのである。誤りうることが、意味をもつとして、その場合の意味の源泉とは何か。

わたしは、このような場所では、かろうじてこんなドストエフスキーの言葉を思い浮かべるしかできない。

信仰箇条と言うのは、非常に簡単なものなのです。つまり、次のように信ずる事なのです、キリストよりも美しいもの、深いもの、愛すべきもの、キリストより道理に適った、勇敢な、完全なものは世の中にはない、と。（略）それればかりではない、たとえ誰かがキリストは真理の埒外にいるということを僕に証明したとしても、又、事実、真理はキリストの裡にはないとしても、僕は真理とともにあるより、寧ろキリストと一緒にいたいのです。[20]

あの沈む文学の船に残った太宰は、そこから一つの反問を届けるが、それも、こういっている。「文学的発想というのはダメだ」、たとえそうだとしても、自分は文学と一緒にいたい、と。そこで、誤りとは、いったい、何か——。

3　盲目と全円

わたし達のたどり着いているのは、こうしていま、あの、「政治と文学」論争の第五の円とその外に広がる第六の円の対立する場所である。そうだということが、こう考えてくれば、読者にもわかるだろう。

これまで吉本の思想は、つねにこの「政治と文学」という磁場では、「政治なんてものはない」と文学を擁護してきた。しかし、ここではむしろ、太宰の体現する文学が、吉本の「文学ではダメだ、それでは誤る」という思想と、吉本に「政治」を代表させる形で、向かい合っているのである。

ここで、わたしが、この太宰と吉本の対位を太宰をリリーフする形で引きつぐとすれば、とりあえず足場となるのは、やはり第I章でふれた、「政治と文学」の同心円を巡って書かれた先の文章である。(21)

そこで、吉本のある話の場での発言にふれ、わたしはこう、吉本と自分の考え方の違いを書いている。

吉本は、世界を全体的に把握する「ヘーゲル的な全円性」にまで達していない思想は、必ず「誤謬に転落する」、とあるところで書いている。しかし、そういう場所から語られる吉本の考えに、もし何も知らないわたしが、うん、これは正しい、と確信できるとすれば、その確信の根拠は何だろう。そういうことが単なる主観的な思いこみに過ぎない、といえば、文学も思想も、その成立の基盤を失うことになる。吉本のいう無謬とわたしの確信が同じ権利をもっていることが、この思想というゲームの成りたつ基底だからである。しかし、この確信の成立は、すでにそこに、「ヘーゲル的な全円性」なるものが不可欠でないことを、語っているのではないだろうか――。

そこでわたしが考えたのは、こういうことだった。

吉本のここでのあり方を将棋指しにたとえれば、彼は最後の一手まで読みきらなければ必ず負けてしまう、思想というのは、そういう将棋だ、といっているのに等しいが、そこで思想が思想であるのは、この勝負を見ているわたしが、何も知らないままに、自分が同じ世界に生きているというだけの材料から、「うん、これは正しい」、「いや、これは違う」と、一手ごとに、判断と確信を受けとりうるからである。たぶん、この世界という将棋はある視界に立てば、最後の一手まで読みうるし、そうしないと「誤謬」が生じる、そういうこともあるだろう。「しかし、たとえば僕のような全く先を読むことをしたくない、『盲目』による世界了解の方を好む人間が、最後の一手まで読みきるという『明視』なしに、そこから帰結する吉本の個々の場合における次の一手ともいうべきものの正しさを了解してしまうのは、なぜか」。そのことは、いったん「ヘーゲル的な全円性」にまで知的に上昇し、それから「非知」にたちかえるという吉本の「還相」の方法がなくとも、その場を動かず、「盲いたまま人間は、ある『正しさ』を識別する存在だということ」を、語っているのではないだろうか[22]。

ところで、こう書いたわたしの文章に対し、竹田青嗣が、ここにはわたしの見ていない問題があるといい、ほぼ、次のような指摘をそこに加えている[23]。

吉本がこの全円性ということを考えるようになったきっかけは、彼の戦争体験である。若年の彼は皇国思想を信じたが、戦争が終わってみればそれは誤りだった。彼が「全身全霊を挙げたすえに自ら納得したと思った〝戦争における死〟は敗戦後の〈民主主義思想〉によってあっけなくくつがえされてしまった」。ある時代の中で人間が、考えつくし、感じつくしてそこにいたった「信念」が、次の時代の中でまったくあっけなくただの誤りだったと明かされることがあり得る。「そういう事態のうちに含まれているのは、いったい何なのか」。吉本がぶつかったのは、そういう問いである。

たしかに誰もが「盲目」から出発し、自分の感受性の中で自分なりの判断の階梯を昇る。そこを外れて特権的に「正しさ」にたどりつく道は誰にとっても存在しない。

だがそうすると、この判断の〝正しさ〟とは一体何を意味するのか。もし個別の感受と個別の信念しかないのだとすれば、そもそも〝正しさ〟(「ほんとうさ」)という言葉それ自身に意味がないことになるだろう。（「思想の〝普遍性〟ということについて」）

吉本はこの一点を出発の問いにしたのであり、そこで、問題は加藤とちょうど、逆の形で現れたのである。

当時、思想の普遍性の根拠は、マルクス主義の「科学的真理」に求められていた。何が正しいかの根拠をもっとも包括的に示すものがこの唯物史観に立つ、「科学的」思想だった。むろん吉本はこれに納得しない。そのため、この吉本の探究は、彼をマルクス主義との対決に向かわせることになるが、このマルクス主義との対決で、彼の学んだことが、先の「ヘーゲル的な全円性」ということである。

その意味を、こういえる。

ひとつの思想（マルクス主義）に異和を持ちそれをよく越え得るためには、それがもっている方法の「全円性」に対して、もうひとつの方法上の「全円性」を示すのでなくてはならない、

つまり、人がある世界をそれ一つで説明する思想に違和感をもつ場合、これを覆そうと思ったら、自分のほうでも、それで世界の成りたちを原理的にすべて説明できる考え方を

用意しなくては必ずそれに呑み込まれる。マルクス主義、客観主義といったものと対決しようとすれば、自分も、そこから、世界の成りたちを説明できる思想まで、その感受を育てなければ、「その異和感は、けっして〝普遍性〟を持ち得ないだろう」。竹田によれば、わたしは、どんな思想もいま自分のいる場所から真にむかって出発できることの原理が大事だ、とスタートの要点をいい、吉本は、どんな思想も自分の力で真にまでたどり着くことができることの原理が大事だ、とゴールの要諦をいっているのである。

ところで、この竹田の指摘は、先にわたしの示した同心円の構造について、その最後に現れる対位の姿を、うまく取りだしているといえなくもない。

それによれば、吉本の全円性とわたしの盲目性はもはや対立するのではない。それは、一対の関係におかれる。竹田によれば、吉本の全円性は、わたしの盲目性によって験されなくてはならないが、また、わたしの盲目性も、吉本の全円性に験されなくてはならないのである。

ここには、「正しさ」を絶対命題とする限りで、自己の思想と他者の思想の対立の最後の姿が浮かび出ている。

しかし、そうなら、ここから、文学的発想はダメだ、という先の吉本の言葉は、出てくるだろうか。

それはむしろ、文学的発想は、もしそこに自足し、それにとどまるなら、腐ってしまう、となるのではないだろうか。

吉本は彼のいう「文学的発想」と彼の自立思想を対立の相におき、その前者をダメだというが、それは、彼が、戦争から敗戦へと続く日々、最後まで、太宰のように、「文学」という破船にとどまらず、それと一緒に沈まなかったことからくる定言の形にほかならない。もし、最後までとどまったなら、彼の主張は、あのようにではなく、マルクス主義に対抗するためには、むしろ文学的発想こそが「ヘーゲル的な全円性」をもたなければならない、そう、逆の形に定言化されたはずなのである(24)。

こうしていま、わたしは、ここから、文学的発想と彼の自立思想が対立の形におかれている、このことに、吉本の「政治」性が残っているという感想を、受けとる。

わたしの考えをいえば、吉本は、太宰が、死のうとし、遺書として「思い出」百枚を書いた、あの折り返し地点まで、もう一度行って、文学に見切りをつけているのではない。彼はその一歩手前で、この先行っても「文学的発想というものはだめだ」と考え、道を折り返している。

では最後までいったら、どうなったか。彼はむしろ、文学的発想から全円性へと向かう、思想家としての太宰治になったのではないだろうか。

そして、あの「政治と文学」という問題枠組みに、今度こそ、最終的な答えを与え、これを解除することになったのではないだろうか。

彼は一歩手前で折り返す。

この一歩の距離、そこに吉本の戦争体験の、おそらく誰にも語られたことのない、幽冥の領域がある。

彼は、先に彼が「文学的発想というものはだめだ」と述べたと同じ座談会の席で、なぜ湾岸戦争の際に平和憲法に言及したのか、というわたしの問いに答えて、自分の憲法九条への思いは戦後民主主義者の考えなどとは似ても似つかない、一言でいってそれはとても暗いのだ、戦後民主主義者は憲法九条をサド裁判の検事がサドを読むように読むが、わたしにとってそれはサドの文学のように、本質的な言葉なのだ、と述べている㉕。

そこは暗い。覗き込んでも何も見えない。しかし、思想というのはたとえどのように暗い場所でつかまえられようとも、それ自身は暗さをもたない。

それが「ヘーゲル的な全円性」のもつ、もう一つの意味ではないだろうか。

4 「内在」と「超越」

さて、いまわたしは仮りに「正しさ」を絶対命題としたうえで、どこまであの政治と文学の同心円の行末をたどれるか、一つの思考実験をしている。このまま、この「政治と文学」の対立のゆくえを最後まで、見届けておこう。

先の竹田の観点は、この同心円の環を最終的に解除するうえで、文学的発想に立ち、しかも「ヘーゲル的な全円性」を備えた思想の存在がカギであることをわたし達に示唆している。では、こうした思想はどのように可能か。この問いに、答えがないわけではない。竹田自身がフッサールから取りだす現象学が、文字通り、「文学的発想」だけに立ち、しかも「ヘーゲル的な全円性」に達した、ここにいう、自己の思想にほかならないからである。

その場合、要点は、二つある。

一つは、現象学が、他者が先か、自己が先か、というこの問いに答えがありうるとして、その場合は、このように考えていくしかない、というみちすじを示した、はじめての解となっていることである。

客観があるのか、主観があるのか。そのいずれが真か。これはいずれも真とはいえない。なぜなら、これは原理的に水かけ論にならざるをえない論理構成になっているからだ。可能なのは、まずこの大いにあやしい主観を、正しい、と仮定して、どうすれば、この主観が主観だけで、その〝正しさ〟に到達する道をたどれるかを考え、ついで、その主観の中のどうしてもこれだけは疑えない、という核に立って、そこから、客観とこれまで呼ばれてきた実在、他者の項からなる関係の構造が構成できるかを吟味していく、方法的な独我論の道だけである。しかしその吟味の結果、もし、そこから他者まで橋をかけることができれば、この方法的な独我論は、世界の成り立ちを説明したことになる。

フッサールは、この方法的出発点からはじめて、主観の〝正しさ〟の核にあるのは実在ではなく、確信であり、しかしその確信の構造の中に、主観はすでに他者を必要な存在として呼びこんでいることを、明らかにするのである。

ところで、これが第二の要点の入口でもあるが、現象学は、こうして確信の構造と間主観性を媒介に、それが、あの「文学的発想」だけを足場に、はじめて他者を含む関係世界の成り立ちを説明する「ヘーゲル的な全円性」を備えた思想である所以を明らかにしている。そして、そこから、人は世界の像を確信しなければ生きていけないが、その確信は主観だけによっては成立していないこと、すでに、その確信の成立のために、主観が他者の存在を必要としていること、そして、ここでは、主観を疑うことと信じることは、対立するのではなく、一対の構造をなしていること、そういうことを、わたし達に、教えているのである。

では、この二つのものが対立しない、とはどういうことか。

現象学で、この二者の対立ならぬ、一対の構造は、この確信成立の構造における「超越－内在」の構造として取りだされている。

超越とは、人が、たとえばここに赤いリンゴがある、という場面で、そのことを信じようとしつつ、しかし、違うかも知れない、とどこまでもこれを疑う側面をさしている。このリンゴを手に取ってみる。さらに食べてみる。でも、疑おうとすれば、どこまでも疑える。これが精巧に作られた最新技術を駆使した人工のリンゴかも知れない可能性は、論理的に、どこまでいっても消えないのである。つまり、フッサールは、確信の構造を成り立たせているものの中に、対象をどこまでも疑う力があるが、それの特徴は、眠ることのできない不眠症患者に似て、どこまでいってもこの疑いが、原理的に、終わりえないことだといい、この側面を、確信成立の構造における超越と、名づけるのである。

しかし、確信が成立するには、当然、もう一つ、それと反対の側面がある。わたし達は、ここに赤いリンゴがあることをどこまでも疑おうとするが、すると、そこから、今度は逆に、どうしてもこれだけは疑えないという側面が、見えてくる。たとえば、わたしは、このリンゴを赤いと感じた。それは、実は赤いのではないかも知れない。赤色光が巧妙にどこかに仕掛けられていて、単にそう見えるだけなのかも知れない。しかし、それがわたしに赤く見えた、ということは、疑えない。リンゴが本当に赤色なのかどうかはわからない。しかし、それが赤色に見えた、そう感じられた、ということのほうは、そう見えたのではなかったのではないだろうか、という疑いの遡及を呼ばない。わたし達は、それが赤く見えたことを根拠に、しかしそれは赤くなかったのではないだろうか、そう疑いうるものをどこまでも疑うのである。

これが、内在と呼ばれる側面で、ここに赤いリンゴがある、という確信がわたしに生じている時には、必ずそこに、この超越の側面と内在の側面と、二つがある。ところで、他者の思想は超越を基底とする思想であり、自己の思想は内在を基底とする思想にほかならない。この二つを、それぞれに、重ねてみよう。するど、どうなるか。

わたし達はこの二つが、対立するものだと考えているが、思想としていえば、この二つは対立しない。それは、互いに、中途半端なものである時だけ、そのことの反映として、相手を生み出し、対立しているのである。

こう考えてみればわかる。そもそも、なぜ太宰は、あのような形で、文学を摑んでいるのだったろう。他者の思想は、自分の感受をどこまでも疑う力だが、太宰は、文学の立場からこれに対抗するのでもなければ、これに対抗することを通じて文学を摑むのでもない。彼は逆に他者の思想を信じる。彼は、あの「他者」の言葉を、誰よりも愚直に信じることで、もし、この言葉を百パーセント信じ、実行したら、人間は生きていけないことを身をもって示している。彼は何度も自殺を企て、いわば百パーセント、この他者の思想を生きるが、そうすることで、かろうじて、どうしても疑えないもの、あの超越に対する内在として、文学と出会うのである。水力で表層の泥をはじき、砂金を取り出す採掘の風景を映画で見たことがある。その水力とそれが取り出す砂金のように、超越の疑いの力は、それが内在を疑うのではなく(それは背理である)[26]、それが疑いの力で、内在を〝選り出〟している。太宰においても他者の思想は、文学を疑うが、そのことによって文学の疑えなさを〝選り出〟している、としてよい。太宰は、他者の思想に摑まれ、その道を果てまでいくことで、自分に疑いえないもの、内在として、彼の文学を、摑むのである。

そこで他者の思想と自己の思想は対立していない。しかし、とするなら、あの太宰のサロン思想との対立は何を語っているのか。ここまできて、わたしは本題に戻るが、ここにあるのは、他者の思想と自己の思想の対立ではない、むしろ、あの「正しさ」という絶対命題の前提を外したところにくる、文学と思想の対立であり、つまり、そこでの差異のポイントが、あの「誤りうること」なのである。

竹田の示唆する吉本の像は、同時期の誤りうる思想と、誤らない、しかし事後の思想のいずれをとるか、という問いを「止揚」している。つまり彼は、このいずれかを自分は選ぶ、とはいわなかった。彼は、この問いを前に、問い自体を、同時期で、しかも誤らない思想があるとして、それはいかに可能か、と変換しているので、吉本の全円性と非知の思想、また竹田の文学的発想に立ち、全円性に届く思想はともに、「誤りうること」をとるか、「正しさ」をとるか、という問いには答えないのである。

しかし、先の太宰の文で、『パンドラの匣』の登場人物の語る「鳩」は、自分の前に現れ、その飛行を邪魔する「空気の抵抗」がなくなると、飛べなくなる。なぜ鳩は飛べないのか。それは、水中花が水の中におかれるように、誤りうることの中におかれてはじめて生きる。鳩は「空気の抵抗」の中にあってはじめて飛ぶが、ここで思想が「自由」であるとは、それが誤りうることの中におかれる、ということなのである。

とすれば、あの吉本、竹田のあり方は、思想として究極の形を示しているとしても、ただ一つ、誤りうることの自由からは隔てられている。彼らは問いを「止揚」するが、そもそも止揚は、誤りうることを離れ、「正しさ」という命題につかなければ可能とならないのである。

だから、ここにあるのは、こういう問いである。

意味はどこからくるのか。誤りうるものがもち、誤るものがもち、誤らないものがもつ、あの意味は、どこからわたし達に、くるのか。竹田は吉本の起点をこう表現していた。「だがそうすると、この判断の〝正しさ〟とは一体何を意味するのか。もし個別の感受と個別の信念しかないのだとすれば、そもそも〝正しさ〟(「ほんとうさ」)という言葉それ自身に意味がないことになるだろう」。しかし、この問いにはちょうどこれと背中合わせになったもう一つの問いがあって、もし、誤りうることがないとしたら、そういう場所に人が立つことがないとしたら、〝正しさ〟は何によって験され、確かめられるのか、そういうことがそこで尋ねられている。

吉本、竹田の指摘を前にして、わたしになお残る問いは、吉本が必ず「誤る」という、その「誤り」とは何か、ということだ。わたしの答えはきまっている。それは外から来るのではない。文学はそれこそ「誤り」が、だから「正しさ」が、外から来ること、そのことに、抵抗するのである。

*

ここに顔を見せているのは、一つの問いである。現象学は、不可疑なもの、疑いえないものを確かめつつ真に向かって歩むが、文学は、可誤なこと、誤りうることの中に生きて、真を探す。かつて全円性と盲目性という関係におかれたものが、いま不可疑性と可誤性という形をとる。

この二つの間に横たわる違いとはどのようなものか。

こうしてわたし達は、戦後以後の問題、太宰の戦後の終わりの問題に触れる場所にいる。

Ⅲ　戦後以後

1　「ノン・モラル」の感触

戦後の太宰の小説のうち、ただ一つ、わたしが違和感をもった作品がある。

一九四七年一月発表の「トカトントン」。これはまぎれもない傑作だが、その末尾の数行から、これまで太宰の小説からは受けたことのない、ある逆向きの力を感じたのである。

ある時、太宰を思わせる小説家のところに、その愛読者だという若い男から手紙が届く。

拝啓。

一つだけ教えて下さい。困っているのです。

自分はある「問題」に苦しんでいる。それは自分「ひとりの問題でなく、他にもこれと似たような思いで悩んでいるひとがあるような気が」する。

問題の発端は、あの「昭和二十年八月十五日正午」。手紙はいう。あの日、自分たちは兵舎前の広場に整列させられ、「陛下みずからの御放送だという、ほとんど雑音に消されて何一つ聞きとれなかったラジオを聞かされ」た。御放送が終わると、

若い中尉がつかつかと壇上に駈けあがって、

「聞いたか。わかったか。日本はポツダム宣言を受諾し、降参をしたのだ。しかし、それは政治上の事だ。われわれ軍人は、あく迄も抗戦をつづけ、最後には皆ひとり残らず自決して、以て大君におわびを申し上げる。自分はもとよりそのつもりでいるのだから、皆もその覚悟をして居れ。いいか。よし。解散。」

そう言って、その若い中尉は壇から降りて眼鏡をはずし、歩きながらぽたぽた涙を落しました。厳粛とは、あのような感じを言うのでしょうか。私はつっ立ったまま、あたりがもやもやと暗くなり、どこからともなく、つめたい風が吹いて来て、そうして私のからだが自然に地の底に沈んで行くように感じました。

死のうと思いました。死ぬのが本当だ、と思いました。前方の森がいやにひっそりして、漆黒に見えて、そのてっぺんから一むれの小鳥が一つまみの胡麻粒を空中に投げたように、音もなく飛び立ちました。

しかし、

ああ、その時です。背後の兵舎のほうから、誰やら金槌で釘を打つ音が、幽かに、トカトントンと聞こえました。それを聞いたとたんに、目から鱗が落ちるとはあんな時の感じを言うのでしょうか、悲壮も厳粛も一瞬のうちに消え、私は憑きものから離れたように、きょろりとなり、なんともどうにも白々しい気持で、夏の真昼の砂原を眺め見渡し、私には如何なる感慨も、何も一つも有りませんでした。

その後、自分は自分の荷物をリュックサックにつめて、故郷に帰った。しかし身体に、困ったことが起こっていた。

あの、遠くから聞こえて来た幽かな、金槌の音が、不思議なくらい綺麗に私からミリタリズムの幻影を剝ぎとってくれて、もう再び、あの悲壮らしい厳粛らしい悪夢に酔わされるなんて事は絶対に無くなったようですが、しかしその小さい音は、私の脳髄の金的を射貫いてしまったものか、それ以後げんざいまで続いて、私は実に異様な、いまわしい癲癇持ちみたいな男になりました。

この音が聞こえる。するといつどこにあっても、とたんに自分は「きょろりとなり」、すべてのことに「なんともどうにも白々しい気持」しか抱けなくなり、「映写がふっと中絶してあとにはただ純白のスクリンだけが残り、それをまじまじと眺めているような、何ともはかない、ばからしい気持になる」のである。

自分は小説を書いてみた。何日も打ち込み、今夜で完成、というところまで来て、銭湯であの音を聞いたら、「とたんに、さっと浪がひいて」、何もかもばからしくなった。次は精勤。ふと平凡な日々の業務に精勤することこそ最も高尚な精神生活かも知れぬという気になり、「ほとんど半狂乱みたいな獅子奮迅ぶりをつづけ」たが、ある日、またあの音が遠くから幽かに聞こえたら、もうそれっきり何もかも一瞬のうちにばからしくなり、家に帰って、寝てしまった。

それから恋。それから労働運動。それから駅伝競走の虚無への情熱。しかし、すべて最後、あの小さな音が遠くから幽かに聞こえると、急に何もかもばからしくなり、バーカ、だった。

いったい、あの音は何でしょう。虚無《ニヒル》などと簡単に片づけられそうもないんです。あのトカトントンの幻聴は、虚無《ニヒル》をさえ打ちこわしてしまうのです。

もう、近頃では、これがいよいよ頻繁に起こり、「新聞をひろげて、新憲法を一条一条熟読しよう」としても、「局の人事に就いて伯父から相談を掛けられ、名案がふっと浮んでも」、「あなたの小説を読もうとしても」、「こないだこの部落に火事があって起きて火事に駈けつけようとして」も、お酒を飲んでも、「もう気が狂ってしまっているのではなかろうか」と「自殺を考え」ても、あの音が聞こえると、それで終わり。

「人生というのは、一口に言ったら、なんですか。」思いあまって伯父に「ふざけた口調で尋ねてみ」た。「色と慾さ。」闇屋になろうかと思ったが、また一万円もうけた時の事を考えたら、あの音が聞こえた。

教えて下さい。この音は、なんでしょう。そうして、この音からのがれるには、どうしたらいいのでしょう。私はいま、実際、この音のために身動きが出来なくなっています。どうか、ご返事を下さい。

若者からの手紙はそこで終わっているが、小説は、その後少しあって、最後、これに対し、

この奇異なる手紙を受け取った某作家は、むざんにも無学無思想の男であったが、次

の如き返答を与えた。

とあり、この太宰がそうである作家の返事がしたためられる。

わたしは、この返事にいわば太宰の小説としてははじめて、ある違和感を感じたのである。

作家はこう書いている。

拝復。気取った苦悩ですね。僕は、あまり同情してはいないんですよ。十指の指差すところ、十目のみるところの、いかなる弁明も成立しない醜態を、君はまだ避けているようですね。真の思想は、叡智よりも勇気を必要とするものです。マタイ十章、二八、「身を殺して霊魂《たましい》をころし得ぬ者どもを懼るな、身と霊魂とをゲヘナにて滅し得る者をおそれよ。」この場合の「懼る」は、「畏敬」の意にちかいようです。このイエスの言に、霹靂を感ずる事が出来たら、君の幻聴は止む筈です。不尽。

ここには、どう考えても、こう書かれるこの若者の手紙に、太宰の分身である作家がこういう返事を書くのが解せない、と感じさせる、ある不明さがある。何かどこかでこの作品の書き手のからだがギュッと不自然な折れ曲がり方をしていて、体操選手だったら、あっ、筋を痛めたな、と思わせるようなからだの動きが、ここからは感じられるのである。ありていにいえば、ここで太宰はこの若者の問いに答えていない。若者は、いわばすぐにストンと電源のブレーカーが下りるようになった自分の身体をどう考えればよいのか、この苦しみは何なのか、と尋ねているのだが、太宰はこれに、へなちょこの若者の悩みに苦労を積んだ大人が、しゃんとせい、と一喝で答えるように、この身体の倫理の問いに、より強い倫理で答えているのである。それは、発熱と咽喉の痛みを訴える患者に、とにかくこれを飲めば治ると強力な抗生物質を与える医者の処方と似ている。それは医療の方法としては身体自身の治癒力の発現を促す治し方の正反対のやり方である。しかし、それはこれまで太宰が、けっしてこのようなやり方だけはしてこなかった、そういう処方なのである。

では、これまで太宰はどう「問題」に対処してきたか。

吉本は、ある場所で、太宰がいわゆる世の中に流通する倫理の流れに、格子状の網目をさし入れ、その流れを「塞き止め」、弱めることを通じてその文学の倫理を作りだしているという注目すべき見方を示している。

例としてあげられているのは「走れメロス」だが、彼によれば、この友情物語の最後に太宰が、まっぱだかのメロスに少女が緋のマントをさしだすシーンをつけ加えているのは、「その信頼物語の倫理的な物語の主題の流れを最後のところで太宰治に特有な感受性の格子目で塞き止め」、「あるいは濾過している」個所にあたっている。吉本によれば、「すると塞き止めてる格子目あるいは濾過装置の目から物語の意味は変容をうけ、その目を通ったものだけが、物語の流れとして読者に印象を与える」。

この主題化された倫理に一はけ加えられた、わずかな変容が、この作品の物語としての倫理を、太宰の文学の倫理に変えているといわれるのである。

いずれにせよ、格子の間の目あるいは濾紙の目を通って、流れは止まないで流れて行きますから、物語も流れて行きます。だけど、その時に、格子の目あるいは濾過装置の目が流れにたいして垂直に塞き止め、そこで、少なくとも流れが緩められたり、よどみができたり、うず巻きができたり、するわけです。それで、その、うず巻きができたり、よどみができたりすることは、何なんだろうかと考えると、それが太宰治にとって、文学・芸術だ、と考えられているのです。(「物語のドラマと人称のドラマ」『吉本隆明「太宰治」を語る』大和書房、一九八八年)

これをわたしの言い方でいえば、太宰は、このように主題化された倫理の流れ(ここでは友情と信義の物語)に格子目を入れることで、倫理を私的なものにしている。公的な、嘘をついてはいけない、というモラルをいわば私的な、わたしは嘘をつかないことにしている、というマクシム（自分用のルール）のようなものにし、弱めている。流れを弱める方向に格子目を挿入すること、それが、ここで太宰の文学の倫理の動態なのである。

「トカトントン」の最後の数行がなぜわたしを躓かせたかといえば、そこではこれと逆のことが起こっているからだ。太宰はこれまで、人の誤りに対し、いつも誤りにおいてより程度の強いこの「誤りうること」をおいてきた。ある倫理の問いに対しては、いつもそれより弱い倫理で答えるのが太宰の「文弱」のやり方だった。若者は身体化され、弱められた倫理の問いを彼にさしむけるが、彼はそれを、いわば整流化し、誰にでも適用できる大文字のモラルで答えているのである。それが先の「トカトントン」の返事では、正しさが置きかえられている。あるいは誤りうることが語られているにせよその思想が、「真の思想」、強い倫理として語られている。

じつをいえばわたしはこの小説を、これがわたしに思いださせたもう一つの小説と重ねてみようと取りあげている。太宰は彼にあってほとんど異例に、弱い倫理の問いに強い倫理で答えているが、もし、この「トカトントン」の音にも弱められた倫理で答えたなら、どういう光景が現れたかに関心があるからである。しかし、それに先立ち、なぜこういうことになるか、太宰の事情を見ておく。

この異例の太宰の対応には、この時太宰を見舞っていたここに「十指の指差すところ、十目のみるところの、いかなる弁明も成立しない醜態」と書かれているコミットメントが影響しているが、[27]そのことは措く。ここに指摘したいのはその戦後のコミットメントのさらに背後にある、彼の戦争の死者へのコミットの存在である。

彼は一九四四年、ある一群の若者たちとの交友を描いた小説を発表している。その小説、「散華」は、こんな短編である。

一九四〇年のある日、三田君という仙台の二高出身の文科の帝大生が、同じ出身の友人戸石君と太宰らしい語り手の小説家を訪ねてくる。戸石君が美男で軽口をたたくひょうきんな性格であるのにくらべ、三田君は坊主頭をしたきまじめな質で、太宰を時に苦手がらせる。そうした気配を察したらしく、三田君はしばらくすると余り顔を見せなくなる。三田君はその後山岸外史のもとで詩を学ぶらしく、時折り、お人よしの戸石君が傑作ですよと三田君の詩をもってくるが、太宰には感心できない。三田君は卒業し、出征するが、その後ほどなく、その出征先から、三田君のハガキが送り届けられてくる。

ハガキは三回くる。最初の二通は好ましいハガキという印象を出ない。しかし、三通目のハガキは、面目を一新し、そこに書かれている文面で、太宰を大いに驚かせ、動かす。その後、太宰は新聞でアッツ島玉砕の記事に接し、「二千有余柱の神々のお名前」が出ている中に三田君の名を見つける。この最後のハガキは、アッツ島からのものだった。三田君の最後のハガキには、こう書かれている。

御元気ですか。
遠い空から御伺いします。
無事、任地に着きました。
大いなる文学のために、
死んで下さい。
自分も死にます、
この戦争のために。

この手紙を引き、彼は書いている。

うれしかった。よく言ってくれたと思った。大出来の言葉だと思った。戦地へ行っているたくさんの友人たちから、いろいろと、もったいないお便りをいただくが、私に「死んで下さい」とためらわず自然に言ってくれたのは、三田君ひとりである。なかなか言えない言葉である。こんなに自然な調子で、それを言えるとは、三田君もついに一流の詩人の資格を得たと思った。私は、詩人というものを尊敬している。純粋の詩人とは、人間以上のもので、たしかに天使であると信じている。（略）私は、山岸さんと同様に、三田君を「いちばんよい」と信じ、今後の三田君の詩業に大いなる期待を抱いたのであるが、三田君の作品は、まったく別の形で、立派に完成せられた。アッツ島における玉砕である。(「散華」一九四四年三月)

ところで、太宰は、自分のつきあった年少の友との交友を描く短編を、戦後、一九四六年五月、もう一編発表している。極力わからないように書かれているが、その短編「未帰還の友に」で、帰らない年少の友として「君」と呼びかけられているのは、この「散華」の三田君の友人、戸石君である。名前は鶴田君に変わっているし、三田君への言及はいっさいないし、話の中心もこの鶴田君の奇妙な恋の転変にあって、「散華」との接点はどこにも見られない。しかし、この仙台出身で、二高から帝大文科に進んだ美男子でおしゃれで長身だという鶴田君は、同じTのイニシャルをもつ、「散華」の戸石君であり、この「未帰還の友に」はいわば誰にも隠された、あの「散華」の続編、戦争の死者となった友への返歌なのである。

この短編は、こう終わっている。

君は未だに帰還した様子も無い。帰還したら、きっと僕のところに、その知らせの手紙が君から来るだろうと思って待っているのだが、何の音沙汰も無い。君たち全部が元気で帰還しないうちは、僕は酒を飲んでも、まるで酔えない気持である。自分だけ生き残って、酒を飲んでいたって、ばからしい。ひょっとしたら、僕はもう、酒をよす事になるかも知れぬ。(「未帰還の友に」)

わたしの想像をいえば、この時彼が「醜態」と書いている『斜陽』のモデルとなる女性へのコミットに導かれ、太宰は戦後、三年足らずで死ぬが、その背後で彼を「ゲヘナ」の地獄にかりたてているのは、あの「大いなる文学のために、／死んで下さい。」という、三田君の言葉にほかならない。

ではなぜこの戦争の死者への連帯が、この「トカトントン」の最後と関係するのか。

おそらく、あの「トカトントン」の返信を書く太宰の中で、「トカトントン」の若者の声は、このアッツ島の死者の「大いなる文学のために、／死んで下さい。」という声とこそ向かい合っている。この死んで帰らない「未帰還の友」と、生きて戦後自分の前に現れる「トカトントン」の若者は、どこか対立するものとして、戦後の彼の中に位置をしめるのである。

するとどういうことになるのか。

あの「トカトントン」の声は、誰よりも早く太宰に聞きわけられた戦後以後の声、ノン・モラルの声だった。彼は戦後以後のノン・モラルに、彼の信じる戦後のモラルを対置する。あの「トカトントン」におけるこれまでにない彼のしぐさ、「トカトントン」の音への強い倫理での応接は、これを戦後の若者への返信として見れば冷淡だが、これを戦争の死者への連帯のコトバと見れば、意力ある、逆説的で誠実な彼の文学の倫理の表現となっているのである。

しかし、文学は、この戦争の死者への連帯につらなるのだろうか。そうではなく、むしろ「トカトントン」というノン・モラルの感触を好むのではないだろうか。

2 太宰 vs J・D・サリンジャー

太宰の「トカトントン」はわたしにJ・D・サリンジャーの『ライ麦畑でつかまえて』を思いださせる。一見したところ関わりをもちそうにない二作だが、全く無縁だというのでもない。簡単にいえば『ライ麦畑でつかまえて』は、あの『お伽草紙』がそうであるような戦争小説である。そこに描かれていることの一つは、「トカトントン」が描くのと違わない、戦争からの生還者の苦しみなのである。

この小説を戦争小説といえば、多くの人が訝るだろうが、この小説は、一九四〇年前後から準備され、断続的に書きつがれ、一九五〇年に完成をみている。この小説が書かれた時期の前半、作者の職業は兵士だった。サリンジャーは太宰より九歳年下の一九一九年生まれで、一九四五年を二十六歳で通過している。少年時代から文学好きで、学校を退学し、その後陸軍幼年学校を卒業、一九四二年に志願入隊、一九四四年にはノルマンディー上陸作戦にも参加している。

その戦争体験がある意味で『裸者と死者』のノーマン・メイラー以上に過酷なものだったらしいことは、その後、ドイツ降伏までに彼の経験した五度の戦闘のうち、アメリカ軍がヨーロッパ戦線で経験した最悪の戦闘といわれる激戦が、ヒュルトゲン、バルジと、二つまでそこに含まれていることからわかる。このうち、たとえば仏独国境に近いヒュルトゲンの森の攻防戦は、厳寒のもと、ここを死守しようとする四倍の数のドイツ兵とアメリカ兵のあいだで地雷の敷設された泥濘地帯を戦場に一ヵ月にわたって繰り広げられた激戦で、この戦いによる死傷者の数は「Dデーに参加した兵士たちでさえ仰天する」ほどの規模に達し、森は「最後の死体が取り除かれた後も」死臭を放ち続けるだろう、といわれたという。サリンジャーはそこで何度か死線をくぐったようである。というのは彼が、戦争のことをほとんど語らないためだが、一九八九年に出たサリンジャーの特異な評伝イアン・ハミルトン著『サリンジャーをつかまえて』は、戦友の証言や残された手紙から、彼がドイツ降伏後、一時神経をやられ、入院していたと推定している。

このハミルトンの本は一九四四年三月に、兵士サリンジャーが当時の文学上の師にあてた『ライ麦畑でつかまえて』に触れた手紙をも発掘している。それによればこの時彼は、この小説草稿の執筆が第六章まで進んだことを告げている。(28) 先の「敗戦後論」をわたしは、日米の戦争小説を大岡昇平『俘虜記』、『野火』とノーマン・メイラー『裸者と死者』に代表させる枠組みに立って考えた。そこでの戦争小説とは戦争を主題にとった作品ということである。しかし、もし戦争小説を戦争にコミットして書かれた小説と考えれば、太宰の事例はたぶん別のもう一つの戦争小説の概念を要請している。というのも、そのコミットは、戦争が終わった後は戦争について書かないという不思議な形をとったからである。[29]もし、戦争を書いた小説だけでなく、太宰の『お伽草紙』のように戦争の中で書かれた小説までを戦争小説と呼ぶなら、『ライ麦畑でつかまえて』はこの条件をみたす。このクリスマス前夜、十六歳の少年がニューヨークをさまよう都市小説は、太宰の『お伽草紙』と同じく、戦争の中で書かれ、しかも戦争についてふれない戦争小説なのである。[30]

よく知られているが、この小説はおおよそこのようなすじがきをもつ。主人公のホールデン・コールフィールドは世の中や学校のインチキ（"phony"）が我慢できず、これまで何度か放校になっている十六歳の少年だが、クリスマス休暇に先立つある日、またその学校からも放校されることとなり、一人寄宿舎を出て、自宅のあるニューヨークに向かう。彼はクリスマス休暇直前の数日をニューヨークでホテルをとり、家に忍び込み、幼い妹フィービーと会ったり、女友達と会おうとしたり、公園の家鴨の池を見たりして過ごすが、その遍歴の最後、彼が訪れるのは、彼が大人としてほとんど唯一心を許す、以前いた学校の教師、アントリーニ先生のもとである。

以前在籍した学校にジェームス・キャスルという名の生徒がいた。やせっぽちで、小さくて、弱々しげな少年だったが、ガキ大将でうぬぼれの強い生徒のことをうぬぼれが強い、といい、このことを取り消すよう、何人かがかりで強要され、「自分が言ったことを取り消すかわりに、窓から飛び下り」て死ぬ。校庭には歯だの血だのが飛び散り、誰も近寄るものがいないが、その時、この生徒の脈を調べ、血がつくのも構わずその身体に上着をかけ、抱き上げて診療所に連れていったのが、このアントリーニ先生だった。

ホールデンは、先生のアパートを訪れ、自分の窮状を訴える。

彼の窮状とは、彼がどうにもいわゆる世の中のインチキに我慢できず、それに従うなら死んだほうがましだ、と思っているということだ。一歩踏み込んでいえば、彼は世の中に、自分の肯定できるものを、ほとんど何一つもてない。そのことに、彼は先生訪問の直前に部屋に忍びこんで会うことのできた妹のフィービーとのやりとりで、彼女に問われ、気づかされている。

彼はフィービーにも例によって学校や世間がいかにインチキか喋りたてるが、すると、フィービーが、ぽつりという。「兄さんは世の中に起こることが何もかもいやなんでしょ」。驚いたホールデンが、いや、そんなことはない、と否定にかかると、彼女はもし、そうじゃないなら、「一つでも好きなものを言ってごらんなさい」という。そういわれ、絶句し、困却したあげく、ただ一つ、彼にいえるこういうものにだったらなってもいい、という肯定命題が、あの小説の題となる答え、「危ない崖のふちにいてライ麦畑で遊ぶ子供が崖から落ちるのを防ぐ捕まえ人（catcher）になら、なりたいと思う」、というものなのである。そのような状態で、人はどうやって生きていくのか。彼は、そういう社会への不適応の窮状をもってアントリーニ先生の家に行く。そう、「トカトントン」の兵士あがりの若者が、少しふざけ口調をまじえながら、しかし真摯に、

教えて下さい。この音は、なんでしょう。そうして、この音からのがれるには、どうしたらいいのでしょう。私はいま、実際、この音のために身動きが出来なくなっています。どうか、ご返事を下さい。

と太宰の分身である作家に訴えるように、ホールデンは、やはりこの小説でサリンジャーの分身の位置にあるともいえるアントリーニ先生に、どうしたらこの世の中に生きることができるか、と尋ねるのである。

ひと通り、ホールデンの話をきくと、アントリーニ先生は、いう。「率直に言って、僕は、君にどういったらいいか分からないんだよ」。「僕の感じでは、君はいま、恐ろしい堕落の淵に向かって進んでいるような、そんな気がするんだ」。先生はいう。それは、たとえば君が三十ぐらいになったとき、どっかのバーに座りこんでいて、「大学時代にはフッ

トボールをやってたような様子をした男が入って来るたんびに憎悪を燃やすといったような、そんなたぐいの堕落」かも知れない。あるいはもっと世間的に低回したような、あるいはもっとぞんざいに世間とぶつかることをよしとする、そんな人間になるような、そういう種類の堕落かもわからない。

ホールデンがその言葉にいつものようにちゃらんぽらんに受け答えしていると、「おい、聞いているのか?」先生は、しきりにホールデンの注意を喚起し、また、真剣に考え考え、言葉をつぐ。「よし、わかった。……ちょっと聞いてくれ。……君の記憶に残るような言い方をしたいんだが……」。

君がいまむかっている堕落は、「特殊な堕落、恐ろしい堕落だと思うんだ」、それは「底というものがない」、「どこまでも墜ちて行くだけ」の堕落だ。世の中には人生のある時期にとうてい環境が与えることのできないものを探し求めようとする人がいる。そのあげくに探しているものはとうてい手に入らないと早々に決めてしまう人、といった方がいい、そういう人がいるのだが、僕は、ちょうどいまの君が、そうだと思うんだ。「わかるかい、僕の言うこと?」「僕には、君が、きわめて愚劣なことのために、なんらかの形で、高貴な死に方をしようとしていることが、はっきりと見えるんだよ」。そういって、先生は、「へんな顔をして」ホールデンを見る。そして、訊く。もし自分が何かを書いてそれを君にやったら、それを丁寧に読んでくれるか、そしてそれをしまっておいてくれるか? と。

そして先生は、精神分析学者ウィルヘルム・シュテーケルのものだという、こんな言葉を、紙に書き、渡すのである。

未成熟な人間の特徴は、理想のために高貴な死を選ぼうとする点にある。これに反して成熟した人間の特徴は、理想のために卑小な生を選ぼうとする点にある。

ところで、この言葉は、この小説をもう一つの「トカトントン」として読めば、太宰がどうすれば「この音からのがれる」か、教えてほしいという若者に答えて与える言葉、マタイ伝、十章、二八の、

身を殺して霊魂《たましい》をころし得ぬ者どもを懼るな、身と霊魂とをゲヘナにて滅し得る者をおそれよ。

に、ちょうど重なる。それは、この小説における「真の叡知の言葉」として、あの「トカトントン」の返事のように、アントリーニ先生に書かれ、ホールデンに渡されるのである。

すると、どうなるのか。

「トカトントン」では、あの若者のSOSに対し、太宰が自分の分身に「真の思想」で答えさせる。ちょうどそのように、ここでサリンジャーはアントリーニ先生に「真の叡知の言葉」で答えさせているが、「トカトントン」がその太宰の答えで終わるのに対し、『ライ麦畑でつかまえて』はこのアントリーニ先生の答えを契機に、以後、その先、あの「誤りうること」のほうへと、その世界をひろげていくのである。

ホールデンはこの紙を受けとる。しかし、彼は、すぐに熱心にこの紙を読むというのではない。では、どうするのか。彼は急に疲れをおぼえる。彼は、ふいの「眠気」に誘われる。

小説はこんなふうに続く。

先生は身を乗り出して、その紙を僕に手渡したんだ。僕は渡された紙にすぐに目を通したね。それからお礼やなんかを言って、ポケットにおさめたよ。ここまでしてくれるなんて、親切な人でなければできないことさ。実際そうに違いないよ。ただ、困ったことに僕は、そのとき、あんまり注意を集中したりしたくなかったんだ。急に、すごく疲れがでちまったんだな。(『ライ麦畑でつかまえて』野崎孝訳)

太宰のゲヘナの言葉、アントリーニ先生の高貴な死と卑小な生の言葉、これは語られている内容こそ反対だが、「真の言葉」として摑まれている点、一致している。太宰がもし、このゲヘナの言葉の前で、激しく躓き、この身も魂も滅ぼす真の投企を断念したとしよう。その場合、これに代わって以後、彼にやってきうるもう一つの「真」が、アントリーニ先生の言葉なのである。「真の思想は叡知より勇気を必要とする」。その勇気の言葉がゲヘナであり、叡知の言葉がシュテーケルの言葉である。内容こそ違え、これらは、答えとして人を導く、「真の言葉」なのだ。

サリンジャーが、このシュテーケルの言葉を、心から、これ以上ない、どうしてもこれを否定できない「真」の叡知の言葉として見出していることは、疑いない[31]。ただ、この真の言葉に関し、太宰がそれを自分の根拠として示すのにたいし、サリンジャーはこの同じものを、真理ではあるがどうしてもこれに負けたくないものとして、読者の前に示す。彼は、この「真の言葉」の前に、いわばこのホールデンのちゃらんぽらんな受け答えともいうべきものを対峙させるのである。太宰では、あのブレーカーが下りやすくなった身体の悩みに、強い倫理の答えが向かい合っていた。しかし後に見るように、ここに顔を見せているホールデンの苦しみも、それとそんなに違ったものではない。しかしサリンジャーは、この「真」に抗う。彼は、この「真」へのふしぎな抗いを描こうと、ここに、あのゲヘナの言葉にも似た、倫理の言葉、「真の叡知の言葉」をおくのである。

3　意識と、身体的なもの

ここに顔をだしているのは、どういう問題だろうか。

「トカトントン」で若者の苦しみを特徴づけているのは、それがそれまでの「虚無《ニヒル》をさえ打ちこわす」、これまでにない、未知の虚無として語られていることだった。この若者は、トカトントンが聞こえるようになり、自分は「いまわしい癲癇持ちみたいな男になった」と感じるが、ここにあるのは、意識の虚無と、これに対する身体の違和ともいうべき、身体という次元の異なるものの登場によって特徴づけられる、一つの対照だったといっておくことができる。

社会に復帰できない元兵士の違和が、身体的違和として現れる例として、わたし達はあの大岡昇平の復員者の小説『武蔵野夫人』における、自分がこの社会ではもう「人混りの出来ない体」になったという主人公勉の感慨を思いだすことができる。同じ言葉が、大岡のもう一つの小説『野火』の主人公の感慨としても、「人交りの出来ない体」という言葉で現れている。しかしそれに似た感慨は、サリンジャーの中にもある。彼は、「ストレンジャー」という短編にそれをほぼ次のように語っている。

ベイブ・グラドウォーラーは、復員してニューヨークの自宅に帰るとほどなく、ヒュルトゲンの森の攻防戦でたき火にあたっているところを臼砲に直撃されて死んだ親友のヴィンセントの婚約者でいまは別の男と結婚しているヘレンに、彼のことを語るため、会いにいく。彼は、妹マティと二人で彼女のアパートを訪れ、彼女にヴィンセントがヒュルトゲンの森で死んだ時のさまを話す。ヘレンは話を聞いて、泣く。それから出し抜けに聞く、「臼砲って何ですの?」。臼砲は「ひゅうとも何ともいわずに」落ちてくる。彼は「臼砲がひゅうという音をたてなかったがために、臼砲の破片に当たった男を恋人にもった世界中の女という女」にお詫びをしたいと思う。同行した妹のマティを連れて、アパートを辞去し、五番街近くの街路を歩いていくと、向こう側の歩道を「ふとったアパートの玄関番が針金のような毛の犬を散歩させてい」た。

ベイブはドイツ大反攻のあいだじゅう、この男が毎日この通りをあの犬を歩かせていたのではないかと想像した。かれには信じられなかった。信じることができたにしても、それは、ありえないことだった。(「ストレンジャー」《邦訳題『他人行儀』》一九四五年、刈田元司訳に少し手を加えた。)

あの「ちゃらんぽらんな受け答え」におけるホールデンのふいの疲労は、いってみれば意識の場におけるふいの身体性の闖入だが、その意味は、それが、もう一つの、ゆっくりした、音のない、トカトントンでもあるということなのである。

そう思ってみれば、この小説で、ホールデンのホールデンらしさを構成するシーンには、いつもこの身体が現れている。

たとえば、作中、不在のサスペンスの中心を占めるのは彼の好きな女の子であるジェーン・ギャラハーで、ホールデンは何度か彼女に電話しようとするが、できない。ところで、「それを実行」できない理由はただ一つ、電話しようとすると、急に彼に「気のりがしな」くなるからである。この小説で、彼はしばしば肝心のところにくると急にこのように「気のりがしな」くなり、「意識を集中できな」くなり、「疲れが出」る。しかしそれは単なる、意識と棲み分けした行儀の良い身体の反応なのではない。それは、その理由を「語りたくない」という、あるいは「語りたくない」と語る、その場所に代置される、換喩的な言語外言語、身体言語であり、そこで身体は意識の場におかれた、いつまでもうちとけないストレンジャーなのである。先に触れたもう一つの山場、ホールデンがフィービーに問いつめられ、「ライ麦畑のキャッチャー（捕まえ人）」を持ちだす場面でも、彼はフィービーに問いつめられると盛んに、彼女が何をいっているのか聞こえなくなる、あるいは聞こえても「意識を集中でき」ない。彼は売春婦とそのヒモに脅され、お金をまきあげられ、どうしようもなくなった時に、泣くのではなく、泣かないで耐えるのでもなく、泣く真似をする。そういうところで彼は彼の身体と出会っている。彼はしばしば精神的に追いつめられ、危機的な状況になると、誰もいないところでうわー、やられたぞ、と映画でギャングが弾を撃ち込まれ、断末魔の苦しみにもだえる、あの得意の「死ぬ真似」をやる。彼がシェイクスピアの『ロミオとジュリエット』で一番好きなのも、ロミオでもジュリエットでもなく、作中いつもこの悪ふざけをして、自分がほんとうに死ぬときもこれをやめない（そしてそのまま死んでしまう）、マキューシオである。電話したい。でも断られるのが怖い。すると彼は、「気のりがしなく」なり、急にぐったりし、「疲れが出」る。あの「意識の非集中」がやってきて、そう、肯定でもなく否定でもない、これら二つに等量の違和を示す、あの「真」への抗いを、彼に可能にするのである。

こう考えてくれれば、この小説が、なぜ苛酷な戦場をくぐり抜け、時には塹壕の中でもタイプライターをたたいたというハードな環境を場としながら、そういうハードなものの嫌いな、ちゃらんぽらんな、早熟な都市生まれの少年の饒舌体の作品として書かれているか、その理由がわかるだろう。注意して読むといいが、この小説の語り口は何より語り手であるホールデンと読者のあいだに、最大のドラマが生じるよう、両者のあいだに最初から橋を落としている。語りはそこで素直なメッセンジャーボーイではない。自分をもっている。彼はまず、小説の冒頭、『悪の花』におけるボードレールのように読者に語りかけるが、その最初のせりふは、何より、「しゃべりたくない」なのである。

もしも君が、ほんとにこの話を聞きたいんならだな、まず、僕がどこで生まれたかとか、チャチな幼年時代はどんなだったのかだとか、僕が生まれる前に両親は何をやってたかとか、そういった《デーヴィッド・カパーフィールド》式のくだんないことから聞きたがるかもしれないけどさ、実をいうと僕は、そんなことはしゃべりたくないんだな。

これはあの『ニューヨーカー』ふうの都市小説より、はるかに、たとえば話者がこんな与太を飛ばす、ドストエフスキーの『地下生活者の手記』に近い小説なのである。(32)

諸君、もちろん、これは冗談だ。まずい冗談だということも、自分で承知している。しかし、だからといって、何もかも冗談にしてもらっては困る。ひょっとしたら、ぼくは、ぎりぎりと歯がみしながら、冗談を言っているかも知れないのだ。

あるいは、

諸君、誓っていうが、ぼくはいま書きなぐったことを、一言も、ほんとうに一言も信じていないのだ！　つまり、信じることは信じているのかもしれないが、それと同時に、どうしたわけか、自分がなんともぶざまな嘘をついているような気持をふっきれないのだ。

身体性は、主人公の意識、また語り手の語りへのふいの侵入という形を取りながら、この小説の身体の厚みを構成している。そこで主人公＝語り手は、いわば身に合わない大きすぎる殻の中に入ったヤドカリに似ている。いったん急あれば意識である彼は身体である彼の中に逃げこむ。するとそこにあるのは、彼に肯定でも否定でもなく、あの「真」への抗いをこそ可能にする、いわば身体としてのホールデンなのである。

あのアントリーニ先生との最後の会話の場面でも、奥さんがお休みなさいをいって寝室に消え、アントリーニ先生が彼の学校での反抗について話しはじめると、ホールデンはしだいに、「意識が集中できな」くなる。「僕はこんな話にはぜんぜん気がのらなかった」。それは彼のちゃらんぽらんな受け答えに現れ、先生は、何度か、「おい、君は僕の話を聞いてるのか？」、とホールデンにいう。頭痛が続いていた、胃が悪かった、いろんな理由があげられるがむろんその原因はアントリーニ先生の話にある。それはくだらないというのではない。先生が心から自分のことを考えて話してくれていることはよくわかる。その中身にも反対ではない、ただ、何かが違う。どこかが違う。

彼に、眠気がくる。

それから、また、かなり長い間、先生は黙りこんでいた。君にそういう経験があるかどうか知らないけど、相手が考えこんでいるのを前に見ながら、黙って座って、口が開くのを待ってるのは、いささかつらいもんだぜ。本当だよ。僕は出かかるあくびをかみころしてばかしいたね。といっても別に退屈だったとかなんとかというんじゃない――そうじゃないんだ――ただ、急に、すごくねむくなったんだよ。

戦前、よくあの他者の思想と戦った小林秀雄は、やはり政治と文学をめぐるある評論を、こうはじめている。

これからわたしのする話は、結局、「私には政治といふものは虫が好かないといふ以上を出ないと思」う。

私達生存の必須の条件である政治といふものを、虫が好かぬで片付けるわけには行くまい。だから、片付けようとは思はないが、この虫といふ奇妙な言葉に注意して戴きたい。諸君はその意味はよくご承知の筈だ。或る人の素質とは、その人自身にも決して明瞭な所有物ではない。虫の居所の気にかゝらぬどんな明瞭な自意識も空虚である。文学者とは、この虫の認識育成に骨を折つてゐる人種である。(「政治と文学」)

この「虫」を私の中の私、私の中の他者、とでも考えてみればわたし達は、いま、この眠りのシーンを、私の中の私、私の中の他者の露頭する場面として受けとっていることになる。小林は自分の中に自分にも動かしえない、もう一人の自分がいる、という。彼は、自分の中でこの「政治」という他者の思想に激しく抵抗するのは、いわば自分の中の自分にもコントロールできない、もう一人の自分だ、というのだが、この身体としての自分の一番深いわたし達への現れが、ここにわたし達の見ている、眠気なのである。

ここで、眠りはホールデンの中の何を救助に、やってきているのか。

真理というのは不思議な形をしている。それはけっして破られない投網のようなものだ。シュテーケルの叡知の投網を太宰はゲヘナの勇気という真理で破ろうとするが、太宰の勇気が大きなクジラになり、その投網を破って外に出ると、真理はいまやそのゲヘナのクジラのほうに移っているのである。人は真に反対するが、その反対は別の真にささえられる。真理ではないから、従わない、という人は、真理であれば従うといっているのに等しく、真の否定によっては、人は、必ずしもその外に抜け出られないのである。

そこから抜け出るには、むしろ自分を小さな雑魚の群れに変え、かけらのようなものにする以外にないが、眠りは、やってきてホールデンに、この真への「ちゃらんぽらんな」抵抗を、可能にさせているのである。(33)

真への抵抗とは何か。そこで何が何に抵抗しているのか。わたしの考えはこうである。

そこでは、真理が誤りうることの中から無謬の器に移されることに抵抗している。真理は、真理もまた、いつも誤りうることの中にとどまることを、望んでいるのである。

4　正しいことと誤りうること

ここに顔を出しているのは、次のようなことである。

先の場面で、アントリーニ先生の考えは、ホールデンの窮状に、「人生のある時期にとうてい環境が与えることのできないものを探し求める」いわば〝時期尚早の人間〟の困難を見ている。早熟な人間はしばしばそういう形で世界とぶつかり、正面からこれと戦って、つぶれる。つぶれないためには、この「探究」を、何とか自分の中に凍結して生きぬくしかないが、どうすればこの理想を死なせないで、生きることができるか、そのことを説くのが、高貴な死ではなく卑小な生をという、シュテーケルの叡知の言葉である。

しかし、問題は、この叡知が、この早熟の人間の「時期尚早」の難問を、同時に「克服」してしまうことにある。つまり、この叡知は、本来的にいえば、けっして時期尚早の人間に、――たとえば受験で忙しい、悩みを抱えた若者に、大人がいまはとにかく我慢して、この時期をやりすごして、人生のことは、合格してから十分に悩めばいい、と――あの世間知で助言する、その叡知版ではないのだが、しかし、ここでは、ホールデンの時期尚早の苦しみを「解決」する論理として、機能する。そうすることで、この時期尚早の問題を、解くのではなく、さしあたり解く必要のないものに、いわば凍結してしまうのである。

ところで、ここにある、解かれなくてはならない問題とはどのようなものだろうか。人と世界の関係には、つねにある遅れがあり、ある時期尚早がある。人はいつも、遅れて来すぎた人間、早く来すぎた人間として、世界とズレをもって生きる。とすれば、まだ「とうてい環境が与えることのできない」時期にそれを求める、そのタイムラグのうちに、むしろ生きることの意味は、ある。つまり、このタイムラグの問題は、ここにひそむ「同時期の、しかし答えられない難問」を「同時期の、しかも答えうる問題」にすることによっては答えられないのである。ここにあるのは、あの同時期で、しかも誤らない思想と、同時期の、しかし誤りうる思想との間にあるのと同質の問い、正しさと誤りうることの問題なのである。

しかし、正しさの前に誤りうることをおくとは、そもそも、どういうことなのだろう。

太宰は、若者の苦しみにいわば「正しさ」によって答え、サリンジャーはアントリーニ先生に、同じくホールデンの中にあるのとは別種の「正しさ」が世の中にありうることを、示させている。しかし、これに対し、彼がホールデンにこれに反対させるのではなく、抵抗させているのは、単に、この「正しさ」にあの「誤りうること」を対置しているということなのではない。ここに顔を出しているのは、それよりもう少し深い、異なった次元なのである。

　太宰の論理の中で、あの思想の「自由さ」が「誤りうること」の中に身をおくことのうちにあったように、この時期尚早の人間の問題の自由の意味は、これがいま解かれるべき難問としてあることのうちにひそんでいる。この時期を逃すということは、また、この問題にひそむ、生きることの意味を、逃すことである。だから、ホールデンはこう抗弁してもいい。このシュテーケルの言葉はわかった。それは確かに叡知の言葉だ。でも、それでは、生きることが、〝なくなる〟のではないだろうか、誤りうることの中に生きること、その大切なことが「正しさ」の中で、消えるのではないだろうか、と。しかし、サリンジャーは、この否定をホールデンに言葉で語らせない。彼は、語らせる代わりに、生きさせる。彼はいわばこの「誤りうること」を、ホールデンに、生きさせるのである。

　その後、小説は、ホールデンが、あのアントリーニ先生のいう「恐ろしい堕落の淵」から回復するさまを描く。しかし、ホールデンは、アントリーニ先生の真の言葉に導かれて助かるのではない。彼は、逆にフィービーという年少の存在のより「誤りうること」の力で、自分を自ら助けるよう、促され、いわば自分で自分を助けるのである。

　ホールデンは、あの一夜の後、後に述べるアントリーニ先生とのある椿事をへて、ほうほうの体で先生のアパートを出る。その後、夜明け近く、荷物を預けておいたニューヨークの中央停車場《グランド・セントラル》に戻り、朝までそこで過ごす。朝、クリスマス間近のダウンタウンを通り、五番街を六十何丁目まで歩き、ベンチで休むが、ふと、西部かどこか遠いところに行ってしまおう、と思う。彼は、そのことで頭がいっぱいになり、妹のフィービーにだけさよならをいおうと、学校に伝言をおき、午後、博物館で彼女と落ち合う。時間より遅れて、フィービーはやってくる。彼女は大きな旅行カバンを引っ張っている。フィービーは自分も断固、ホールデンと一緒に家出するという。ホールデンは怒る。フィービーは泣く。こうして、何とか彼女の機嫌を直そうと、もう家出しないことにしたホールデンがフィービーを動物園につれていき、フィービーの好きな回転木馬にのせ、急に土砂降りに降りだした雨の中、びしょぬれになりながら、ぐるぐるまわるフィービーを見ていると、突然「とても幸福な気持」が自分をつつむのを感じるところで、この小説は終わるのだが、フィービーは彼の前に、彼以上に「誤りうる」者、「誤りうること」の中に生きる存在としてやってくることで、彼を救助しているのである。彼を苦しみから救うのは、アントリーニ先生の言葉ではない、フィービーの誤りうることの状態におかれたいわば生きることの力なのだ(34)。

ところでこの最後の場面に現れる、ホールデンが「いいよ、僕は今度にするよ。(回転木馬に乗る)君を見ててあげる」という個所に出てくる「見ていること」は、原文の英語では watch だが、たぶん「ライ麦畑の捕まえ人(The catcher in the rye)」における捕まえるという行為（catch）と響きあっている。ここで彼が回転木馬に乗るフィービーを見守る（watch）のは、そのことが、ここで彼が崖から落ちるライ麦畑の子供たちを捕まえる（catch）ことなのだ。ここでホールデンは、あの「何かを肯定すること」とはじめて出会っている。彼は、上方からくる「正しいこと」、「誤らないこと」によってではなく、むしろ下方からくる、より「誤りやすい」存在の手で、一つの肯定を摑む。あのゲヘナの苦しみにみちた勇気に対し、もう一つの秤におかれるのは、弱い倫理、ちゃらんぽらんな受け答えにささえられた、この「誤りうること」の勇気なのである。

『ライ麦畑でつかまえて』は語り手が饒舌に語り続ける小説だが、その饒舌は大きな沈黙に似ている。わたし達はこの一見ハイカラな小説が一九四一年から一九五〇年まで戦争をすっぽりと覆い、その中をくぐって書かれていることを知って、意外の感にうたれるのだが、ここにはたぶんその意外さに見合う、とほうもなく大きな構想があって、それがこの饒舌でたわいない外見の下に、じっと動かないでいるのである。

わたしの考えをいうと、この小説は、その語りにおいて『地下生活者の手記』を念頭においているのと同様、その主題において、あのドストエフスキーの『カラマーゾフの兄弟』を念頭においている。これがキリストの降誕の日間近の三日間の物語に設定されていること、ホールデンの兄の名がD・B、弟の名前がアリーでカラマーゾフの次男イワンにとっての兄ドミトリー、弟アリョーシャと符節を合わせていることも、そう考えるわたしの眼には、偶然ではないことのように見えてくる。そのドストエフスキーに、もし「真理はキリストの裡にはない」といわれたとしても、自分は真理ではなく、キリストと一緒にいたい、という言葉のあることは、すでに述べた通りだが、この小説は、ある意味で、あのヒュルトゲンの森からの生還者の手で書かれた、このキリストへの信をめぐる、もう一つの物語なのである。

　この点に関して、わたし達は、こう考えてみることが許される。

　アントリーニ先生との会話の後、この小説は、一見理解しがたい奇妙な展開を見せる。アントリーニ先生が眠ってしまったホールデンにいかがわしい、男色者的ふるまいに及ぶのだ（彼はホールデンが眠りにおちると、その髪をなでる）。ホールデンはこの「変態っぽい」ふるまいにぎょっとし、深夜であるにもかかわらずほうほうの体でアントリーニ先生のアパートを出る[35]。しかし、なぜサリンジャーは、小説をぶちこわしにしかねないこのような設定を、作品にもちこんでいるのだろうか。アントリーニ先生はホールデンに相談を受け、あのシュテーケルの言葉で答える。そして、その答えにホールデンはちゃらんぽらんな受け答えで応じ、眠りで答える。この答えのうちに、読むものが読めばホールデンのアントリーニ先生の体現する真への非信従は、すでに表明されている。では、なぜ、そのうえ、このアントリーニ先生を滑稽な、唇の赤い悪魔のような存在に、おとしめなければならないのか。先生の信用失墜は、小説のこの対話自体のまともさの質を損なわせかねない、危険なカケではないだろうか。

むろん、サリンジャーはそういうことを知ってなお、こう書く。なぜだろう。彼は、ここにあるのが、あの『カラマーゾフの兄弟』の大審問官の章に語られる悪魔とキリストの話だといいたい。そのため、一晩、アントリーニ先生は、唇の赤い悪魔になるのである。(36)

5 不可疑性と可誤性

大審問官の章は、『カラマーゾフの兄弟』の中の一つの章で、次男のイワンが三男アリョーシャに話してきかせる自作叙事詩の腹案の話である。時は十六世紀、異端裁判の火の燃えさかるセヴィリア。そこにキリストが現れ、一目でこれがキリストであると知った大審問官がキリストをとらえさせたうえ、夜、キリストの牢を一人で訪れ、対話する。悪魔とキリストの対話とはそこで大審問官によって語られる、大審問官とキリストの対話に重なる、大審問官の解釈による、あの悪魔がキリストを三つの問いで試す挿話をさしている。

大審問官はいう。

もしおまえが神の子ならこの石をパンに変えてみせよ、そうすれば全人類は感謝の念に燃えながらおまえにしたがうだろう、と悪魔がすすめた時、キリストよ、おまえがこの申し出をしりぞけたのはなぜだろうか。おまえは「人はパンのみにて生くるにあらず」と答えたというが、それは、人々から自由を奪うことを欲しなかったのだ。「おまえの考えでは、もし服従がパンで買われたものなら、どうして自由が存在し得よう、という腹だったのだ」。

また、もしお前が神の子なら、この崖から飛び下りてみせよ、天なる父がおまえを助けてくれるだろうから、おまえの信仰のほども知れることとなるだろう、と悪魔がすすめた時、おまえがこれも拒んだのはなぜだろうか。ここにも同じ理由が顔を見せている。結局おまえは人が奇跡の力で自分に帰依することを、欲しなかったのだ。十字架にかけられた時、多くの人が神の子なのだから下りてくれればいい、そしたら誰もが信じてやる、と口にしたのに、やはりその時、そうしなかったのも同じことだ。

つまり、例のごとく、人間を奇跡の奴隷にすることを欲しないで、自由な信仰を渇望したから、おりなかったのだ。おまえは自由な愛を渇望したために、一度で人を慴伏させる恐ろしい偉力をもって、凡人の心に奴隷的な歓喜を呼び起こしたくなかったのだ。
(『カラマーゾフの兄弟』米川正夫訳)

ここには、非常に面白い解釈が示されているのではないだろうか。信仰とは、誰かが神を信じる行為だが、ここに語られている神は、人が自分を信じるとして、それが自由な行為であってほしいと思った、というのである。

では、ここでいわれている自由な信仰とは何だろうか。それは、そうでないいわゆる信仰とどこが違っているのだろうか。それは、自分を先に立てた、間違うことのありうる信仰だ。ドストエフスキーのいうキリストは、一人の他者として、人が、自分によって作られるのを欲せず、人自ら「自分」を作ったうえで、誤るかも知れないが、むこうから自分を見出すことを望む、というのである。ここに、他者としての神、神がまずあって、その神の栄光に打たれて、人が人になる、という信仰、あの他者の思想と対極の信の形がある。

ここにあるのは、あの誤りうることが正しいことより深い、というドストエフスキーの直観が彼にたどらせた、たぶん最深の定言の形である。しかしこれはまた、他者の思想でもまた自己の思想でもない、文学が、最後にわたし達に示す、一つの答えの形でもあるのではないだろうか。文学は、誤りうる状態におかれた正しさのほうが、局外的な、安全な真理の状態におかれた、そういう正しさよりも、深いという。深いとは何か。それは、人の苦しさの深度に耐えるということである。文学は、誤りうることの中に無限を見る。誤りうるかぎり、そこには自由があり、無限があるのだ。現象学が教える不可疑性は、やはり誤りうることの中におかれた思考法だが、それでも、それとこの文学の可誤性のあり方の間には、あの善人なおもて往生をとぐ況んや悪人をや、という親鸞の『歎異抄』中の言葉における、善人と悪人ほどの違いがあるのである。

なぜ親鸞では、善行を積む善人が往生できるのだから、どうして善行から遠い悪人が往生できないことがあるだろうか、悪人はもっと強く往生できる、とそういうことがいわれるのか。ここでも誤りうることは、そのことが、一つの真への道、善行を積んでたどるのとは違うもう一つの道なのだ。こう考えればわかるだろう。不可疑性でわたし達は考えることができる。よく、考えることができる。しかし、疑いえないものをたどって、どのように、あの足場のない、でたらめきわまりない、フィクションが可能だろう。あの不可疑性から、フィクションはそれをどこまで進めても、出てこないのである。

現象学は信の疑えなさに導かれて真にいたる。しかし、文学はたぶん、どこにもその真の手がかりがないこと、誤りうることのただなかに身をおくことを徹底することで真に呼ばれる、もう一つの真とのつながり方のあることをわたし達に語っている。フィクションは、文学だけがもつ奇妙な生態だが、その本質と可能性の根拠を、この悪人性のうちに、誤りうることのうちに、もっているのである。

わたし達は、ここにきて、あの「ノン・モラル」の権利にはじまった考察の終点の見はるかせる高台にいる。

「トカトントン」の最後で、太宰が躓いたのは、あの「トカトントン」の若者の苦しみに、「散華」の三田君の言葉に代表される戦後の「最も気がかりな事、最もうしろめたい事」が彼の中で対置されたからだった。彼は、この「トカトントン」の苦しみの未知の質に誰よりも早く、誰よりも深く気づいて、しかも、それを冷淡に切り捨てている。そうでなければどうして、あの優れた作品の末尾の数行を除く全編が、あれだけ若者への共感に裏打ちされて、むしろ自分のこととして書かれうるだろう。[37]

彼は、「トカトントン」の未知の苦しみが、どれだけ深いかを誰よりも知って、なお、これを拒否した。彼の中には、あの「大いなる文学のために、／死んで下さい。／自分も死にます、／この戦争のために。」と書いてきた三田君の声が、死ぬまで消えなかったに違いない。しかし、そうだとすれば、こう考えてみることは、わたし達にどうしても必要である。もし、三田君が、死なないであの一九四五年八月十五日を迎えたなら、どうだったろう。その場合、その日の正午、彼があの幽かな小さな音、トカトントンを聞かなかったという保証が、果たして、あるだろうかと。

真の思想に震撼されれば「君の幻聴は止む筈」と書かれた太宰のあの返信は、わたしに、太宰の悩みなど少なくともその半分は「冷水摩擦や器械体操や規則的な生活で治される筈」と書いた、三島由紀夫の太宰評を思いださせる。しかし、文学は、ここに示された三島の方向にあるのでないと同様[38]、少なくともここに現れている太宰の方向にあるのでもない。それはむしろ、ここにおかれている二つのものの対立を解除する。彼は三田君とこの若者を、対立の関係におくが、文学はほんらい、このようなモラルに対しては「そんなこと、知らないよ」というあのノン・モラルの声として現れ、そうであることで、この若者をこそ、三田君につなぐのである。そこではあの三田君が生きて帰ってきて、あのトカトントンの若者になる。あのトカトントンの若者は、三田君の対立者なのではない。そこでは、彼は、三田君とまったく重ならない元兵士であることで、その彼が、未来のほうからやってきた、三田君、戸石君なのである。

サリンジャーに、「エズミに捧ぐ——愛と汚辱のうちに」という短編がある。『ライ麦畑でつかまえて』を脱稿した後、これと符節を合わせるようにして発表された、戦後、サリンジャーの書いた唯一の戦争の小説である。主人公の兵士Xは、かつてイギリスの基地で訓練中、イギリス人の少女エズミと数十分だけ喫茶店で話した。娘は変わった弟を連れていて、父は戦死している。娘は、彼と会えてよかったといい、彼に忘れられない印象を残す。その後、彼は戦場を転戦する。話は、激戦の果て、疲れ切った戦場で、主人公が、そのエズミから前線まで送られてきた死んだ父親の時計を受けとるところで終わる。小説は、エズミへの不思議な呼びかけで終わるが、その個所は、こう書かれている。

> 長いことXは、エズミの父の腕時計を箱から取りだすことはおろか、その手紙を下に置くことすらできかねていた。が、いよいよ時計を取り出してみると、それは送られて来る途中でガラスがこわれていた。ほかに故障がないかしらと思ったけれど、ぜんまいを巻いて、それを確かめてみる勇気はなかった。彼はその時計を手にしたまま、また長

いこと黙って坐っていた。そのうちに、全く思いがけなく、陶然とひきこまれてゆくような快い眠気をおぼえた。

——エズミ、いいかい、本当の眠気をおぼえる人間は、あらゆる機能が元のままに戻る可能性を、必ずもっているんだ。(39)

眠気とは何か。

それは人の中に最後に残る回復の可能性だとサリンジャーはいう。それはどのような人の中にも一人の他者がいることの、他者によるのではない感知ではないだろうか。

わたしは、このエズミへの呼びかけに、ノン・モラル、あの、そんなことは知らないよ、ということの戦後以後に生きる可能性を見る思いがする。あの「敗戦後論」の議論とここで語られたことはどんな関係にあるのだろうか。あの戦後をめぐる論議が、何を出発点にしなければならないか、どこまでいったん降りつかなければならないかを指すのが、文学なのだ。たとえば戦後責任だとか、他国への謝罪だとか、こうしたことはどこから考えられなくてはならないのか。それをわたし達は、「世界なんて破滅したって、ぼくがいつも茶を飲めれば、それでいいのさ」というあの声、そこに根源をもつ、オレは関係ない、という声を始点に考えなければならない。できればそれを、誤りうる形で考え続ける。その時、わたし達はある限定された時代の問題を、無限に連なる問いとして考えているのである。わたし達は自分を疑う。わたし達は自分が誤りうるのではないか、と疑う。そう、そしてその通り、わたし達は誤る。しかし、この時、誤りを切り捨てたら、わたし達は大切な思想の種子と課題を捨てることになるだろう。どのような人の中にも、そんなことは知らないよ、という声の場所がある。しかし、わたし達は、あの、そんなことは知らないよ、という声が、自分の中に生きる限り、どのような苦しみの中でも、どのような誤りの中でも、再び、そこから、「あらゆる機能が元のままに戻る可能性を、必ずも」つのである。

*

こうして、わたし達はこの論のはじめの場面に帰ってくる。

戦後の、いや戦後以後の、あの「ある意味では無責任なノン・モラルの柔軟さ」は、いま、どこにあって、どんな空を流れているのだろうか。むろんわたしはそんなことは信じていない、この「ノン・モラル」が、「ある意味では無責任な」などという、無責任な語られようをするものだとは。

サリンジャーは、一九四五年、戦争にいかない作家は気の毒だ、と書いたアーウィン・ショーの戦争小説論を読み、黙っていられなかったのだろう、たぶんニュルンベルグの病院から反論を本国の文学週刊誌に、投稿している。彼はそこで、ショーの考えは「子どもっぽい」、自分が反論するのは、「第一次世界大戦のおり、戦争にいかなかった作家達がそのことでひけめを感じたのを見」たからだ、作家が気の毒なケースはただ一つ、書かない時だけだ、という意味のことを述べている[40]。

サリンジャーは、戦争について太宰に似た独特の考えをもっていたが、自分で兵士として戦争を体験した分、その考えは太宰のそれより一歩徹底していた。

その戦争小説観は、一九四二年に書かれ、一九四四年、Dデーに向けて訓練中のイギリスで最後の加筆訂正を受けたうえ出版社に渡された短編「最後の休暇の最後の一日」に、余すところなく記されている。

主人公の若い兵士ベイブは、出征をひかえ、最後の休暇で家に帰ってくる。心配性の母を苦しめたくないため、黙って出征しようとするが、その前夜、父親が何かのおりに、自分の従軍した第一次大戦の話をするのを聞き、つい、口を開く。

パパ、生意気なようだけど、ときどきパパが戦争のはなしをするとき、――パパの世代のひとたちはみんなそうだけど――まるで戦争って、何か、むごたらしくて汚いゲームみたいなもので、そのおかげで青年たちが一人前になったみたいに聞こえるんだな。僕は厭味を言うつもりじゃないけど、でも第一次大戦に行った人たちって、みんな戦争は地獄だなんて口では言うけど、だけどなんだか――みんな戦争に行ったことをちょっと自慢しているみたいに思うんだ。……僕は今度の戦争は正しいと思うよ。(略) 僕はナチスや日本人を殺すことが正しいと思っているんだ。だって、他にどう考えたらいいんだろう? ただね、この前の戦争にせよ、こんどの戦争にせよ、そこで戦った男たちはいったん戦争がすんだら、もう口を閉ざして、どんなことがあっても二度とそんな話をするんじゃない――それはみんなの義務だってことを、ぼくはこればかりは心から信じているんだ。もう死者をして死者を葬らせるべき時だと思うのさ。(「最後の休暇の最後の一日」[41])

この、戦場から帰った者は何も語るな、というセリフの最後の個所は、原文では、こうである。

It's time we let the dead die in vain.

わたしの読んだある研究書の著者はこれを、「戦死者は無駄死にさせなければならない」と訳している。[42]

こうして、わたし達は最後の言葉にたどりつく。

「戦死者は無駄死にさせなければならない」。

しかし文学の言葉として、これは死者への、心からの呼びかけの声ではないだろうか。文学とはつながりよりも深い、切断の力なのである。

語り口の問題

悲しみ（grief）は、けっして口に出して語られません。一般的にいって政治における「心」の役割を、わたしは全面的に疑っています。（ハンナ・アーレント）

1　ハンナ・アーレント

ハンナ・アーレントのものをフランスで読んでいて、ここにある問題が日本にいて自分の考えてきた問題と地続きだという感じを受けた。そして少なくとも自分が日本の戦後を考察対象にしながら、それを世界大の戦後、つまり第二次世界大戦が戦後世界に与えた問題の世界性の中で考えてきたわけではないことを、痛感せざるをえなかった。

それを、次のようにいってもいい。

たとえばわたしは公共性という概念を個人原理に立った批判的理性による近代的概念と

考えていた。そのため、たとえばこれに立つ「国家と社会の分離を前提として」、「公衆の自覚をもった市民」が「公開の討論によって世論を構成し国家権力を制御しようとする」ユルゲン・ハーバーマスの市民的公共圏の主張などに、ある市民主義的な腰の軽さといったものを受けとってきた。(1) それはたとえばわたしが個人を自分のよって立つ原理にしながらも、個人原理をゼロ地点として考えすすめることに、何か、そぐわないものを感じてきたからである。それでは何かを非常に簡単に切り捨てることになる。わたしはそこに西欧近代的思考と自分のいる場所の違いの一つを感じていた。その考えはいまも変わらないが、しかし、アーレントは、この同じ公共性という考えを近代原理からではなく、古代ギリシャ、古代ローマからとりだしてくる。その出発点はけっして個人原理といった近代的なものではない。彼女の公共性という概念は、ハーバーマスのそれとは違い、むしろ名誉、誇り、政治といった反個人主義的な、近代以前の思考を母胎とするのである。

その理由をわたしは、彼女が自分の思想の溶鉱炉を自分がそうであるユダヤ人の思想経験の磁場に求めた事実に見ることができると考えている。これは、アーレントのいっていることではなく、わたしの考えだが、アーレントはいわばユダヤ民族の民族性、その思想の共同性を殺すため、ここでその対置物として、公共性という古典古代の概念を、自分に必要としているのである。その、彼女の前に現れた共同性が、かつてはシオニズム、さらにナチズム、人種主義、そしてイスラエル建国といった多様な現れをもったことは、彼女の思想にある種のわかりにくさとともに、未知の新しさをもたらしている。そしてその核心をわたしの関心にひきよせていえば、それは、ある種の共同性をどうすれば解体できるか、という問題である。

この共同性という言葉も、ここでは注意深く使う必要がある。共同性という概念は思想にとってそれほど原理的な意味はもたない。それはせいぜいが副次的な概念といったところである。しかし、戦後、日本がおかれた思想的、道義的な環境は、この問題の解決を要請するものとして成立した。つまり、その点でわたし達は強固な共同性としてあるユダヤ人の思想経験を産土《うぶすな》にして作られたユダヤ人思想家ハンナ・アーレントと、共通する場所に立っている、というのがここでのわたしの基本的な認識なのである。

そもそも共同性を否定する、とはどういうことか。かつてこれに対し、幾人もの戦後知識人から啓蒙的な市民主義がとなえられ、ついでその鬼子のように、外部、それも極端に観念的な外部性を対置する現代思想の意匠を帯びた考えが柄谷行人、蓮實重彥らによって示されたことがある。しかし、前者は大衆社会の中に拡散し、後者も、論の推移が示すように、共同性を解体する契機であるよりは共同体嫌悪のロマン主義的な表現にすぎないことを明らかにして消滅した。わたしはそれをかつて共同体の「内から出る」ことと「外へ出る」ことは違う、それは内側からしか開かない扉をもつ閉鎖空間であり、その外に出ることはその解体を意味しない、その内にいるものにしかそれは解体できない、という言い方で述べたことがあるが、[2]アーレントのぶつかった問題もそれであり、彼女がユダヤ人の思想家、知識人、文学者の一系譜に見ているものも、そこに連なる経験なのである。

戦後の日本がおかれたこのやや特殊な場所とはどういうものか。

イアン・ブルマの『戦争の記憶——日本人とドイツ人』（TBSブリタニカ、一九九四年）は、日本の戦後の問題をドイツとの比較を通じ、この世界性の光の中で考えようとした最初の本の一つだろうが、とりわけ日本が戦後おかれることになった道義的な泥沼的状態をさして、日本人にとっての〝受難〟と位置づける見方で、わたしに独特の印象を残す。彼の語っている話でわたしの心に残るのは、たとえば特攻隊で死んだ若者の自己犠牲がセンチメンタルに美化される一方、「若者らしい理想主義が逆手にとられ、無駄な企てに動員された」ことへの視点が完全に抜け落ちている、という指摘、日本とドイツでは平和主義が戦争の罪悪感を和らげる「高潔かつ好都合な方法」として機能している、という指摘、また、とりわけ、アメリカの占領政策の余波を受け、天皇が免責されることにより、日本がそこで誰もが道義を問われにくい、特異な国になったことを、これは日本人にとっての〝受難〟ではないか、と位置づけている個所などである。いまわたしは日本の外にいるため、こういうことをいいやすい。その言葉の軽さを自覚していうが、わたし達は、たしかに戦後、道義的にはこれ以上ない泥沼に落ちたのではないだろうか。わたしのここ数年の関心はそこに向いていたが、その理由をわたし自身がよく知っていたとはいえない。しかし、そう考えることがわたし達の思想にとっての踏み切り板であり、もう少しいえば、そう考えるところからしか、わたし達がその苦境を抜け出る方途は出てこないというのは、この文章をわたしに書かせる確信の一つである。

アーレントがしばしば自分を含むユダヤ人の経験の意味をさしていう言葉にパリア（賤民）としてのユダヤ人、という表現がある。簡単にいえば最低存在としてのユダヤ人、というほどの意味だが、そのパリアには独特の響きがある。彼女はたとえば、レッシングの友愛（アミチエ amitié）とルソーの博愛（＝兄弟愛、フラテルニテ fraternité）を比較した上、この博愛から作られるルソーいうところの人間性は、「侮辱され、自尊心を傷つけられた側に属さず、同情心によってしかそこにつながれない人々」には適合しにくい、と述べている。(3) ここにいう「侮辱され、自尊心を傷つけられた側」をさして、彼女はパリアというのだが、しかし、そういうことでパリアをではなく、ルソーの博愛のほうを否定するのである。博愛は快楽と苦痛という本能に属し、それは音声（son）を生むが、友愛は歓び（joie）に属し、それは語り口（ton）を生む。パリアとしての経験は何の光明もない場所で人の生にふれる、しかしそこに政治的な意味はない、だからこそパリアは友愛を必要とする、というように弧を描いて進むのがアーレントの考えにほかならない。これは現実に日本人が戦後おかれた場所とは逆の境遇をさしているが、しかし、その逆さ加減がいわばその対極性において際だっていることを通じ、この表現は、わたしに強く働きかける。

日本人は戦後、ここにいわれる対極の意味で、つまり、道義的に、パリアになったというべきではないだろうか。その自覚の徹底があってはじめて、わたし達はこの不思議な苦境——そうと感じられない苦境——から回復できるが、その起点の問題が、わたし達をつつむ、この戦後のある共同性の解体だろうと、わたしは考えるのである。

ここで取りあげるのは、アーレントが一九六〇年代の前半に書いた『イェルサレムのアイヒマン』である。この著作が発表後各方面に引き起こした強度の反発を手がかりに、主にこのナチス戦犯の裁判のルポルタージュで彼女が採用している「語り口（tone）」の問題について、考えてみたい。いまこの著作を読み、そこから示唆される問題視角は、この数年間わたしの考えてきた戦後日本の「歪み」の問題を、いわば共同性と公共性という違った光の下におく。まず、これまでわたしの考えてきた戦後日本の「歪み」の輪郭を、素描しておく。

2　素描——戦後の歪み

一九九五年の一月、わたしは「敗戦後論」（『群像』一月号）という評論を書いて、そこに、いまもまだ解かれずに残っている日本の戦後の問題の一つは、歴史形成の主体をわれわれがいまなお構築できていないことではないか、と次のように述べた。

戦後の日本が抱えることになった問題の一つは、たとえば軍事力の行使を世界に率先して放棄することをうたった憲法が軍事力を背景にした圧力のもとに押しつけられるという矛盾、また戦争に関し、開戦の詔勅に捺印の上これを発布した最高責任者である天皇が戦争裁判で免責され、下僚が代わりに絞首刑に処せられるという矛盾などに顔を見せている、一つの「ねじれ」を、敗戦占領とその後の推移により、日本の社会、政治、道義が、その根源に抱え込むことになったことである。この「ねじれ」は、その後、日本社会をいわば歴史を形成する主体をもてない分裂した人格にした。つまり、本来なら、この憲法の理念に賛同し、これを肯定する側が、これを真に自分のものとするため、この「ねじれ」を問題にし、その克服をめざさなければならないところ、この「ねじれ」は、逆に、それに目をつむる護憲派と、それを理由にこれをまたもや戦前型の「自主憲法」に取って代えることでその克服ならぬ解消をめざす改憲派との、出口のない（ジキル氏とハイド氏的な）人格分裂の動因となったのである。天皇の信従者についても同じことがいえる。彼らこそ、この戦後の一時期の安定のため将来に禍根を残すような選択はすべきでなく、道義の根を日本社会に残すため、戦後、退位すべきことを天皇に勧めなければならなかったところ、ここでも、この「ねじれ」は、道義を超越している天皇に戦争責任を問うのは間違っているとして日本の侵略責任に目をつむる天皇信奉者たちと、アジア解放の大義の夢が破れた後、一転して侵略した先の国々への懺悔を全身に現し、いまは天皇の戦争責任を追及してやまない元天皇信奉者たちという、二者への分裂を結果したからである。ところで、この二者に分裂した主体が国民として歴史形成の主体たりえないとは、どういうことか。

一九九三年八月、長期にわたって日本を支配してきた自民党の単独政権が崩れ、新たに登場した細川首相が日本の首相としてははじめて、先の戦争における軍事行動が「侵略戦争であり、間違った戦争だった」ことを公に認めた。しかしほどなく、その細川政権を継承して成立した羽田内閣の閣僚である法相が南京虐殺はなかったと発言して、辞任し、さらにこれに代わった村山内閣の環境庁長官も、日本に侵略戦争の意図はなかったと同様の発言を繰り返して辞任した。ところで精神分析学者の岸田秀は、この一連の失言事件は、日本の侵略を認めた先の細川発言と一対のもので、その反動にほかならない、という注目すべき指摘を行っている。それによれば、先の細川発言はジキル氏の日本の発言であり、これが、ハイド氏の日本の発言、日本社会のうちにひそむもう一人の内的自己の暴発を引き起こしたというのである。このような分裂した主体は他者に謝罪することができない。自分では主体的判断のつもりでたとえば侵略した事実を認め、深く謝罪しても、その後に残された半身がやってきて、そんなのは嘘だと、これを打ち消して回るからである。

日本の戦後の問題の核心は、たぶんここにある。これは、歴史を引き受ける主体が戦後日本に形成されていないという事態であり、この人格分裂から回復できない限り、戦後日本という減圧空間では、いわば思想の生きる公共空間がない、ということを意味している。

では、どうすればこの人格分裂を克服できるか。迂遠なようだがそのカギは死者の弔い方にある、わたしはそう考え、おおよそ次のような主張を行った。

この人格分裂は、戦争の死者の弔い方においては、日本の侵略戦争がもたらしたアジアのよその国の二千万の死者への謝罪と自国の間違った戦争のもとで無意味に死んだ三百万の死者への哀悼の分裂という形で現れている。旧護憲派は後者をいわば後ろめたい恥ずべき身内の死者と感じつつ、二千万のアジアの他国の死者への追悼と謝罪を口にし、一方旧改憲派は後者を哀悼するため、先の戦争は自衛自存のための正義の戦争だったと強弁し、それを理由に侵略責任を認めることを拒否して、前者への謝罪に目をつぶっている。この根源にある問題は、侵略戦争のために無意味に死んだ自国の死者を無意味なままに深く弔う仕方を、わたし達がいまだに見つけられないでいる、ということなのではないか。悪い戦争を戦った敗戦国というカテゴリーは実は世界戦争の出現以前は存在していない。第一次世界大戦でのドイツ、第二次大戦の日本、ドイツ、イタリア、ヴェトナム戦争のアメリカはいずれもその死者を義によっては弔えない形で戦争をはじめ、終えた敗戦国である。しかしこういう事態は、世界戦争が出現する以前は一つとしてなかった（フィヒテの「ドイツ国民に告ぐ」《一八〇七年—一八〇八年》、エルネスト・ルナンの「国民とは何か」《一八八二年》、福沢諭吉の「瘦我慢の説」《一八九一年》はともに敗戦《福沢の場合は江戸幕府の敗戦》の所産として現れたネイション論である。敗戦はそこで道義的な敗北を意味していない。それは逆に国民意識の形成の一つの契機である)(4)。ここには一つの現代的な課題が顔を見せている。日本の戦後は戯画的なお粗末きわまりない欺瞞劇として世界史のうちに現れているが、この自己欺瞞からどう自己回復するかという課題のほうは、いまなお新しい現代的意義をもつのである。問題は、そこからはじめるときにのみ、戦後の日本がようやく他国に対して謝罪する、その謝罪主体を作り出せる、ということだ。そのようなあり方はそもそもどのような死者の弔い方を要請するのか。

わたしは、そう考え、次のように書いた。

悪い戦争にかりだされて死んだ死者を、無意味のまま、深く哀悼するとはどういうことか。

そしてその自国の死者への深い哀悼が、たとえばわたし達を二千万のアジアの死者の前に立たせる。

そのようなあり方がはたして可能なのか。

ここではっきりしていることは、ここでも、この死者とわたし達の間の「ねじれ」の関係を生きることがわたし達に不可能なら、あの、敗戦者としてのわたし達の人格分裂は最終的に克服されないということだ。

(略)

ここでわたしは先の問いに戻る。

ここにいわれているのは、一言にいえば、日本の三百万の死者を悼むことを先に置いて、その哀悼をつうじてアジアの二千万の死者の哀悼、死者への謝罪にいたる道は可能か、ということだ。(「敗戦後論」)

ところで、このわたしの主張はさまざまな批判の対象ともなったが、中で、二度にわたってこれに批判を加えた高橋哲哉は、ユダヤ人問題に引照する形で、先の『イェルサレムのアイヒマン』をめぐるアーレントとゲルショム・ショーレムの論争を取りあげている。そこでのアーレントの主張を論拠に、わたしの主張を批判しているが、その選択は、興味深い視点を提供している。ここで、わたしをとらえている問題視角は、別にいうなら、アーレントの公共性と、共同性をめぐる問題だからである。

3 『イェルサレムのアイヒマン』

一九六〇年五月に、元ナチの戦犯で、アルゼンチンに潜伏していたアドルフ・アイヒマンがイスラエルの国家機関の手で捕捉され、イスラエルに拉致された後、一九六一年、イェルサレムで裁判にかけられている。裁判は世界注視の中、同年四月にはじまり、十二月に死刑判決、さらに翌六二年三月、控訴院であるイスラエル最高裁判所で再審にふされ、五月二十九日、同じく死刑判決の後、三十一日、被告から出されたイスラエル大統領への恩赦誓願が却下されてからわずかに数時間後のアイヒマンの絞首刑で終わっている。『イェルサレムのアイヒマン』は、アーレントがこの裁判を雑誌『ニューヨーカー』の特派員として傍聴した上、アイヒマンの尋問調書を読み、膨大な資料を駆使してその訴訟事項の背景となった事実を歴史的に検証したうえ書き上げた三年がかりのルポルタージュで、翌一九六三年二月から三月にかけ、『ニューヨーカー』誌に五回連載され、その後、アメリカの出版社から刊行された。しかし、発表直後から主に欧米のユダヤ人社会、またイスラエル、ドイツ国内を中心に、大きな論議を呼び、それからの数年、欧米を席巻して反アーレント・キャンペーンともいうべき、一連のアーレント個人への非難と、激しい論争の端緒となった。

ルポルタージュという形ながら、綿密に準備され、膨大な文献を基礎に書かれたこの浩瀚な著作が、これだけ憤激と呼んでよい強度の反応を引き起こした理由は、だいたい次の三点に要約できる。

まず第一に、ここでアーレントは、それまでわずかずつ指摘されていたものの、公然とは語られてこなかったヨーロッパのユダヤ人強制収容におけるユダヤ人組織のナチスへの協力ぶりを、はじめて正面から取りあげ、道義上の責任を問題にした。なぜ数千人の人員しかもたないナチスの機関が、そのつど、数としてはそれにはるかにまさる数十万人ものユダヤ人を絶滅収容所に送り込むことができたのか。その理由は、当時ヨーロッパのドイツ支配下の主要都市に作られたユダヤ人評議会が、その意図はどうであれ、とにかくこれに協力したからである。ナチスのユダヤ人強制収容の部署の責任者だったアイヒマンは、これらのユダヤ人組織の指導者を動かす形で仕事をすすめた。当時のユダヤ人評議会の指導者には、同じ強制収容所でも例外的なモデル収容所と位置づけられていたテレージエンシュタット収容所に送られた例が多いし、またひそかにパレスチナに逃れることのできた例も少なくない。こうして生きながらえ、イスラエル建国に関与した元指導者の大半は、この裁判当時、イスラエルの指導層の中に多くいた。この裁判はイスラエルの国家的な対外的戦略として一種のショーウィンドー的な性格を与えられていたから、アーレントの告発は、イスラエルとイスラエル寄りのユダヤ人世界に広く深い困惑をもたらし、一部に激しい憤激を呼ばずにはいなかったのである。

第二に、アーレントはドイツにおけるヒトラー統治下のドイツ旧指導者層と保守派、軍人指導者によるクーデタ計画、レジスタンスを検討し、これを批判した。彼女は、そのクーデタの首謀者が策謀成功の暁に発表すべく準備していた政治綱領を取りあげているが、そこにはユダヤ人絶滅政策への批判的言及が一言もない。その連合軍との休戦交渉に対する基本認識にも驚くべき楽天主義と杜撰さが見られる。彼女はそれらを踏まえ、このレジスタンスの試みにヒトラーの政策の否定という意味を与えることは難しいという判断を示した。これらの失敗に帰した反ヒトラーの策謀、レジスタンスの企ては戦後のドイツ人にとっての良心の支えでもあったから、この批判も、ドイツで根強い反発を呼び起こすことになった。

第三に、この著作全体に流れる「語り口(トーン tone)」の問題がある。アーレントのこのルポルタージュは知的で瀟洒な都会的センスをもつことで知られる『ニューヨーカー』に発表された。そこに選択された文体はその発表場所にふさわしい、硬質でしゃれた語り口をもっていた。それだけでなく皮肉と風刺をまじえる乾いた語調と言い方からなっていた。しかしことはホロコーストとナチスの反人道的な犯罪に関わる。このトーン、つまり「語り口」もまた、多くの心あるユダヤ人知識人を深く困惑、憤激させ、この著作に対する大きな不信と批判の理由となった。

そのようなわけで、この著作がでた後、アーレントはまず在米のユダヤ人組織の組織ぐるみの反アーレント・キャンペーンに見舞われる。彼女のこのルポルタージュは、読めばわたしのような赤の他人を深く説得する事実の裏づけと傑出した思想的な論証の力を備えているが、まず事実を歪曲した要約が流布され、その上で、それに二重三重の非難を加えるという陰険なやり口が採用された。そのためたとえばドイツでは、翻訳の前に、この本に関する論争をまとめた単行本が、その案内、先触れとして、出版されなければならなかった。

アーレントを世に知らしめた最初の著作は一九五一年に刊行された『全体主義の起源』である。そこで彼女はナチスの全体主義とスターリンの全体主義をともに一連の存在として否定する論を展開している。これは、一九八九年以降の共産主義国家の崩壊を経過したいまから見れば、条理をつくした論だが、発表された一九五〇年当時はアーレントに反共主義者のレッテルを貼る「危険さ」を帯びていた。誰もがこのハノーヴァー生まれのユダヤ人女性、十代半ばでラテン語、ギリシャ語に通じ、大学でハイデガー、フッサール、ヤスパースに学び、二十二歳でアウグスティヌスを主題に学位論文を仕上げ、学者として嘱望されながら、それを拒否し、ヒトラーが政権についてからパリに亡命して親シオニズムの運動の活動に従事し、やがてアメリカに亡命、やはりユダヤ人関連の仕事をしながらこの大著を準備した著者に、一筋縄でいかない、「わかりにくさ」を感じていた。フランスにこの著作が翻訳されるのは一九六六年のことだが、抄録紹介の後に左翼高級誌『ル・ヌーヴェル・オプセルヴァトゥール』が組む、ウラジミール・ジャンケレヴィッチの名を含む寄稿者からなるこの反論特集のタイトルは、「ハンナ・アーレントはナチか?」である。(5)一言でいえばこの著作は、まともには扱われない。この数年にわたる中傷と非難の嵐の中でアーレントは長年の友人を少なからず失う。アメリカのドイツ系ユダヤ人誌『アウフバウ』は創刊以来彼女が何度となく寄稿してきた雑誌だが、以後、彼女の文章の掲載を拒否する。

ところで、この非難の嵐の中で、アーレントは一度だけ、まともに批判に答え、四つに組んだ論争を行っている。それが、高橋の言及している一九六三年に行われたゲルショム・ショーレムと彼女の往復書簡にほかならない。

ショーレムは、一八九七年ベルリン生まれ、一九二三年にパレスチナに渡り、一九二五年以来イェルサレムのヘブライ大学でユダヤ思想史を講じ、一九八二年に死去しているヘブライ学の第一人者だが、ヴァルター・ベンヤミンの友人としても知られ、アーレント（一九〇六年生まれ）にとっても親シオニズムの運動を通じ旧知の、年来畏敬する年長の知人の一人だった。彼はアーレントへの非難の高まっていた一九六三年七月に（二人のやりとりを発表したいという希望を伝えた）公開書簡を送り、この書簡とそれへの返信が往復書簡の形でまず同年、イスラエルの雑誌にヘブライ語で発表され、ついでドイツ語に訳された後、一九六四年一月の『エンカウンター』誌に英語で発表される[6]。

そこでのショーレムの批判の趣旨はほぼ先の要約の第一と第三の点に重なるが、中でもその後しばしば引かれることになるやりとりの最重要点の一つが、わたしの論への批判の論拠として高橋が言及している、判断＝裁き（judgement）をめぐるアーレントの見解なのである。

4　共同性と公共性――ショーレムとアーレントの論争

高橋はわたしの論に二回言及している（「汚辱の記憶をめぐって」『群像』一九九五年三月号、「《哀悼》をめぐる会話――『敗戦後論』批判再説」『現代思想』同年十一月号）。このうち二つ目の論は「敗戦後論」に続いて行われた西谷修との対談に対するものである（「世界戦争のトラウマと『日本人』」『世界』一九九五年八月号）。ショーレムとの論争とそこでのアーレントの主張は、そのどちらでも取りあげられている。

前者の批判で、高橋は、こう書いている。

> かつてハンナ・アーレントは、ホロコーストにおけるユダヤ人指導者たちの責任を問題にして、ゲルショム・ショーレムから、悲劇的状況におかれた「同胞」への同情に欠けるという趣旨の批判を受けたとき、たとえ「同胞」に対してであっても、判断する＝裁くという責任を回避することはできない、という意味のことを答えた。戦争責任の問題も、この意味での判断＝裁き（judgement）の問題なのであり、「自国の死者」を“かばう”といった「内向き」の態度でこれを考えるわけにはいかないのである。（「汚辱の記憶をめぐって」傍点原文）

アーレントとショーレムの論争の焦点の一つは、このジャッジメント（判断すること、裁くこと）の権能をめぐって展開する。しかしそれは、共同性との関わりで陰影に富んだ対立の相を見せている。まず「同胞」ということについていわれるショーレムのアーレントへの言い方は、次のようなものである。

わたしがあなたの本に対して批判的なのは、そこにある心なさ（heartless）、この本がわたし達の人生のもっとも感じやすい部分を扱うに際して取っている、しばしばほとんど嘲弄的で悪意ある、語り口（tone）です。

ユダヤ人の慣習には、定義は困難だが具体的に感じられる〝アハヴァト・イスラエル〟、ユダヤ人への愛と呼ばれる一つの概念があります。愛するハンナよ、その痕跡があなたには、ドイツの左翼出身の知識人の多くと同様、ほとんど見られません。あなたがその著書で展開しようとしている議論は、まさしく主題の喚起する感情に由来して、わたしの眼には、——こういう言い方を許していただきたいが——もっとも慣習に則り、もっとも慎重で、かつもっとも正確な手続きを要求するものです。この主題とは、わが民族の三分の一の破壊です。そしてわたしはあなたを、頭のてっぺんからつま先までわが民族の娘、それ以外ではありえない人と考えているのです。わたしがこの本全体であなたが非常にしばしば採用しているこの――フリッパンシイ（flippancy、軽薄な、小生意気な）という英語の言葉がちょうど当たっている――語り口に、共感をおぼえられないのは、そのためにほかなりません。[7]

「民族の娘」でありながら、なぜその書くものには「同胞」への同情がないのか。ナチスによる強制収容当時のユダヤ人共同体の指導者層に対するアーレントの批判に対するショーレムの疑念は、この前段に立って、次のように語られる。

われわれの中の誰が、いま、あの状況下で、ユダヤ人のコミュニティーの指導者たちがどういう決定をすべきだったかをいえるでしょうか？（中略）わたしはあなたほどこの問題について読んでいませんから、まだ確信に達していません。しかし出来事をめぐるあなたの分析に接しても、あなたの確信がわたしの非確信よりも強固な基盤に立っているとは思えないのです。（中略）わたしは彼らが正しかったのか誤っていたのかわかりません。あえて判断しようとも思いません。わたしはその場にいませんでした。[8]

さて、この批判に対し、アーレントは答える。まず前段の、あなたは「民族の娘」ではないか、という指摘について。

「わたしはあなたを、頭のてっぺんからつま先までわが民族の娘、それ以外ではありえない人と考えています」ということですが、わたしはあなたのこの言い方に、奸計めいたものを感じます。真実をいえば、わたしはこれまで自分を自分ではない存在、ものだと主張したこともなければ、そういう誘惑を感じたこともありません。あなたの言い方はわたしに、わたしは男であって、女ではない、というようなもので、つまり、ナンセンスな話です。わたしはむろん、このレベルでも「ユダヤ人問題」が存在するのを知っています。しかしそれがわたしにとって問題になったことはありません。幼少の頃から一度もないのです。わたしは自分のユダヤ人性をいつも自分の人生の現実的で議論の余地ない所与の一つであるとみなしてきました。一度としてこの種の事実を変えたいとか否認したいとかと、感じたことはありません。(9)

なぜこの同胞性をめぐり、ショーレムの言い方は「奸計めいい」ているのか。彼女はある感謝の念（gratitude）とそれに基づく態度（attitude）について、続けて語っている。

すべてがいまあるごとくにあることに対する基本的な感謝の念というものが存在します。それは、「作られ」たのでもなく「作られ」うるのでもなく、「与えられ」てここにあるすべてのものに対する感謝の念、「法（ノモス）による」（nomô）のではなく、「自然（ピュシス）による」（physei）ものへの基本的な感謝の念です。たしかに、このような態度は前政治的ですが、例外的状況――ユダヤ人に関する政治的問題のような――では、否定的なあり方でではあれ、政治的な結果を生むことになります。この態度はある種のふるまいを不可能にするのであり、あなたがわたしの考察から取り出そうとしているのも、まさしくそれらのふるまいなのです。(10)

ところで、ここのところ、彼女はカッコを付して、この問題について、もう一つ例をあげようと、興味深い挿話を引いている。当時のイスラエルの首相ダヴィッド・ベン＝グリオンは、彼女が親シオニズムの活動に従事していた頃彼女も出席した大会で演説したりしている古くからのシオニズム活動家だが、その彼が、彼女もきわめて親しいシオニズムの中心人物の一人であるドイツ系ユダヤ人クルト・ブルーメンフェルトが死去したおりに、その故人略伝の中で、ブルーメンフェルトがイスラエルに移住した際、（そのドイツにおける同化名である）名前を（本来のヘブライ的な名前に）変えるのが適当だと感じなかったことは、残念だった、と述べた。アーレントは、この発言に触れ、こう語る。この言はバカげている、なぜなら、火を見るよりも明らかなこととして、クルト・ブルーメンフェルトは、若い時（ドイツにあって）彼をシオニズムへとかりたてたのと同じ理由から、（イスラエルにあって）その名前を変えまいとしているのだから だ。(11)

つまり、ここでショーレムとアーレントを隔てているのは、同胞ということをめぐる肯定と否定、積極的意味づけと消極的意味づけといった対立より、もう少し重層的なものである。ここには濃厚な共同性の思考と、それと同じものを土壌にするのでなければその動機をもちようのない、強固に反共同的な、個人的思考の対立がある。アーレントがなぜあれだけ多くのものを公共性に担わせる公共性論を提示しているか、その答えがここにある。「同胞であっても裁くことが重要」といういわば公共的な観点と「同胞の悲劇への同情」という共同的な観点が静的に対立しているのではない。そうではなく、強固な共同性がこれを肯わないものを、強固な個人性（公共性）へと追いやらずにはいない「歪み」がここに示されている。アーレントは同じこの書簡に「同胞であっても裁くことが重要」なのではない、「同胞であればこそ裁くことが重要」なのだという考えを示しているが、批判におけるショーレムの共同的な主張と同様、反論におけるアーレントの個人的な主張もその足場は、「同胞」の上に置かれるのである。

「奸計」という言葉はそこから出てくる。彼女は、ショーレムの言い方が「自然（ピュシス）による」形質のもつ優越性で彼女を暗々裡に圧迫していることを、ショーレムに思い出させている。アーレントは、つねにこうしたこと、前政治的な態度が政治的な結果を生む、共同的な磁場における微妙な差異に敏感だった。彼女の思考はこのショーレムに代表される強烈な共同性の世界をその精製炉としてそこから生まれてくる。彼女が社会の生成を公的なものと私的なものの関係から考察しようとしたことも、こうした彼女が自分の思考の土壌に選んだ、共同性という場所と無関係ではない。彼女がなぜ公共性という契機に大きな意味を見たかも、こうした思考の土壌を考えてみれば納得がいくのである。彼女の思考は、ある共同的なものに強く対立し、その対立自体を解体しなければそこから自由にはなれない、というように伸びる。その先で、共同性を解体する契機としての公共性、政治性、またその単位としての個人という系をめぐる思考が、育てられる。しかし、その共同性を壊すものは何か。共同性がコワされた後、それに代置されるのが公共性であり、その単位が個人というものだとしても、先に父を殺すものは何か。ショーレムとアーレントの論争はその一番深いところで、いわば後に述べる「語り口」の問題をさしだすのである。

彼女はショーレムの共同性に、二つのあり方を対置する。それは、共同性に対置される個人という単位に立つ共同体への否認と、それとは違うものとしての、共同性の単位である私＝私性に立つ共同性の否認である。

あなたは「ユダヤ人への愛（love of the Jewish people）」について語ったが、それにつ

いては、まったくあなたのいうとおりである。彼女は書いている。というのも、

わたしは一切この種の愛には動かされません。そしてそれには二つの理由があります。わたしはこれまでわたしの人生で一度もどんな民族なるものもどんな共同体も、「愛し」たことがありません。ドイツ人というもの、フランス人というもの、アメリカ人というもの、労働者階級というもの、この種のものすべてそうです。わたしはわたしの友人「しか」愛しません。わたしが身をもって知っている愛もわたしが信をおく愛も、人たちへの愛です。第二に、「ユダヤ人たちへの愛(love of the Jews)」というのも、わたし自身がユダヤ人である以上、怪しげに思えます。わたしはわたし自身を愛することはできません。わたし自身の人格の一部、一断片をなすとわかっているものも、同断です。(12)

だから、そこにいなかったから「わたしは判断できない(裁けない)」という含意をもつ先の後段のショーレムの言い方に対し、この往復書簡で、アーレントが、後によく知られ、引用されることになる論理的な答えのほうではない、次のような言い方をしていることの意味は、十分に正確に理解されなければならない。

それへの永遠の反対勢力と批判なしには、どんな愛国心も存在できないという点につ

いては、われわれの考えは一致しています。しかしわたしはあなたにさらにその先にあることについていいたい。それは、当然ながら、わたしの民族によって犯された悪は、他の民族によって犯された悪以上に、深くわたしを悲しませる、ということです。しかし、この悲しみ(grief)は、わたしの考えでは、たとえある種の行動か態度かの、もっとも深く秘められた動機になりこそすれ、けっして口に出して語られるものではありません。一般的にいって政治における「心」の役割を、わたしは全面的に疑わしいと思っています。(13)

つまり先のショーレムの問いについて、アーレントは、後に『イェルサレムのアイヒマン』の第二版に書き加えられた「あとがき」で、より論理的に、

われわれ自身がそこにおらず、それに関係していない以上、判断できない(裁けない)、という議論は一見誰をも説得するように見える。しかしながら、もしそれが本当なら、誰も裁判官や歴史家になれないことになる。(14)

と答えている。そのため、このアーレントの判断=裁きをめぐる答えは、しばしばたとえ同胞に対してであっても普遍的で公正で第三者的な判断=裁きを行うことが可能であり、

またそうすべきだ、というように、平坦に解されやすいのだが、しかし、アーレントの中ではいわばこの二つの答えが、共同性の位相と公共性の位相というように重層的な構造をなし、表と裏になって、一つのコインを構成している。この論理的な答えは鏡のように明晰だが、しかしそれを鏡にしているのは裏面の闇なのである。

アーレントはなぜ公共性を必要としているのだろうか。ショーレムに見られるような共同性の思考をどうしても解体しなければ彼女のような人間には生きていけないからである。わたしはここにアーレントの思想経験がわたし達の思想の課題に触れる、接点を見る。わたしは自国の死者への追悼を「先に」置く他国の死者への謝罪と哀悼という死者の弔い方の創出がなければ、戦後の日本の人格分裂は克服されない、と述べたが、ここにあるのは、どうすれば死者との共同性を解体してわたし達の死者との関係を公共化できるかという戦後日本にとって未知の課題なのである。戦後日本の人格分裂という事態は、分裂するそれぞれの半身が共同性としてある事態からきている。イアン・ブルマはある平和会館（知覧特攻平和会館）の事務長が何の矛盾も感じず特攻隊員を称揚するさまを描いているが、旧改憲派は靖国の死者と、その平和会館事務長同様に、共同的であり、旧護憲派はアジアの他国の二千万の死者と、この論争でのショーレム同様、めざすところとして共同的なのである。死者との関係を公共的にすること、死者との共同性からの自立が、あの分裂の克服、歴史を引き受ける主体の形成のカギなのだ。

前記の西谷修との対談でわたしが、高橋の批判はここでのアーレントの当事者性の重層性を見ていない、第三者的な観点である、と述べたため、高橋は、二回目の反論で先のアーレントの主張に説明を加え、より突っ込んだ検討を試みている。そのため、その論は一息深い場面を問題としている。彼はこう書くが、そこに顔を出しているのは、アーレントにおける共同性と公共性の重層性の問題である。

> 彼女にとって、判断者＝裁き手のモデルは「注視者」（spectator）たち、つまり「事件に巻き込まれず、参加もしない」から、「距離をとって」「没利害的に」判断できる人たちなんだ。たとえば、フランス革命の行方を注視したカントのようにね。
>
> （中略）
>
> 公正な判断＝裁きが成り立つためには、判断者＝裁き手はむしろ当事者性をもたないこと、「第三者」的であることが必要だ、とアーレントは考えた。だから、批判者が「第三者」的であることを、少なくともアーレントを援用して難ずることはできないんだよ。
>
> （中略）
>
> 「注視者」であることと、「普遍的正義」を前提したり、「普遍性を先に置く」こととは同じではない。アーレントが、カントの『実践理性批判』ではなく『判断力批判』を評

価したのは、まさに彼女にとっては、普遍性を先立たせる規定的判断（bestimmende Urteile）ではなく、個別性しか与えられていないところで判断する反省的判断（reflektierende Urteile）が死活的に重要だったからだ。（「《哀悼》をめぐる会話――『敗戦後論』批判再説」、傍点原文）

この高橋の指摘にわたしはほぼ賛成である。違いは一点しかない。その第三者性に関し、わたしは批判し、高橋はこれが大事だというが、そこにはすれ違いがある。この高橋の弁論の後段に関するアーレントの考え方にわたしは深い関心をもつ。しかし、第三者性はなぜ必要なのか、それはそれが権利をもたなければあのショーレム的な共同性の濡れた手を撥《はじ》くことができないからである。それは、たとえ概念としては高橋のいうように要約しうるものだとしても、たんに非当事者が非当事者であることで手にしている第三者性と同じではない。それはほぼ不可能な場所で、にもかかわらず、またそれゆえに摑まれる第三者性である。アーレントにとってはカントがそうであるような注視者の第三者性として措定されなければならないにせよ、それは、そういう始点から公共性のほうに育てられた、パリアの第三者性なのである。

5 「語り口」とは何か

ここに顔を見せている問題の根源はどのようなものだろうか。

逆説めいた言い方になるが、わたしの高橋の考え方への最大の疑念は、その語り口(tone)にある。

アーレントとショーレムの場合とは逆に、わたしは、高橋のショーレムなら喜びそうな——フリッパントなところの少しもない——一枚岩的な語り口に、その言明の語ることがらが言明の仕方の精密を求めることだけに、もっとも大きな異議をおぼえるのである。

もとよりそれは高橋に限ったことではない。それはいわゆる日本の戦後の「良心的」知識人がしばしばこれまでとってきたし、いまも高橋をはじめ、多くの講壇派の若い知識人がとりはじめている語り口でもある。しかし、このような語り口で語られる限り、何がいわれようと、あの戦後日本の人格分裂はけっして克服されない。高橋はたとえば、その第一の批判で「国家国民は汚辱を捨て栄光を求めて進む」(中曾根康弘)といった日本の国家主義者の言明をあげ、これを手厳しく批判しているが、語られていることこそ対極的であれ、別の観点に立てば、両者は対立していない。その共通点は、両者がともに共同的な語り口だということである。

わたしは、戦後、日本社会を成り立たせることになった敗戦の「ねじれ」の抑圧に起因する共同性を、どう解体し、公共的空間に変えることができるかが、先にブルマのほのめかす日本の〝受難〟からの回復の糸口だと考えている。しかし、それはどのように可能か。ヨーロッパの思想がアーレントのものを含め、このような語り方の精緻さを求めているいのものであることは、しばしば語られはするが、身をもって示されることは少ない。そこにあるのはどのような精緻さで、なぜその精緻さは求められるのか。共同的ではない tone(語り口・語調・文体)だけが、共同性を殺す。このような精緻さが思想の基底にならなければ、もう先に進めないところまで、日本の戦後の歪みの問題はきているのである。

高橋の語り口は、次のようなものである。

長い忘却を経て歴史の闇の中から姿を現わした元慰安婦たち、彼女たち一人一人の顔とまなざしは、「汚辱を捨て栄光を求めて進む」「国家国民」の虚偽あるいは自己欺瞞を、最も痛烈に告発する「他者」の顔、「異邦人」ないし「寡婦」のまなざしではないだろうか。(中略)この記憶を保持し、それに恥じ入り続けることが、この国とこの国の市民としてのわたしたちに、決定的に重要なある倫理的可能性を、さらには政治的可能性をも開くのではないか。(「汚辱の記憶をめぐって」)

あるいは、

汚辱の記憶を保持し、それに恥じ入り続けるということは、あの戦争が「侵略戦争」だったという判断から帰結するすべての責任を忘却しないということを、つねに今の課題として意識し続けるということである。このすべての責任の中には、被侵略者である他国の死者への責任はもとより、侵略者である自国の死者への責任もまた含まれる。侵略者である自国の死者への責任とは、死者としての死者への必然的な哀悼や弔いでも、ましてや国際社会の中で彼らを〝かばう〟ことでもなく、何よりも、侵略者としての彼らの法的・政治的・道義的責任をふまえて、彼らとともにまた彼らに代わって、被侵略者への償いを、つまり謝罪や補償を実行することでなければなるまい。（同前、傍点原文）

このような高橋の語り口を念頭において、わたしは「敗戦後論」という先の論を素材の一つとした西谷修との対談で、こう述べた。

西谷さん自身（中略）ふれておられるから尋ねるけど、ユダヤ人虐殺の記憶を保持した証人の前で無限に恥じ入ること、そのことが問題なのか。（中略）高橋さんはこの記憶を保持して恥じ入り続けることが決定的に重要な倫理的政治的な可能性だという。僕は、こういう考え方は、どうしても賛成できないんです。

（中略）

でも、こういう（無限の恥じ入りに反対する――引用者）考え方って、ヨーロッパにはあまりないみたいですね。ユダヤ人虐殺の問題をひと事として語る、この問題の他者、がいない。そういう人間が、なぜそんなに出てこないのかな。日本の場合だったら、南京大虐殺、朝鮮人元慰安婦、七三一部隊などの問題に対して、そういうものの前で無限に恐縮する、無限に恥じ入ることが大事だという高橋さんのような人がいる一方で、これでは脈がない、これは違う、これはいやだ。思想というのはこんなに、鳥肌が立つようなものであるはずがない、という僕みたいな人間もいる。（「世界戦争のトラウマと『日本人』」）

しかし、ここにわたしのいう「考え方」はヨーロッパでも行われている。アーレントの『イェルサレムのアイヒマン』がつきつけているのは、その問題であり、彼女は、「ユダヤ人虐殺」という問題を「この問題の他者」として――鳥肌が立たない形で――語り、その「語り口」ゆえに、ユダヤ人社会からの三年にわたる集中砲火に出会うのである。

『イェルサレムのアイヒマン』をささえる語り口（tone）が、ショーレムのいう英語の

flippancy にあたる軽薄さ、生意気さをもったものかどうかは、語学的に能力を越えているのでわたしにはわからない。しかし、このルポルタージュ全編を通じて、書き手がこの「重い」主題にはっきりと距離をとり、時に辛辣に、時に皮肉をまじえ、東欧、中欧、その他ドイツ支配地でのアイヒマンに関わるユダヤ人の移送について膨大な資料によりながら、淡々と、叙述を重ねてゆくさまは、非常な迫力を感じさせる。また、アイヒマンの味方なのか、という評まで生んだ、アイヒマンについて非常に深くコミットし、可能な限りむしろアイヒマンに沿って物事を理解しようと試みている記述も、少なくともわたしにきわめて強い印象を与える。これがこの種の主題に関する記述としてきわめて例外的かつ異色な語り口からなる著作であることは、たぶんこれを日本語訳で読む読者にもわかるはずである。

アーレントについて良質の分析を試みているその評伝及び論『ハンナ・アーレント』で、著者シルヴィ・クルチーヌ＝ドゥナミは、この語り口の問題にページをさき、そこで、非難のいくつかを紹介し、論評している(15)。それによれば、アーレントの叙述で一番問題となったのは、ナチス統治下のベルリンのユダヤ人社会の最も敬愛されたラビの一人であったレオ・ベックの描き方である。レオ・ベックはユダヤ人移送の真実を知らされないままナチスに協力し、最後の段階にその真実を知り、絶望するが、この真実に仲間たちが耐えられないと考え、それを内に秘める。その人徳高いベックをアーレントは、こともあろうにヒトラーをさす言葉を用い、「ユダヤ人の総統（フューラー）」と形容する。アーレントもむろん、このラビの徳の高さを知っている。ショーレムも書簡でここだけは何としても承服できない、と述べ、これを受け、第二版でアーレントは、例外的にここを削除している。しかし、このような皮肉で、風刺的なユダヤ人共同体への「語り口」に示されるその態度は、心あるユダヤ人を怒らせた。これはすぐれた日本語訳の訳者大久保和郎の紹介している言葉だが、ある評者（ヴァルター・ラクール）が述べたように、多くの場合、「著者が攻撃されたのは、その言った事柄のためよりも、むしろその言い方のため」だったのである。この本の語り口を否定する列に加わったのはけっして一部の熱心なユダヤ主義者だけではない。ショーレムもこれを強く非難しているが、彼とともにイスラエルを代表する哲学者マルティン・ブーバーも、この本をめぐる短文で、これを「節度を欠いた語り口（tone）」であると難じている(16)。

では、アーレントはここでなぜこういう語り口を採用しているのか。あるいは、この本はなぜユダヤ人絶滅という「重い」主題を扱ったルポルタージュとしては変則的というほかない、乾いた皮肉っぽい、フリッパントな語り口で、書かれるのか。

はっきりしているのは、この語り口がたとえば作者の無思慮の結果などではありえないことである。アーレントは、アイヒマンの捕捉（五月十一日）、拉致（五月二十日）に続く、その報道の直後といっていい一九六〇年六月の時点で、裁判が開かれるのを知り、その裁判に立ち会うことを計画している。その折りの彼女の意向のさまは生涯の親友である年少の小説家メアリ・マッカーシーとの書簡に示されているが、興味深いことは、この計画が最初から彼女に、「雑誌特派の形で」イェルサレムに行くという企画として思いつかれていることである。それがはじめてマッカーシーにあて語られる際の言い方は、次のようなものである。

わたしは雑誌特派員の形でアイヒマン裁判のルポルタージュをやってみようかという計画を心に暖めています。非常にその気になっています。彼（アイヒマン）はあの連中の中で最も知的な部分の一人でした。きっと面白い経験になるでしょう――怖さは別にしても。（一九六〇年六月二十日）[17]

この時、アーレントの念頭にある雑誌が、洒脱な週刊誌『ニューヨーカー』だと知れば、戦後の国際政治学の大著として定評ある『全体主義の起源』の著者で、つい一年ほど前にはやはり高次の政治哲学的な考察『人間の条件』を出したばかりの著者の選択として、意外の感を受ける。しかし、マッカーシーとの書簡を読めば、この雑誌にはしばしば小説家であるマッカーシーが寄稿しており、アーレントは彼女から、同誌の編集長ウィリアム・ショーンの独特の人柄などを聞かされている。アーレントは数ヵ月後、自分から同誌の編集長ショーンに簡単な「三行ばかりの」手紙を書き、ほどなく、ショーンと会い、書いたものの掲載範囲に関する決定権は編集部に帰属、しかし費用は全額あるいは大半、雑誌社もち、という好条件で、話をきめている。そしてそれを簡単にマッカーシーへの手紙で告げている（十月八日）[18]。

ところで、これによれば、アーレントは最初から『ニューヨーカー』への掲載という形でこのアイヒマン裁判への立ち会いを考えていることになる。なぜそれは『ニューヨーカー』だったのだろうか。

一年前の一九五九年十一月、アメリカのカンサス州の田舎である動機のない一家皆殺しの殺人事件が起こっている。小説家のトルーマン・カポーティは、『ニューヨーク・タイムス』で十数行のこの事件の報に接し、この事件をもとに、新手法の小説をものしようと考え、かねてからノンフィクション的作品の執筆を勧められていた『ニューヨーカー』の編集長ウィリアム・ショーンに相談し、同誌の全面的支援のもと、雑誌特派の形で、事件の数日後、カンサス州の殺人現場に飛んでいる。犯人二名はほどなくつかまり、裁判となるが、彼はその裁判を傍聴し、犯人の収監された独房に直接おもむき、犯人と手紙のやりとりを行い、その家族、友人、判事、捜査官、すべてに取材し、それらの成果は、六年後、犯人の絞首刑の後、満を持して、『ニューヨーカー』に発表される。単行本として、これまでの作者の全著作の印税を上回る額の印税をこの一作で彼にもたらすことになる異色のノンフィクション・ノヴェル『冷血』がそれだが、その全米注視の裁判が、この年、一九六〇年の春からはじまっていた。このカポーティの企てが、メアリ・マッカーシーのニューヨークの文学的な交遊圏を通じ、アーレントの耳にも達していたかも知れない。

そもそも、わたしが二作の連関に気づかされたのは、『イェルサレムのアイヒマン』仏語版の訳者によるまえがきに、アーレントが関係することになる雑誌の表現として、「『冷血』を掲載していた『ニューヨーカー』」という表現があったからである。(19)むろんこれは事実ではなく、発表の時期はアーレントのものが二年早く、この二つに直接の関連はない。しかし、『冷血』冒頭の謝辞にはその企ての「最初から最後まで」全面的に協力した最大の功労者の名前として『ニューヨーカー』編集長ウィリアム・ショーンの名前があげられている。ショーンのほうから見れば彼の下で一九六〇年から六三年まで、二つの奇妙に近接した企画が併走している。フランスでこの二作は同じポケット判（FOLIO版）に収録されているが、並べると、一方の副題は「悪の陳腐さについての報告」、もう一方の副題は「大量殺人とその結末の実録」であり、この同時期に二アミスした二つの仕事の意外な近さに気づかされる。この時期、カポーティの仕事の内実を聞かされていたら、アーレントはそこからある種の刺激を受けることになったろう。というのも、その仕事は、それまでの彼自身の抒情をルポルタージュの手法を導入することで殺し、一つ先に出ていくことを手応えにしたフィクションとしてのノンフィクションの試みだったが、アーレントの企ても、語り口に思想的な意味を見ることで、ある共同性を殺す、わたしにいわせれば思想的なフィクションの試みにほかならないからである。

アーレントは、なぜ『ニューヨーカー』特派のルポルタージュという形でその計画を発想したか。それは当初から『ニューヨーカー』でなければならなかった。彼女のルポルタージュの発表場所は、はじめからいかにもホロコーストから遠い、場違いな——そしてフリッパントで不謹慎な——しゃれた都会的雑誌でなければならなかった。あの心ある多くのユダヤ系知識人を困惑させ、憤激させた「嘲弄的で、悪意ある」語り口の採用は、けっして作業の最後に現れる偶然的所与ではなくて、この仕事の起点に位置する企画の動機なのである。

6　私の領域

しかし、明らかに無思慮の産物ではない、この選択された「語り口」について、当のアーレントは、不思議な沈黙を示す。

その「しばしばほとんど嘲弄的で悪意ある」と非難された語り口について、先のショーレムあての返信でアーレントがいっているのは、こういうことである。

あなたを戸惑わせているのは、（この本での）わたしの議論とわたしのアプローチが、あなたの見慣れているものとは違っているということです。別にいえば、厄介の種は、わたしが独立しているということです。このことでわたしがいおうとするのは次のことです。一つに、わたしはどんな組織にも属しておらず、つねに自分自身の名においてしか語りません。またもう一つに、わたしはレッシングが「自立的思考（Selbstdenken）」と名づけたものに、多大な信を置いています。ところで、わたしの考えでは、イデオロギー、世論、「信念（conviction）」は、これに取っては代われません。その結果としてあるものに対するあなたの異議がどうあれ、それらがまさしくわたしのものであって他の誰のものでもないということ、そのことがあなたにわからない限り、あなたはそれを理解しないでしょう[20]。

「語り口」の問題について、アーレントは一年後、ドイツのテレビのインタビュー番組でもう一度答えている。しかしそこでの言い方も、鏡の表よりはその裏を思わせる、次のようなものである。

それ（「語り口」への非難）については、どんなふうにも反論できませんし、しようとも思いません。もし、これが悲壮（パセティック）な仕方でしか書けない主題なのだとしたら……、いいですか？　いまなおこうしてわたしが、笑うことができるということをすら、悪く取る人がいます。そしてわたしは一定程度そういう人を理解しています。わたしとしては、実際のところアイヒマンが道化であることがはっきりとわかった。彼のたしか三六〇〇頁にも及ぼうという警察での尋問調書を読んだのです。で、何度笑ったか知れません、何度吹きだしたことか！　人はわたしのこういう反応を曲解したのです。それについてはどうにもできない。でも自分でわかることがひとつあります。わたしはたぶん、わたし自身が死ぬ三分前でも笑うでしょう。このことの中に、あなたのいう語り口が住んでいるのです。[21]

彼女は何をいっているのか。いうまでもなく、これを選択しているのはハンナ・アーレントという公共性に属する一個人ではない。それは、その鏡の裏、共同性の一単位たる「私」なのである。

語り口というのはむろん非常にアイロニック（皮肉っぽい）です、それはまったくのところその通りです。この場合、語り口は実際のところ、人となりと分離不可能です。ユダヤ民族を告発したというわたしに投げかけられた非難については、嘘のプロパガンダだと答えればすみますが、語り口については、わたしの人となりへの異議で、わたしにできることは何もないのです[22]。

ここで、語り口（tone）の理由は、彼女の人となりと結びつけられ、いわば説明不可能なこととして、説明されている。しかし、なぜそれは説明不可能か。そう考えてみれば、アーレントの思想の磁場の中心をすれすれによぎって、ある答えが見えてくる、といえないこともない。たとえば、先の引用で彼女は自分の民族の悪は、他の民族の悪より自分を当然ながら深く悲しませるが、その悲しみは、口に出されないだろう、そうではなく、それは別の「ある種の行動か態度かのもっとも深く秘められた動機」になるだろう、と述べている。それをここでわたし達は、この語り口の問いへの答えだとして受け取ることも不可能ではない。つまり、彼女のこの軽薄な語り口の「もっとも深く秘められた動機」は、この悲しみ、英語でいう、グリイフ（grief）なのだ、というように。

しかし、なぜその悲しみは口に出されないのか。それはその悲しみの主体が先に彼女の語っていた、共同性に連なる、「私自身の人格の一部、一断片」だからである。それは「私」なるもの、彼女が『人間の条件』で述べる定義にしたがえば、フランス語でいうprivé、「奪われてあるもの」であり、彼女にとってそれは語る主体の不在の事態なのである[23]。

彼女はこのインタビューでショーレムとのやりとりで語られた「愛」の考え方について

も、同じ考えを示し、「本当のところ、わたしは自分の友達しか愛せません、それ以外の愛の形はわたしには完璧に不可能なのです」と述べている。彼女の定義する愛は、独自の傾きをもつ。それは、「世界から私的な領域への撤退」だからである。クルチーヌ＝ドゥナミは、書いている。

（アーレントにとって）愛（amour）とは、世界からの私的な領域への撤退であり、二人の人間を結ぶ絆が「彼らを単一者を形成したいという幻想に身を任すことから引き離す時のみ」、そこに「一つの世界が新しく生まれる」ていの働きを意味している。（中略）アーレントはつねに世界からの撤退である愛よりも、他の人間たちと世界を分かちもつことへの性向である友愛（amitié）、敬愛（respect）、アリストテレスのいう政治的なファイリア（philia＝市民間の友愛）のほうを好んだ。彼女はこの敬愛を定義して、それは「親密性（intimité）と近接性（proximité）をもたない友愛」として公共的な生を特徴づけるものであり、また「空間世界がわれわれの間に置く距離を通してなされる人への配慮である。この配慮は、人の賞賛する美点の有無、また評価する仕事のよしあしには左右されない」と述べている。彼女はまたギリシャ市民をポリスの中で結びつけたものはたえず「ともに語ること」であり、まさしくそこに人間愛（philanthropia）が存したと、述べている。（『ハンナ・アーレント』[24]）

ここで愛(love)は彼女のいうプライヴェート(私的)な領域に属し、敬愛(respect)は、パブリック(公共的)な領域に属している。愛は非常に逆説的な形でアーレントに摑まれている。クルチーヌ＝ドゥナミのこの言い方では、アーレントは愛を重視していないようにも見えるが、先の書簡の言い方に重ねれば、ここで愛は「自然によって」与えられるもので、敬愛が、「法によって」作られるものであり、彼女によれば、彼女自身はそれに抗うのだが、人は基本的な感謝の念を、前者に前政治的に抱くのである。ここで愛が問題にされる場は、公共的であるとはいえ、その公共性は政治学や社会学の教科書にそのまま移行できるような素朴なものではない。彼女はレッシングについてであるところで語るが、その戯曲『賢者ナータン』の主題は「友愛のために真理を犠牲にする覚悟」である。[25] もしナチスの人種理論が科学的に正しかったとしたらどうだろう。その場合この人種主義の真理はある民族の絶滅を正当化するだろうか。西欧の法的、道義的、宗教的な伝統はこうした主義を「汝殺すなかれ」という不動の戒律の力で否認する。しかしこの種の真理、戒律、道義、法に依拠しないレッシングのような精神にとって、問いはそうではなく、こう明文化されることになる、「こうした主義は、たとえ証拠によりどんなに正しいと証明されるにせよ、二人の人間の間のかけがえない友愛を、そのために犠牲にすることを正当化するだろうか?」と(「レッシング考」[26])。

ここにあるのはどういう問題か。

たとえば、最近明らかにされたアーレントとマルティン・ハイデガーの友愛(amitié)のエピソードを思い浮かべてもよい。ハイデガーはアーレントの若年の師であり、またその恋人だったが、その後、フライブルク大学の学長になりナチスに入党する。アーレントはドイツからの亡命を決意し、その後、両者の交友はとだえる。戦後、ハイデガーは苦況に追い込まれるが、やがて再び学問の世界に復帰し、その思索活動を続行する。しかし、よく知られているように、彼は生涯、自分がナチスに協力したことを反省しなかった。謝罪もしなかった。彼女が、身近でそのけっして高潔とはいえない人となりを熟知するハイデガーのナチス関与に対する公共的かつ政治的な責任について、誰にも負けないほど厳しい批判を抱いていたことは疑いがない。しかし、彼女は戦後、彼のもとを訪れ、その後も思想的なまた別の理由からする何度かの数年にわたる断絶をはさみながら、死ぬまで、この無恥ですぐれた哲学者と書簡をやりとりし、会い、交友関係を維持するのである。このことをどう理解すればいいのか。アーレントがヤスパース同様、敬愛するハイデガーにだけは眼が曇ったのだ、という最近の本『アーレントとハイデガー』の著者エルジベェータ・エティンガーの解釈はその一つの答えである。しかし、わたしはここにアーレントの独特な愛と友愛と敬愛の重層性が、顔を見せていると思う。なぜ思想的に許し難い人物と友愛の関係を結べるのか、といえば、その友愛が、いわば世界から撤退した非公共的な領域を座として、成立しているからである。ここで友愛（amitié）は私的領域に属する愛（amour）と公共的領域に属する敬愛（respect）の双方にまたがるものとして存在している。彼女のいう人（personne）はそれに見合う形で私的領域に属する私（moi）と公共的領域に属する個人（individu）にまたがる形で存在している。彼女はいわば一個人として、公共的な世界で、ハイデガーを糾弾し続ける。と同時に、一個の私性として、ハイデガーと交友を保ち続けるのである。

そしてこのことを、たとえばわたしはこんなふうに考えたい。なぜアーレントはハイデガーを激しく批判していたにもかかわらず、彼と友愛の関係が結べたのか。いや、そうではなく、彼女は、ハイデガーを厳しく批判していたからこそ、友愛の関係が結べた、と。先のレッシングをめぐる講演で、彼女が「真実に迫った問い」として引くのは、こんなキケロの言葉である。「なぜ助けることができるのにさらに憐れみをかけるのか。あるいはわれわれは憐れみを感じず、親切を行うことはできないのか」（「レッシング考」(27)）。

ハイデガーを批判するとは何か。わたし達は、ハイデガーが生きたと同じ第二次世界大戦の敗戦国に生きて、ハイデガー同様、ハイデガーよりはだいぶ言葉多くだが、「僕は無智だから反省なぞしない。利巧な奴はたんと反省してみるがいゝじゃないか」と威勢よい啖呵を切って生涯戦争の「反省」をしなかった思想家小林秀雄をもっている。(28) 公共的な場で、また公共性のレベルでいくらハイデガーを批判しても、それが思想としてハイデガーに届くものではないことをアーレントは知っていただろう。彼女のいう公共性のレベルがけっして人間の生の範囲の全領域を覆うものでないこと、その限定に、彼女は誰よりも敏感だったはずである。公共性は全能ではない。ではハイデガーを批判するとは何か。アーレントは、彼女のいう私性、非世界の場所からハイデガーに彼女のいわば、人(personne)としての批判をさしむけるのである。

ここで話を戻そう。

無思慮の結果でない以上、何ごとかをなそうとして、アーレントが語り口という方法を手にしていることは疑いない。ではなぜ語り口に訴えなければならないのか。なぜ言葉に訴え、語るのではなく、わざわざ語り方、語り口に訴えるのか。

この問いに次のように答えてみることは、少なくともわたし達のこれ以後にむけた考察の、第一歩になる。

アーレントが、このナチスの許し難い、未曾有の暴虐をめぐる責任者の一人の裁判に陪席しながら、視界の片隅にいつも感じていた存在は、このハイデガーだったかも知れない。彼女の脳裏に、どうすればこの鉄のように「無恥」なハイデガーの非謝罪をゆるがす、ユダヤ人の経験から発する問いかけが可能か、という自問がつねにあったと考えても、独りよがりの推論とはいえないだろう。アーレントとヤスパースの書簡を読んでいると、一九五〇年代の終わりだったか、この裁判傍聴前のやりとりで、彼女はヤスパースがいつまでもイスラエルに希望をつないで好意的に見るのに業を煮やして、イスラエルについてだけはあなたは何もわかっていない、それは堕落した、他の国家と何一つ変わらない、権威的な国家なのだという意味のことを書いている。彼女は以前からその人となりを知る首相ベン＝グリオンが陰の演出家であるこの裁判が、愚劣きわまりないものになりかねないことに対して、それを何とかしたい、という気持ちと、それを批判しなくてはいけない、という気持ちと、背反する感情をもっていた。ヤスパースは行けばたぶん裁判を批判することになることを見越し、行くのをやめてもいいのではないかと、説得している。[29] ところで、わたしの考えをいえば、アーレントはこの裁判を、第三者として、それこそ冷静に、ルポルタージュしぬこう、そのことができれば、それはそれだけでなにごとかだ、と考えている。それが、一九六〇年六月のメアリ・マッカーシーあてのいま、自分はこの「雑誌特派のイェルサレム行き」という考えに「非常にその気になっている」(très tentée) という言葉の示す中身にほかならない。あのベン＝グリオン流のプロパガンダなど、ハイデガーなら愚劣の一言で片づけるだろう。ではどうすればハイデガーまで届く言葉がこのナチスの戦犯の裁判の場から作り出されるのか。どこまで自分の中の共同性を扼殺しぬけばそこから発してそれを越える言葉がそれをもとに作られるのか。アーレントもしばしば言及する同じドイツ語で書いた同化ユダヤ人の小説家カフカに、「君と世界の戦いでは、世界に支援せよ」という言葉があるが、ここにかいま見られる肉を切らせて骨を断つ方法の感触は、わたしにこの、いまとなればアーレント的な、プラーグの町中に住んだ同化ユダヤ人の言葉を思い出させる(30)。

別にいえば、それは、こういうことである。

なぜ語り口か、といえば、ショーレムに代表される共同性の思想を打破するには、これに個人性を対峙させても、公共性を対置してもダメなのだ。わたしは民族を愛さない、といくらいってもショーレムは、「あなたがユダヤ民族をではなく友達をしか愛さないとはなんと残念なことだろう」と、嘆くだけだろう。いくら、そこにいなければ裁けないというのなら「誰も裁判官や歴史家になれないはずだ」といっても、ショーレムはあなたに欠けているのは「心」なのだ、とそういって嘆けばそれでたりるのである。共同性を殺すには共同性の単位である「私」の場所から、裏の闇である私となって語るしかない。私の語る言葉とは何か。私性は privé、世界から奪われた存在にほかならない。私は言葉を奪われている。私に残されているのは語り口なのである。

7　共同性を破るもの

彼女は文字通り、共同性という彼女の前に立ちふさがるものから、その語り口をとりだしてくる。

彼女のルポルタージュの中で、話者の対極の存在としての役割を与えられているのは、その冒頭から終章まで、彼女に批判され、揶揄され続ける、愚劣としかいいようのないアイヒマン裁判における首席検事ギデオン・ハウスナーである。彼は、この裁判の陰の演出者である首相ベン゠グリオンの代弁者であり、この裁判を全世界の人間にもう一度ユダヤ人絶滅の悲劇の事実を知らしめ、頭を垂れさせる教訓劇にすべく、アドルフ・アイヒマンという一個人を被告とするこの裁判に、アイヒマンの関わらない事実をめぐるおびただしい証人を喚問し、数週間にわたって、その一人一人に質問し、証言を慫慂する。この本は、強制収容の後、奇跡的に絶滅収容所から生還できた人々に「なぜあなたは抵抗しなかったのか?」という問いを発した心ない著作として多くの非難を呼ぶが、それは黙りがちな証人から証言を引きだそうと口にされるこのハウスナーの言葉であり、アーレントは、何と非常識で残酷な問いかと、その問いを取りあげ、強くこれを非難しているのである。

アーレントの眼にこの裁判はこのハウスナーの語り口に象徴されるむごさ、醜さを帯びている。それは彼女の民族の共同性のもつむごさであり、彼女の目に、この共同性は、その民族性の中で打破されなければならないものと考えられた。なぜ、冷ややかな、また軽薄でさえある、突き放した語り口が、この痛切な主題を語るディスクールを覆うようになったか、事実は、彼女のいうように、ここには選択の余地などなく、アイヒマンの尋問調書を読んで彼女に哄笑が起こったというにすぎないのかも知れないが、しかし、そうだとしても、その自分を著書の中で哄笑させるにまかせたところには彼女の「選択」が、働いている。なぜこの語り口は選択されたか。共同性とは最終的に語り口として現れるものの謂いである。「袋は袋を破れるか」とあるいまはない現代詩人が語ったことがあるが、語り口を殺すものは、別の語り口でしかない。その意味は、共同性に代わるものは、個人性であり、公共性だとしても、それらの対置、代置には、まず、共同性と同じ世界の住人である私性による、その殺害が、必要とされる、ということなのである。

別にいえば、皮肉で、距離をおいた、彼女のフリッパントな語り口は、あの次から次へと悲惨な経験をへた絶滅収容所の証人を繰り出し、一枚岩的かつ悲壮な口調で証言を引きだすハウスナーの語り口の完全な陰画なのである。それは、この裁判とその主題であるユダヤ人の経験をめぐるイスラエル、ユダヤ人社会が完全に欠落させているものから成っている。それは相手が欠落させているものだけから帰納された、その共同性を闇に使った鏡である。

さて、残る問いはこういうものだろう。なぜ人は、たとえば南京大虐殺、朝鮮人元慰安婦、七三一部隊といったようなことがらに関し、「無限に恥じ入り、責任を忘れない」というような語り口に接すると、そこに「鳥肌が立つ」ような違和感を生じるのか。

こうした語り口の特徴は、それが公共性に達しておらず、共同的だということである。

なぜ死者との関係を公共化しなくてはならないか、といえば、それが共同性としてある限り、わたし達は分裂した主体としてしか他者の前に現れえず、歴史形成の主体を構成しえず、わたし達の社会で、隣人たちとの間に、公共的な空間をもてないからだった。旧護憲派は二千万の他国の死者の前で「無限に恥じ入り、責任を忘れない」といい、旧改憲派は、三百万の自国の死者を哀悼するため、侵略戦争をそうではない義のある戦争だといいつのり、「国家国民は汚辱を捨て栄光を求めて進む」といった。しかし、この語り口が相似的なのは、共同的だからであり、それが共同的なのは、その死者との関係がともに共同的だからである。両者が共同的であることが、彼らを一国内で分裂させている。しかし、かつては死者に対し共同的であること、そのことが国民国家に基礎を提供し、彼らを一つ紐帯につないだのではなかっただろうか。だから死者の共有の経験にほかならない敗戦が、フィヒテのそれ、ルナンのそれといったネイション論の契機になったのではなかっただろうか。何が変わったのか、といえば、第二次世界大戦、世界戦争は、この共同性の器を壊したのである。以後、悲しみはわたし達を一つにしない。悲しむと、それはわたし達を分裂者にするのである。

共同性に立つ限り、そこではわたし達は分裂せずにはいない。わたし達は別の答えを見つけださない限り先に進めない苦境を、この敗戦によって与えられている。しかし第二次世界大戦の敗戦国民としてのわたし達の経験は、この共同性をめぐる背理のうちに、世界性をもっているのである。

　共同性と公共性との対立とは、これをユダヤ人の思想経験の中でいえば、シオニストと同化ユダヤ人の対立である。かつてシオニズムの周囲で活動に従事していた頃、アーレントは、ユダヤ人はもう選民意識を捨てて、ふつうの民族のようにならなければならない、という主張に与している。そのような選民意識、メシア待望がある限り、そこが逃げ場となって、ユダヤ人が歴史に投げ出されることはないから、というのがその理由である。彼女が後に彼女を拒否するユダヤ人雑誌『アウフバウ』に一九四一年、寄稿した最初の論文は「ユダヤ軍――ユダヤ人の政治のはじまり」と題されている。そこで彼女は、ユダヤ人が他の民族と同様、軍隊をもつことがユダヤ人に政治経験を強いることに積極的意味を見る、彼女らしいユダヤ軍創出論を展開している。ところでこの考えは、ショーレムに代表されるシオニズムの主張とは真っ向から対立する。前出のクルチーヌ＝ドゥナミは、この対立を、アーレントは「ユダヤ民族の正常化」に与し、それだけが彼らを歴史に直面させると考えたが、一方ショーレムは逆に、そのような正常化はユダヤ民族の終わりを意味すると考えた、と表現している[31]。あの『イェルサレムのアイヒマン』をめぐる語り口の論争は、この共同性と公共性の対立なのである。

　さて、なぜ、たとえば、先に引いた高橋哲哉の、

「汚辱の記憶を保持し、それに恥じ入り続けるということは、あの戦争が『侵略戦争』だ

ったという判断から帰結するすべての責任を忘却しないということを、つねに今の課題として意識し続けるということである」

という言葉にわたしが異議を感じるかといえば、そこでは、共同性の言葉ではいえないことが、共同性の語り口でいわれているからである。一言でいえば、「汚辱の記憶を保持し、それに恥じ入り続ける」ということのうちに、こういう言い方をできなくさせるものが、本質としてある。にもかかわらず、それがこのように語られていることが、わたしに「鳥肌を立たせ」、違和感を生じさせるのである。ここにいわれる「汚辱の記憶を保持し、それに恥じ入り続ける」ことは、アーレントの言い方でいうなら、「たとえある種の行動か態度かの、もっとも深く秘められた動機になりこそすれ、けっして口に出して語られるものではない」はずのことだろう。カフカは、「わたしは不幸だ」という言葉は理解できない、なぜなら本当に不幸な人間には「わたしは不幸だ」とは書けないからだ、と書いているが、それと同様、「恥じ入り続ける」ことは、人を世界からいったん「撤退」させる。それは、「恥じ入り続ける」と語られうることではなく、逆に、そうは書けなくなる事態をさしている。そうであることで、それは語ることとは別の「ある種の行動か態度」かの、「もっとも深く秘められた」動機になるのである。

『イエルサレムのアイヒマン』で、アーレントは、アイヒマンを死刑にすべきではないといういくつかの主張の可否も検討しているが、そこで彼女に強く批判されるのは、アイヒマンの絞首刑により「多数の若いドイツ人が罪の意識から解き放たれてしまう」ことを危惧する、マルティン・ブーバーの反対理由である。

ブーバーのような単に知名であるのみかきわめて高い知性を持った人が、このように喧伝される罪責感などというものは事の必然としていかに作為的なものであるかということを見ていなかったとすれば不思議である。何も悪いことをしていないときに罪責を感ずるというのはまことに人を満足させることなのだ。何と高潔なことか！　それに反して罪責を認めて悔いることはむしろ苦しいこと、そして確かに気のめいることである。（中略）時々――『アンネ・フランクの日記』をめぐる騒ぎやアイヒマン裁判などの場合に――われわれにヒステリカルな罪責感の爆発を見せてくれるドイツのあの若い男女たちは、過去の重み、父親たちの罪のもとによろめいているのではない。むしろ現在の実際の問題の圧力から安っぽい感傷性へ逃れようとしているのである。（大久保和郎訳[32]）

ここでのアーレントの語り口は「ほとんど嘲弄的で悪意ある」ものだが、それが何を源泉に彼女にやってくるかを示す好個の例をも提供している。アーレントはブーバーがドイツの若者のユダヤ人虐殺を前にしての「無限の恥じ入り」を真に受けていることをさし、「きわめて高い知性を持った人」の対応としては、不思議だというのである。

こういう場所で、アーレントがけっして謝罪しない無恥きわまりないハイデガーを眼前にしていることは、ほぼ疑いのないことだ。ここにあるのはどういう問題か。たとえば、赦された、と感じたとたんに、その内実の崩壊する、そういう赦しがあるし、また、赦されたと口にしたとたん、そのことで消える、そういう赦しがある。これとは逆に、けっして相手に言葉で口に出して語られない赦し、口に出されることをその本質上拒む赦しも存在する。またこれとは反対に、謝罪は口に出されなくてはならないが、その謝罪にしても、口に出されただけでは成就しない謝罪、またいくら口に出されてもその行為を満たせない謝罪もある。エリ・ヴィーゼルの精神的自伝の第一部の題は『すべての河は海に流れる』と名づけられている。しかし最近現れた第二部の題は、『しかし、海は一杯にならない』である。

ここでもう一度、あのクルト・ブルーメンフェルトの例に返ろう。

クルト・ブルーメンフェルトは、アーレントの祖父マックス・アーレントと旧知の一八八四年生まれのドイツ系ユダヤ人で、後にドイツ・シオニスト協会の会長になる、シオニズムの指導者の一人である。幼い頃からアーレントとは知り合いで、アーレントがユダヤ人問題に眼を開いたのも、彼の感化によるところが大きい。ところでアーレントの祖父は、完全なドイツ系同化ユダヤ人で、これに改宗を勧めるブルーメンフェルトに、自分のゲルマン性をとやかくいうなら、銃を取るぞ、と叫ぶほどのシオニズム嫌いだった。そうした思想上の違いに関わりなくこの祖父と交友を結べたこのブルーメンフェルトが、後にアーレントに自分の「政治の師」と呼ばれるほどの影響を及ぼすのには、彼の人となり、そのシオニズム思想の手にされ方が大きく作用している。

アーレントは彼について、後にもう一人の師カール・ヤスパースとの手紙のやりとりで、こう述べている。「わたしはいわゆるユダヤ人問題にはうんざりしていました。この問題に対しわたしの眼を見開かせたのはクルト・ブルーメンフェルトであり、彼はその後わたしの心の友になります……。その彼はしばしば言ったものです。僕はゲーテのおかげでシオニストになったのだと。あるいは、シオニズムはドイツからのユダヤ人への贈り物なのだ、と(33)」。

つまり、シオニズムにもベン＝グリオン、ハウスナーに象徴されるそれとブルーメンフェルトに象徴されるそれがある。前者は前者の語り口、一枚岩の語り口と本来の名前をもち、後者はそれとは違う語り口をもつが、その後者の語り口では、たとえば、イスラエルに帰化後、なぜその同化名を、ヘブライ的な「本来の名前」に戻さないかの理由は、口にされない。なぜ彼は同化名をヘブライ的な名前に戻さない、その理由をいわないのか。それはレッシングと同様、口にされれば——主義として語られれば——そこで消えるものとしてその人物の中に生きている。ブルーメンフェルトにとっては、ドイツ性とシオニズムは、その内的な拮抗によって彼を動かし続ける二つの核だった。その拮抗は安定をもたないことでようやく生き続ける。しかし、それは、そのようにきわめて不安定なままに語られない私性の核となることで、共同性のくびきを越え、ある普遍的な意味につながる。それは、わたしに私性が個人という公共性の洗礼を受けないまま、共同性の外に抜ける、一つの可能性を指示するもののように思われる。アーレントの語り口の問題が示すのも、その同じ可能性である。

【注】

敗戦後論

（1）　国立国会図書館「海外ニュースガイド」第八二四号所収の訳文に手を加えた。

（2）　この文章の発表後に現れた川村湊「湾岸戦後の批評空間」（『群像』一九九六年六月号）によると、この「声明」は、当初、中上健次、島田雅彦、川村湊の発意で討論集会が計画され、その延長で、曲折をへた後、この集会後の声明として、柄谷行人、田中康夫、高橋源一郎らの「起草委員」の手で草案が準備され、署名者全員のチェックの後、作成されている。

（3）　この時のホイットニーの「原子力的な日光浴」発言について当時憲法作成の責任者であり、直接第九条の起草にあたった総司令部民政局次長チャールズ・ケーディスは、これがホイットニーの「真面目な発言」ではなく「冗談」にすぎなかったと述べている。彼によれば、この日、ホイットニーは高熱を発していて体調が悪かった。しかし、日本側に仮病を使ったと思われるのを嫌って無理を押して草案手交の場に赴いた。で、この時、「ホイットニー将軍はふだんの冷静さをいささか欠いていた」。その証拠に、手交の会議の席上、「あなた方はこのＧＨＱ草案を受諾するもしないも自由です。もし受諾しなければ、次の総選挙の機会に明治憲法の日本政府案を選ぶか、それともＧＨＱ改正案を選ぶかの国民投票を行います」と発言している。これはマッカーサーの承認を得ていない不用意な発言である、云々。しかし、ケーディスのこの言にもかかわらず、この発言をまさしく「冗談」であればこそ、ラミスのいう「奥深い感情」の発露になっている、と考えることもできる。また、ホイットニーに珍しいというこの冷静を欠いた後の発言の理由を、この時彼が、自分の主義信条に反したことをしようとしていたからだと考えてみることも同じく可能である。(この発言の出てくるケーディスへのインタビューは一九八四年八月に竹前栄治によってケーディスの自宅で行われた。竹前『日本占領　GHQ高官の証言』)

さらに付言すれば、彼らはこの時自分たちの行おうとしていることが、自分たちの信条に照らして危険なことであることを十分熟知していた。少なくとも、ケーディスの場合はそうである。その証拠に、ケーディスは、この草案作成においてできるだけ、被占領国日本の自主性をそこなわないよう、配慮を示している。また占領国の人間として謙虚であろうという姿勢をとっている。彼が、作業の基本を定めたマッカーサー・ノートに明記された戦争放棄条項から一度、独断で交戦権の放棄の明示個所を削ろうとしているのもそういう意思の現れた例であり(彼はその理由を聞かれ、「どんな国でも、自分を守る権利があるからです」と答えている)、また、この憲法に、勝手に改正できにくいよう、制限をつけ加えようとした他のメンバーに強く反対し、激論の末、これを撤回させているのも、その一例である(ともに鈴木昭典『日本国憲法を生んだ密室の九日間』)。彼はこの憲法が後に日本国民によって「選び直され」ることを、まったくこの時代にあって例外的に、希望していたふしすらある。

なお、前掲の鈴木の著書は、これまで流布されてきたリベラル・ラディカルな像とは違う「ねじれ」たケーディス像を取りだしている点で注目に値するが、これによれば、ケーディスは憲法草案作成グループの責任者として、中で最も保守的な立場を自分にとらせ、しかも、対外的には最もリベラル・ラディカルに見られることを選ぶという特異な姿勢を示している。戦後初期の日本にあって日本国憲法は、この後述べる美濃部達吉と、このチャールズ・ケーディスと、二人の「ねじれ」の自覚に立つ人物によって、挟撃されている。最も憲法を真剣に考えた二人が、ともにこの憲法には「ねじれ」た姿勢を取ったということは、やはり記憶にとどめるに値することだろう。ケーディスはこの論の初出の後、一九九六年に死去しているが、日本で考えられてきたイメージからほど遠い、骨太な、並々ならぬ精神の持ち主だった。この原稿の初出形をわたしはそのことを知らずに書いた。ケーディス評価がその後、鈴木の著書に触れたことで、大きく変わったことを付記しておく（このケーディスの「ねじれ」た日本国憲法観については別稿、加藤「チャールズ・ケーディスの思想」『思想の科学』一九九六年四月号に詳述している）。

（4）　毎日新聞社が一九四六年五月二十七日、政府提出の新憲法草案を前に行った世論調査では、「戦争放棄条項」は「必要七〇％、不要二八％」である。しかし、敗戦後わずか九ヵ月でのこの結果には、わたし達をかえって心許ない気持ちに誘うものがある。これが一年前だったら、自由なアンケートだとしてもこれを必要と考える国民が二桁になること自体、なかったろう。この新たな世論がむしろ戦争放棄条項の「作品」であるようにも見えるのである。

なお、ここにいう憲法実質かちとり説は、左翼陣営から示され、憲法形見説は、主に戦中派の論者によって示された。押しつけ消化説は、ほぼ戦後が時をへた一九七〇年以降になって現れてくる。

(5) 林達夫は「新しき幕開き」(一九五〇年)にこう書いている。「その(敗戦後の——引用者)五年間最も驚くべきことの一つは、日本の問題が Occupied Japan 問題という一番明瞭な、一番肝腎な点を伏せた政治や文化に関する言動が圧倒的に風靡していたことである。この Occupied Japan 抜きの Japan 論議ほど、間の抜けた、ふざけたものはない」。たぶん戦後の知識人を、この「ねじれ」に敏感だった部分と、その感覚を欠落させた部分に分けることができる。この場合、後者は、戦前への復帰を主張する部分と戦後の価値だけでいけると考える部分とからなるが、戦後の保守主義者、戦後民主主義者の大半がここに分類される。この分類から外れる前者、「ねじれ」に敏感だった知識人には、前記、美濃部、津田、太宰、中野の他、この林、さらに中村光夫、川端康成、梅崎春生、竹内好、武田泰淳、大西巨人、吉田満などをあげることができる。このことの意味を明らかにするのが、吉本隆明、三島由紀夫の戦中派世代だが、この論では、それを最も深く生きた文学者として、大岡昇平に光を当てている。

(6) 吉本隆明の「現代学生論——精神の闇屋の特権を」(一九六一年)参照。そこに、学生の吉本がこの「春の枯葉」の上演許可を求めて太宰を訪れる場面が出てくる。

(7) 旧「プロレタリア文学」派は、戦後、『新日本文学』を創刊し、そこには、中野重治、花田清輝、大西巨人、長谷川四郎らが残る。というか、その他に余りに多くのオポチュニストを日本共産党ごと抱え込んだこの陣営の、ここにあげられたほか数名が、その陣営での例外的な少数者となる。彼らの戦後文学派との違いを、注5に述べたように、同じく戦前とのつながりに発する「ねじれ」の感覚の現存に見ることは十分に可能である。

(8)「戦後文学」の対項としてのカテゴリーとしてはもちろん「戦前派」ともいうべき集団がいる。そこでの中核的存在である小林秀雄周辺の文学者では、小林自身が『近代文学』第二号(一九四六年二月)の小林を囲む座談会で、「僕は政治的には無智な一国民として事変に処した。黙って処した。それについていまは何の後悔もしていない」、「この大戦争は一部の人達の無智と野心とから起ったか、それさえなければ、起こらなかったか。どうも僕にはそんなお目出度い歴史観は持てないよ」、「僕は無智だから反省なぞしない。利巧な奴はたんと反省してみるがいゝじゃないか」と述べ、河上徹太郎が、一九四五年十月に「配給された『自由』」を書いて袋叩きにあう。但しこの両者には、自己の信条への確信があり、敗戦の未知の局面への感受性は乏しい。ここに述べるのとは別の意味で、彼らには「ねじれ」の感覚の希薄さ、屈折の度合いの弱さが共通している。しかし、その後書かれる中村光夫の「独白の壁——椎名麟三氏について」(一九四八年十一月)、「占領下の文学」(一九五二年六月)には、独自の「ねじれ」の感覚が認められる。中村は戦後文学の担い手を「みなそれぞれに戦争の犠牲者めいたポーズをつくり、戦前の文学など俺には何の縁もないといった顔をしたこれらの『新しい』文学者の集団」と呼んでいる(「独白の壁」)。また、戦後文学発生の条件の一つに、「占領下に与えられた『自由』が、多くの作家にとって、実際その創作の上でのすべての束縛の解除と映ったこと」

をあげている（「占領下の文学」）。
（9） 中でこの後、最もこの「ねじれ」に正面からぶつかることになるこの時期の戦後文学者は、三島由紀夫である。彼は、天皇をめぐるねじれ、戦争の死者への態度をめぐるねじれにぶつかり、最後、昭和天皇を否定する天皇制擁護論にたどり着くが、これは、わたしがこの論で展開している現憲法を否定する憲法擁護論（平和憲法選び直し論）に、奇しくもその「ねじれ」の形で、正確に対応している。わたしからすれば、このことは、三島が、戦後日本の問題の核心を生きたことの一証明である。
（10） 一九九三年八月の細川内閣発足後、十二月に中西啓介防衛庁長官が憲法見直し発言で辞任、その後、一九九四年五月に、発足したばかりの羽田内閣の永野茂門法相が南京大虐殺はでっちあげだという発言を行って非難され、前言を撤回して、辞任、続く一九九四年八月にはやはり発足まもない村山内閣の桜井新環境庁長官が大東亜戦争に侵略の意図はなかった、と発言して、同じく東アジアの諸国に非難され、前言を撤回し、辞任している。
（11） なぜ失言者は、性懲りもなく、つぎつぎに現れては非難されるとすぐ前言撤回するのか。この失言とはそもそもどのような行為なのか。ここにひそむタテマエとホンネの構造が、じつは、戦後の自己欺瞞の産物で、その最たるものだ、という問題に関しては、別稿、加藤「失言と癋見——『タテマエとホンネ』と戦後の起源」（『思想の科学』一九九五年六月号）を参照。
（12） 第二次世界大戦によるアジア諸国の死者の概数は、文献によって異なる。実教出版の『高校日本史三訂版』（一九九〇年刊）では以下の通りである。中国約一〇〇〇万人、朝鮮約二〇万人、ヴェトナム約二〇〇万人（大部分は餓死といわれる）、インドネシア約二〇〇万人、フィリピン約一〇〇万人、インド約三五〇万人（大部分はベンガルの餓死者）、シンガポール約八万人、ビルマ約五万人、計約一八八三万人、他に日本約三一〇万人。なお、この他に、『写真記録集――米国版　対日終戦史録』（編纂：米国国防総省、官公庁資料編纂会発行）によれば、米国陸軍の対日戦争の死者は約一七万五〇〇〇人、うち戦死者約五万二〇〇〇人とされている。

(13) 広島の原爆による朝鮮・韓国人の死者の存在はわたし達に深い意味をもっている。それは、原爆の死者の無垢性というものにわたし達の疑いを向けさせるたぶんはじめての契機となった。この敗戦の死者の問題の「ねじれ」が浮上するのに、この無垢な死者の碑石が取り除かれることはわたし達に不可欠の条件だったはずである。この文章の初出とほぼ同時期に訳書が刊行されたイアン・ブルマ『戦争の記憶――日本人とドイツ人』によれば、広島の記念公園には本国から強制連行され、広島で働かされている時に原爆にあった朝鮮人犠牲者の碑は、おかれていない。一九七〇年に大韓民国居留民団によって建てられた碑が「平和記念公園の外、片隅に隠れるように」立っている。「のちに地元の朝鮮人がこの慰霊碑を公園内に移転させようとしたが、失敗に終わった。広島市当局は、平和公園には慰霊碑は一つでよいといった。そしてその慰霊碑には朝鮮人の過去帳は納めてもらえなかった」。日本人以外には入れない。しかし、日本人でさえあれば、ほぼ個人の特定なしに入ってしまう、というあり方が、やはりこの平和記念公園と靖国神社の共通性格として浮かび上がる。なお、後者に関連し、死者の遺族の意思を無視しての護国神社への合祀をめぐり、山口県の殉職自衛官未亡人中谷康子が訴訟を起こしたことは記憶に新しい。

(13) 補注

この注記とこれに関連する本文六三頁の「広島の平和記念公園は韓国・朝鮮人の碑を受け入れていないが、ともに死者を『清い』、無垢な存在として祀ろうとしている点、平和記念公園と靖国神社は相似なのである」との記述に、重大な事実誤認のあったことを後に読者からの指摘によって教えられた。上記の本文記述を撤回するとともに注を次のように訂正したい。

前広島市長平岡敬氏の手になる『希望のヒロシマ』(岩波新書、一九九六年)によると(一五六―一六〇頁)、この碑は、「原爆の犠牲となった同胞を追悼するために、朝鮮王族李鍝《イウ》公を敬慕する張泰熙氏ら在日韓国人有志によって建立され、一九七〇年四月一〇日に除幕された。」。碑の表面に「在日原爆犠牲者慰霊碑」という文字と並んで「李鍝公殿下外弐萬余霊位」と記されている通り、この碑は「韓国人原爆犠牲者の慰霊と李鍝公の追悼というふたつの性格をあわせも」つ。この碑の立つ場所についてはイアン・ブルマの著作『戦争の記憶』(TBSブリタニカ、一九九四年)に「平和記念公園の外、片隅に隠れるように」立っているとあり(一二〇頁)、わたしも注に引いているが、それはこの地点がこの碑の追悼する李氏の終焉の地(本川橋西詰め)であることからそこに建てられた。碑には、「公の被爆された由緒深い場所に確定された」と記されている。従って、ここに日本人による韓国・朝鮮人差別が見られるというイアン・ブルマとその記述に従ったわたしの判断は、事実を正しく伝えない誤認である。

このほか、わたしが注に引用したブルマの記述が、以下の点で事実と違っているので訂正する。

一、慰霊碑の移転を広島市が断った事実はない。広島市は慰霊碑の平和記念公園内への移転にもし希望があれば応じたいと候補地を用意しているが、現在のところ、在日韓国人間にさまざまな意見があり、実現していない。

二、平和記念公園内の原爆犠牲者の慰霊碑には日本人、韓国・朝鮮人全員の名前が記載されている。また、平岡氏によると、この在日原爆犠牲者慰霊碑の裏面には、建立協力者として、「李鍝公」の陸軍士官学校での同期生である多くの日本人の名前も記されている。

元ジャーナリストから市長となった平岡氏は、この碑をめぐる誤解が世に広まっていることについて、「私は、いまの日本に韓国・朝鮮人に対する差別が存在しないといっているのではない。慰霊碑ができるまでのいきさつ、背景を調べないで、碑の建立〝場所〟を差別ととらえてしまう（日本のマスコミの——引用者）固定観念、先入観を問題にしたいのだ」と述べ、不正確な記述が広島に関し出回っている例としてこの一件に言及している。

わたしの場合がその悪しき一例だろう。深い反省の意をこめてこの誤認を訂正させていただく。

(14) 三島由紀夫の『英霊の声』（一九六六年）は、反逆罪で処刑された二・二六事件の青年将校、特攻隊の死んだ兵士が、自分たちを裏切った天皇を糾弾し、呪詛する小説である。これが昭和天皇への苛烈な批判の書であることについては、別稿、加藤「一九五九年の結婚」を参照のこと（『日本風景論』一九九〇年、所収）。そこでわたしは、この小説の最後に死に顔として現れる「あいまい」きわまりない顔が昭和天皇のそれではないか、と述べたが、それは、一九九四年刊の堂本正樹『劇人三島由紀夫』が記録している三島自身の発言から、そうであったと確認される。三島は、その後、ふがいない天皇に別種の天皇を代置する『文化防衛論』の立場から、自衛隊決起を促す行動に出て自決するが、この三島の戦後への異議申し立ての根拠は、自国の兵士に対する天皇の責任逃避と、兵士の側からの糾弾の（遺族の名による）抑圧がある限り、現存している。この遺族の名による天皇糾弾の抑圧とは、具体的には日本遺族会の問題であり、このことには長年この遺族会会長を務めてきたシベリア抑留経験をもち、一時共産党員の経歴をももつ板垣征四郎子息板垣正の思想が関係をもつが、これについては後日に機会を譲る。

(15) たとえば、江藤淳は、天皇死去のおりの文章で、福沢諭吉の「帝室論」「尊王論」を援用して、「天皇の『戦争責任』論のごときは、いうまでもなく皇室を『人民怨望の府』と化し去るための内外の策謀の所産であった」と述べている（「国、亡し給うことなかれ――『昭和』から『平成』へ」『文芸春秋』一九八九年三月号）。しかし、福沢の論点は、国会開設に際して、帝室が政党の抗争などに関わることなく「政治社外」に超然としてあることの要を説いたもので、これを、「政治社中」に深く関与し、日本を敗戦に導いた昭和天皇の責任不問論の論拠にするのはまったくのお門違いである。福沢は、むしろ帝室が一貫して「政治社外」にあることで人倫と普遍的な悟性につながる存在だと述べている。その論は帝室の存在を普遍的な人倫、悟性の世界の中に基礎づけ、安定させようとするものだが、江藤の論は、天皇をまったく人倫の外におくことで、表面上、これを無実化するビホウ論であり、これの逆をいく。そこから、江藤の論にあっては「なによりも私の心を強く打ったのは、（天皇死去に際し――引用者）こうしてわれにかえった日本人が、他人の眼など一向にお構いなしという表情をしていたことであった。〝国際化〟も大事なことかも知れず、天皇の『戦争責任』についての議論もまだつづくのかも知れない。しかし、当面日本人はそんなことには構っていられない」（傍点原文）という、孤立主義的な表現が続くことになるが、これは、いわば、世界を敵に回した天皇擁護論であり、福沢の「帝室論」と正反対の、戦後の天皇信奉の完全な破綻の図といわなければならない。

（16）　日本国憲法の改正規定は以下の通り。「第九六条【改正の手続、その公布】①この憲法の改正は、各議院の総議員の三分の二以上の賛成で、国会が、これを発議し、国民に提案してその承認を経なければならない。この承認には、特別の国民投票又は国会の定める選挙の際行はれる投票において、その過半数の賛成を必要とする。／②憲法改正について前項の承認を経たときは、天皇は、国民の名で、この憲法と一体を成すものとして、直ちにこれを公布する。」

（17）　昭和天皇の戦争責任の放棄の問題から見る時、戦後の歪みのもっとも深い根源は、昭和天皇が、自分を諫める信奉者も、自分を糾弾する英霊も、ともにもたなかったことのうちに顔を出している。この天皇の責任放棄に見合う形で、国民の側も、自国の死者をないがしろにし続けた。大岡の天皇批判は、言葉こそ穏やかだが、その死者の側から発せられた言葉である点、特異である。この言葉の穏やかさに、批判の苛烈さが現れているのだ。

(18) この観点から見る時、三島の『英霊の声』の弱点は、これが注14に触れた文脈をもちながらも、死者の「代弁」になっていることである。つまり、彼は天皇に見捨てられた死者として、二・二六事件の死者と特攻隊の死者を小説の中に呼び込むが、いってみれば、これらの死者は、彼ら自身の理由によってというより、三島の理由によって「動員」されている。それが、まったく異質な死者の「同盟」という事態をこの小説にもたらす。ここで彼はこの二種の死者を「労働組合」のような存在にしてしまっている。ここにもまた、戦争の死者は、厳密にいえば、不在のままである。

(19) この「汚れ」の経験の起点はどのようなものか。たぶん転向は、戦後日本の「汚れ」の経験に通じる戦前日本の経験であり、また、二十世紀の世界史の中に位置づけられるべき新しい経験だろう。この経験の未知の質に着目した論者に、鶴見俊輔、吉本隆明がいる(鶴見ほか『共同研究 転向』、吉本「転向論」)。鶴見は、人間の思想変換とそこにはたらく強制力の関係に注目し、吉本は、人間の思想変換における「汚れ」の自覚のもつ思想的な意味合いを取り出している。吉本は、その「転向論」(一九五八年)に、同じ転向者貴司山治に宛てた次のような転向後の中野重治の言葉を引用している。「弱気を出したが最後僕らは、死に別れた小林(多喜二——引用者)の生きかえってくることを、恐れはじめねばならなくなるのである。僕が革命の党を裏切りそれにたいする人民の信頼を裏切ったという事実は未来永劫にわたって消えないのである。(中略)もし僕らが、みずから呼んだ降伏の恥の社会的個人的要因の錯綜を文学的綜合の中へ肉づけすることで、文学作品として打ちだした自己批判をとおして日本の革命運動の伝統の革命的批判に加われたならば、僕らは、その時も過去は過去としてあるのではあるが、その消えぬ痣を頰に浮かべたまま人間および作家として第一義の道を進めるのである」(「『文学者に就て』について」一九三五年)。この「汚れ」た存在としての出発という観点は、何と、後述する大岡昇平のそれに通じることか。

(20) これに関連していっておくと、ここに戦後第二世代としての、大江健三郎、江藤淳の世代の特徴を認めることができる。歪み、汚れ、ねじれの自覚の有無の問題は、当初、戦後文学と「無頼派・戦前派・プロレタリア文学派」という布置として現れる。しかし、一九五〇年代半ばになると、これが戦後派と戦中派という布置に変わる。ここにいう戦中派とは一九四五年の敗戦時に二十歳前後だった、精神形成期を戦時下にすごした世代をさす。具体的には前記吉本隆明や三島由紀夫がその世代にあたる。戦後派とは、戦後を十代初期で迎える大江、江藤の世代である。しかし、これらの呼称はここにいう戦後文学派の後続世代からの、その「歪み」のなさ、「ねじれ」の隠蔽に関する疑問、違和感、批判が表明され出すと同時に、「戦後派」「戦前派」、そしてしばらくして、「戦中派」という順序で、一九五〇年代も半ばになって、現れてくることになる(村上兵衛「戦中派はこう考える」が書かれるのは一九五六年)。この「戦中派」も「無頼派」に続く、一つの「ねじれ」の隔離室であり、概念としての隠蔽装置といえるかも知れない。なお、この「戦中派」の呼称のイデオロギー的な意味については別稿、加藤『日本という身体』(講談社、一九九四年)を参照。

また、この意味で、戦中派からの「ねじれ」の指摘者として欠かすことのできないのは吉本隆明である。彼は一九五八年、「転向論」を書くが、その趣旨は、非転向の日本共産党幹部は、非転向という形で転向した、という日本共産党幹部の非転向批判であり、むしろ転向経験の「汚れ」から出発しようとした中野を評価する視点を打ち出すことで、はじめて日本共産党の「無垢」をその無垢ゆえに否定する論理を創出している。彼はまた、前年一九五七年には、戦後文学派は、戦争を傍観したにすぎない、と述べ、その「歪み」のなさを否定する戦後文学批判を、これもはじめて行っている(「戦後文学は何処へ行ったか」)。戦後文学派の後続世代である戦中派の中から現れた、はじめての戦後文学批判者が、吉本であることがわかる。

(21) ベネディクト・アンダーソン『想像の共同体』白石隆・さや訳。但し、"The Imagined Community" 第二版をもとに手を加えた。

戦後後論

(1) ほぼ唯一の例外といえる短編に、筑摩書房版『太宰治全集』第八巻の短編の部冒頭におかれた執筆時期未詳の「薄明」があるが、これについては第I章第4節を参照。ただこの小説にしても、三鷹の家を焼け出され、山梨の妻の実家に疎開して、そこをも空襲で焼け出される話を描きながら、読めば、敗戦の後に、その時点から書かれたことがはっきりとわかる。また、一九四六年五月に発表された「未帰還の友に」も戦時中の話を盛っているが、これについては第Ⅲ章第1節を参照。ちなみにこれも、戦後の話として戦後の時点から書かれていることは、そのタイトルに明らかである。

(2) これまで「敗戦後論」の主旨にむけ、現れた主な批判は以下の通りである。高橋哲哉「汚辱の記憶をめぐって」(『群像』一九九五年三月号)、「《哀悼》をめぐる会話——『敗戦後論』批判再説」(『現代思想』一九九五年十一月号)、西川長夫「一九九五年八月の幻影、あるいは『国民』という怪物について」(『思想』一九九五年十二月号)、川村湊「湾岸戦後の批評空間」(『群像』一九九六年六月号)など。なお、この論に関し「世界戦争のトラウマと『日本人』」(西谷修との対談、『世界』一九九五年八月号)、「敗戦後論とアイデンティティ」(姜尚中との対談、『情況』一九九六年一—二月合併号)、都合二回の対談がなされている(ともに、その後、加藤『戦後を超える思考』海鳥社、一九九六年に収録)。

(3) 岸田秀の考えに従い、ここで「人格分裂」と述べている現象の、より突っ込んだ説明については、本書のあとがきで触れている。

(4) 西川、注2前掲。なおこの小文は直接には加藤の西谷との対談(前掲)に対して書かれている。

(5) この国民枠で考えることのもつ意味については、これもあとがきで触れた。

(6) 注2前掲、西谷修との対談。

(7) 芹沢俊介はその「イノセントが壊れるとき」で人間がもつイノセンス(無垢性)の根拠を、自分の意思によってでなく生まれてしまった子どもの「『こんな世界は引き受けられない』という絶対感情」に求める注目すべきイノセント論を提示しているが(角川書店教科書『現代文』一九九五年に初出)、戦後だいぶたって生まれた人間が、戦争なんて知らないということには、権利があるべきだろう。なお、芹沢の論では、この「引き受けられない」から「引き受けられる」への反転に世界への関与の契機が求められている。この論の「ノン・モラル」の権利という考えを作る上で、この芹沢の考えに示唆を受けている。

(8) むろんしかし、そういう自己の思想がないわけではない。わたしが念頭におくのは、フッサールの創始になる現象学である。ベルグソンの哲学も、このような構えをもっていた。しかし、後述するように(第Ⅱ章第4節)、この考え方をはじめて世界の成り立ちを説明できるまでに徹底させ、一個の哲学にしたのは、フッサールの現象学をもって嚆矢とする。

(9) 論争としてみれば、起点は昭和初期の日本共産党だが、論争以前の「政治と文学」の問題枠組みの発生は、明治末期にさかのぼる。これについては、丸山真男「近代日本の思想と文学」が、「明治末年における文学と政治という問題の立てかた」の項で、光をあてている(『日本の思想』岩波書店、一九六一年、所収)。丸山によれば、明治末年に現れた「政治と文学」は、「進歩に向かっての競争」として考えられている。これが、社会変革のために何ができるか、という共通の目標をめぐる問題意識に変わるのは、第一次世界大戦後のマルクス主義の到来後だという。これは、一九二〇年代初頭のことだが、一九二〇年代後半になると、「政治と文学」ははっきりと革命という目的の下に、一つの磁場を構成するようになる。ここに、いわば他者の思想と自己の思想の対立を当初から見ていた小林秀雄のような観点は、日本において、例外的だったといわなければならない。

(10) 以下、ここで触れる一連の「政治と文学」論争の同心円構造については、別稿、加藤「還相と自同律の不快――『政治と文学』論争の終わり」(『君と世界の戦いでは、世界に支援せよ』筑摩書房、一九八八年、所収)で論じている。

(11) この時の埴谷雄高、吉本隆明の応答は以下の通り。埴谷雄高「政治と文学と――吉本隆明への手紙」『海燕』一九八五年二月号、吉本隆明「政治なんてものはない――埴谷雄高への返信」同三月号、埴谷雄高「政治と文学と・補足――吉本隆明への最後の手紙」同四月号。

(12) むろん、第二回目の敗戦直後の論争で、荒、平野の書いた評論にこのタイトルのものはない。しかし、同じもじりを適用すればこうなる。荒、平野のいずれかがこういうタイトルで書いても不思議ではなかった。

(13) なお、この最後の埴谷・吉本論争では、コム・デ・ギャルソンの服を着た吉本隆明の位置を、日本経済に搾取を受けるアジアの場所から批判するという姿勢に、わたしは埴谷雄高の硬直を見、思想的に吉本が優位にあるという判断を示した。しかし、吉本の考え方にも疑問を感じるところがある。その一つ、思想がもつべき「ヘーゲル的な全円性」ということについては後に触れるが、そのもう一つの点とは、ある声明への署名者を、その行為を理由に全否定するあり方である。その疑問のほうは、いまも消えない。

(14) 吉本隆明「わたしにとって中東問題とは」『中央公論』一九九一年四月号(後、「中東湾岸戦争私論――理念の戦場はどこにあるのか」と改題の上、『大情況論』弓立社、一九九二年、に収録)。

ただし、むろん吉本の立場は、世のいわゆる護憲主義者のそれとはまったく違っている。曰く、地球上の全ての国家がこの憲法第九条の平和条項に従うのがいい。しかし「はっきり断っておきたいのだが、このわたしの場所は、遠い距りから平和憲法に照してこの中東戦争に反対だ、戦争は人命と環境の破壊だからという社共や市民主義者の主張とは似て非なるものだ」。どんな国も、「この第九条にならうほかに未来への切符を手にすることはできないから、これにならうべきだという積極的な主張」が、自分の願望として固執したいところだ、云々。しかし、この積極的な平和条項評価は、憲法観を理念として最強化するところに像を結ぶが、他方、これを弱化していく方向で現れる憲法感覚にフィットするみちすじをもつだろうか。たとえば、この憲法をめぐりわたしが「敗戦後論」で指摘したねじれをそれは、無化するだろうか。また人が普通の生活の中で出会う憲法観にそれは、フィットするだろうか。その道が見えないものであればこそ、吉本は、これまで、理念として最も強度ある憲法観を、倫理として最も弱い憲法感覚に乗せ、語ってきた。なぜ、彼が、その弱音器をここで廃棄しているのかということが、わたしの疑問である。

(15) この文章は、『思想の科学』一九九四年二月号にのった。竹田青嗣『竹田青嗣コレクション2　恋愛というテクスト』（海鳥社、一九九六年）に所収。

(16) なお、この座談会には私も参加している。他の参加者は、橋爪大三郎、竹田青嗣。

(17) 加藤「新旧論」（『批評へ』弓立社、一九八七年、所収）が、この小林の「戦争について」に触れた最初である。

(18) 小林秀雄「杭州」（一九三八年）の末尾のエピソードなどに、そう感じさせるものがある。

(19) 竹田青嗣『世界という背理——小林秀雄と吉本隆明』（河出書房新社、一九八八年）。ただしこの論は副題にあるように小林論であり、同時に吉本論である。なお、竹田がここに示している小林の「政治と文学」の読み方も、前例のない、鋭いもので、彼のドストエフスキー「大審問官の章」にふれた言及（岸田秀、加藤とのシンポジウム「カウチポテトの天皇制」での発言、明治学院大学国際学部付属研究所刊 IFISM OCCASIONAL PAPER 1991.7 所収、岸田秀『唯幻論論』青土社、一九九二年に再録）とともに、この論を書く上で示唆を受けている。

(20) シベリア流刑の後に書かれたフォンヴィジン夫人宛の手紙の一節。小林秀雄『ドストエフスキイの生活』より再引用した。なお、小林によれば、これとまったく同じことが、後年、『悪霊』の一人物の口から繰り返され、晩年のノートにも出てくる。

(21) 注10を参照。

(22) この注10の文は、一九八六年に書かれているが、今回、必要があり、小林秀雄の『ドストエフスキイの生活』を再読していて、小林がドストエフスキーからこれと似た問題を取り出していることを知った。小林によれば、ドストエフスキーは、『カラマーゾフの兄弟』を書き上げる頃、ある知人にこう書いている。「若い哲学者ウラジイミル・ソロヴィヨフが意味深長な言葉を聞かせてくれました。彼が言ふには、自分の深い確信によれば、人類は、今日まで学問や芸術で説き得たところより遥かに多くのことを知つてゐる、と。僕にも同じ考へがあるのです。自分が今日まで作家として説き得たものより、ずつと秘めやかな事柄が、自分のうちにあるのを感じてゐます」(『ドストエフスキイの生活』一九三九年)

(23) 竹田青嗣「思想の〝普遍性〟ということについて——〈大衆の原像〉という方法」(『〈世界〉の輪郭』国文社、一九八七年)。

(24) 事実、吉本の一九九五年に行われた注16の座談会での発言にもかかわらず、敗戦直後の文章は、彼におけるこの他者の思想と自己の思想あるいは他者の思想と文学の思想の対位が、「文学的発想ではダメだ、それでは誤る」というほど単純なものでなかったことを示している。そのことを最も如実に示すのは、一九四九年に発表されている「ラムボオ若しくはカール・マルクスの方法に就いての諸註」である。「例えば僕の内部には現在アルチュル・ランボオなる詩人とカール・マルクスなる思想家とが別に奇妙な感じもなく同在しているが、ランボオなる詩人はマルクスをマルクスが人間であるという単純な理由で、あの孤独な痛烈な罵言を以て一束にして嘲弄することをやめないだろう。マルクスはランボオの考えても見なかった生産とか交通とかいう諸概念を以て極めつけることをやめないだろう。何れの思想が真理であるか、そんな問いはナンセンスだ」、「詩的思想においてマルクスの方法は逆立する」。彼の中で、他者の思想と文学は、対立しない。そこでこの二つは「逆立」している。(『擬制の終焉』現代思潮社、一九六二年、所収)

(25) この発言のある座談会は注16に同じ。そこで吉本隆明は次のように発言している。「憲法九条で戦争をしないと言っているのは、心情の問題じゃないんです。確固たる国家の方向性を定める外的な規定の問題であって、この九条を放棄しないっていうんなら、守らなきゃいけない。でもそれは倫理で守るわけじゃない。戦争はいやだから九条を守りましょう、平和憲法を守りましょうと、そういうことじゃない。（略）坂本義和でも、小林直樹でもいいんですが、そういう憲法の専門家でも、全部心情的、倫理的なんですよ。（略）戦争はいやだ、もうこりごりした、だから憲法九条を守れみたいな、そういうところにもっていきます。そういうところが、僕とは全然違う。ほんとうに法的な言語として憲法を読んで張り切ったら、そんなこと言ってるやつは全部だめだとなっちゃうんです」。彼は戦争中、厭戦、反戦の感情をもったことはない皇国少年として生きる。そういう自分の対極として得られた平和を、「強いられたんじゃなくて、獲得したと考えるためには、どうしたらいいんだ」と考えた。倫理的でも、厭戦でも、文学的にいって人間の内面性の問題だっていうのでもだめ、では何があるか。これを「法的な規定」として受けとめる、という道だけが残ったが、その法的な規定とは、「その時代において」「一番本質的な言語である」文学の言語としてようやく確定されうる、そういうあり方だといってよい。護憲主義者にとっての第九条は、たとえばサド裁判で猥褻かそうでないか、という観点から「実証的」な言語としてこれを読む検事にとってのサドの文学のように、実証的な言葉にすぎないが、自分にとって、それは、サドの文学がほんらいそうであるように、本質的な言葉である。法の規定である。それが自分が、湾岸戦争のおり、平和憲法に言及した理由だというのが、吉本の見解である。

しかし、本論に述べたように、その平和憲法についての考えが、なぜ、このようにではなく、湾岸戦争のおり、いわば公的な、強い倫理として、示されなくてはならなかったのか、むしろそれがこのような考えに裏打ちされるものなのであれば、それは、もっと弱い倫理として、語られるべきなのではなかったか、という疑問は残る。

（26）　人が何かを疑う時に、その人の中で疑いの根拠として信じられているものが内在である。内在を疑う、という時でも、人がそれを疑わせているもの、その疑いを可能にしているのが内在なのだから、内在を疑うことは、背理となる。フッサールは、疑いを果てのないものというその徹底性においてとらえた後、その疑いを可能にしている基底を内在として取りだしている。現在でも、多くの思想家がここのところをうまく理解できずに、フッサールは純粋意識（ここにいう内在）を信じている、とか、この内在をも疑わなければならない、といったりしているが、これらは、初歩的なフッサールの読み違いというべきだろう。わたしの見るところ、この現象学理解で透徹した見方を示しているのは、ここでも竹田青嗣の理解である。竹田の現象学関連の著述には、入門的なものとして『現象学入門』（ＮＨＫブックス、一九八九年）、『はじめての現象学』（海鳥社、一九九三年）があり、比較的初期に書かれた高度な考察に『意味とエロス』（国文社、一九八六年、後にちくま学芸文庫に収録）、最近の独自の現象学的な考察として『エロスの世界像』（三省堂、一九九三年）などがある。ここでのわたしの記述もそれらからの示唆を受けたことを断っておく。竹田自身の「内在－超越」構造の分析は、『はじめての現象学』、『現象学入門』にある。

（27）　ここで念頭におかれているのはいうまでもなく、後に『斜陽』のモデルとして登場する女性との太宰の関係である。この女性太田静子との文通がちょうど「トカトントン」執筆の頃はじまっていた。『斜陽』は、主人公の女性が、母の死を契機に、戦後の現実の中に身を投じようと、一人の作家との情事に自分の人生をかける話だが、「トカトントン」の返信に登場するマタイ伝十章の言葉を含む、前後の個所が、この小説の主人公が自分の戦いに出立する、作中最重要の場面に出てくる。第六章、母の死の直後の個所。「戦闘、開始。／いつまでも、悲しみに沈んでもおられなかった。私には、是非とも、戦いとらなければならぬものがあった。新しい倫理。いいえ、そう言っても偽善めく。恋。それだけだ。（略）イエスが、この世の宗教家、道徳家、学者、権威者の偽善をあばき、神の真の愛情というものを少しも躊躇するところなくありのままに人々に告げあらわさんがために、その十二弟子をも諸方に派遣なさろうとするに当って、弟子たちに教え聞かせたお言葉は、私のこの場合にも全然、無関係でないように思われた」。そしてこの後、ゲヘナの個所の前後が引用される。

（28）『サリンジャーをつかまえて』の邦訳は一九九二年、文芸春秋刊。伝記的事実に照らせば、この一九四四年三月は、兵士であるサリンジャーがイギリス、ディヴォートンで、後にノルマンディー上陸作戦として知られることになる作戦に備え、訓練中の時期にあたっている。

（29）太宰はこのことについて、あからさまには語っていないが、『斜陽』の次のくだりは、こういう彼の考えをわずかながらでも吐露した、希有なケースである。彼は主人公の女性に、こう独白させる。「思えば、戦争なんて、つまらないものだった。／昨年は何も無かった。／一昨年は何も無かった。／その前のとしも、何も無かった。／そんな面白い詩が、終戦直後の或る新聞に載っていたが、本当に、いま想い出してみても、さまざまな事があったような気がしながら、やはり、何も無かったと同じような気もする。私は、戦争の記憶は語るのも、聞くのも、いやだ」。

(30) 書き手、太宰とサリンジャーにも、いくつか類似した点がある。太宰同様、サリンジャーも、戦争が終わった後は、一つを除き、戦争についての小説を書いていない。また、吉本隆明が学生の頃、太宰を訪れた際、太宰は、「きみ、男性の本質は何んだかわかるかね」「マザーシップだよ。優しさだよ」といっているが(吉本隆明「現代学生論――精神の闇屋の特権を」一九六一年)、サリンジャーにも、本当の勇士は、いかにも勇士らしい様子をした兵士なのではなく、武骨で不格好な、そして優しい人間だと述べる「やさしい軍曹」と題する短編がある(一九四四年)。この小説の原題は、サリンジャー自身がつけたのではないが、"Soft-boiled Sergeant"。そこで語り手に本当の勇者として語られるバーク軍曹は、ずんぐりした醜男だが、当時少年兵だった語り手に、別れる時、「大人になって、やさしい人間になるんだぞ」という。さらに、太宰は、死の直前、文学の神様として敬愛されていた男らしい小説家志賀直哉に嚙みついているが、サリンジャーもパリ解放の際に会ったハードボイルドなヘミングウェイが実際に鶏をピストルで撃つのを見て、激しく反発し、『ライ麦畑でつかまえて』では、ヘミングウェイの第一次大戦に取材した戦争小説『武器よさらば』をインチキだとホールデンに語らせている。

(31) この後、アントリーニ先生がホールデンにいかがわしい行為に及ぶ、ということもあり、サリンジャーの研究書の中にはこのアントリーニ先生の言葉は大した意味をもたない、としたり、これは浅薄な言葉だ、とする解釈も多く見られるが、わたしはそうは考えない。そういう解釈は、この作品の最も深い主題を見ていないと思う。

(32) この小説はベストセラーだといわれ、若者がよく読むと見られているが、実際にいまどきの若者に聞くと、面白いと思って買ったが、読むとまだるっこしくて途中でやめた、というケースがかなり多い。この小説の独特の性格が、このような現れ方を見せていると受けとると、なかなか興味深い。

(33) ホールデンは、アントリーニ先生から紙を受けとる。それを読む。しかしそれが彼にどう感じられたかは、最後まで明かされない。この小説は、この十二月の物語を翌年の夏、ホールデンが語るという時間構造をもつが、半年後、九月にはまたどこかの学校に戻って勉強するつもりだというホールデンの手元に、この紙が捨てられずにあることを、サリンジャーは読者に明らかにしている。ホールデンはこの言葉を否定しているのではない。

(34) ところでこの最後の挿話中、ホールデンはフィービーを待ちつつ、メトロポリタン博物館のミイラをおく、死者の部屋に降りていく。この小説は、注33に述べるように、十二月の終わり近く、クリスマスの時期の彷徨を、翌年の夏、精神病院に過ごす彼が物語るという構造をもっているのだが、考えてみると、これは、十一月から十二月にかけてのヒュルトゲンの森の攻防戦を含むドイツ大反攻の後、翌年、五月のベルリン陥落後、神経をやられ、精神病院に収容されたサリンジャーのヨーロッパでの戦争体験と同型になっている。彼はこの小説を脱稿の後、戦後に書かれる唯一の戦争の小説「エズミに捧ぐ――愛と汚辱のうちに」を発表するが、『ライ麦畑でつかまえて』とこの小説を重ねると、一つの大きな戦争小説が浮かび上がる。エジプトの死者をそのままに保つミイラの技術の話が、この小説の冒頭にも出てくる。この小説を戦争小説として読む場合、このミイラの部屋にいくシーンは、一つの冥界下りのエピソードである。

(35) この論の準備として、研究者による日本で出ているサリンジャーの研究書を十冊程度読んだが、その男色的行為との関係で、アントリーニ先生を低く見ないもの、独自の解釈を試みているものは、『ライ麦畑でつかまえて』に触れたものの中で、皆無である。しかし、注31に述べるように、この行為とアントリーニ先生がこの小説に占める役割の重要さは両立する。この点についてはは注36をも参照。

(36) これに加えて、これをこう考えてみることもできる。あのシュテーケルの言葉はアントリーニ先生のこの信用失墜をへて、ようやくホールデンに受け入れ可能な形になると。ホールデンが半年後もその言葉を記した紙をもっているのは、彼がこのできごとのためにアントリーニ先生を見限るような単純な出来の人間でないことを示しているが、一歩進めれば、ホールデンは、誤りうる存在として現れたことで、はじめてアントリーニ先生を受け入れるのかも知れないのである。

(37) 太宰が「トカトントン」の若者のモデル(保知勇二郎)宛に、実際に書き送った「返信」と思われる手紙が、筑摩書房版全集第十一巻にあるが(保知宛一九四六年八月三十一日付、書簡番号六二一)、それは次のようなものである。相手への共感を示し、けっして「トカトントン」におけるように「冷淡」なものではない。「トカトントン」の苦しみに彼が深い共感をもっていることがわかる。「拝啓　貴簡拝誦仕りました。長いお手紙に対して、こんな葉書の返辞では、おびただしい失礼だけれども、とにかく挨拶がわりに、これを書きました。出来るだけわがまま勝手に暮らしてごらんなさい。青春はエネルギーだけだとヴァレリイ先生がいっていたようです。不一」。

(38) 太宰について、三島由紀夫は、こう書いている。「○君は、私が太宰治を軽蔑せずに、もっとよく親切に読むべきことを忠告する。私が太宰治の文学に対して抱いている嫌悪は、一種猛烈なものだ。(略) 私とて、作家にとっては、弱点だけが最大の強味となることぐらい知っている。しかし弱点をそのまま強味へもってゆこうとする操作は、私には自己欺瞞に思われる。(略) 太宰のもっていた性格的欠陥は、少なくともその半分が、冷水摩擦や器械体操や規則的な生活で治される筈だった。生活で解決すべきことに芸術を煩わしてはならないのだ。いささか逆説を弄すると、治りたがらない病人など本当の病人の資格がない」(『小説家の休暇』一九五五年)。よく知られた評であり、昔、この文章を読んだ時には、なるほどと思ったが、いまは、トーマス・マンに倣い、銀行員のように毎日決まった時間を小説執筆にあてることを自分に課し、多くの仕事をした三島のいわばハードな、自分を持したあり方より、「純白なシーツ」にあこがれながら露路に低回した「薄汚れ」てだらしない太宰のほうが、文学としても、思想としても、広いのではないか、深いのではないか、と思っている。ここにあるのは、非常に大切な問題ではないだろうか。

(39)「エズミに捧ぐ――愛と汚辱のうちに」野崎孝訳（『ナイン・ストーリーズ』新潮社、一九七四年）に一部手を加えた。

(40)井上謙治「サリンジャーの戦時中の作品」（『ユリイカ』一九七九年三月号）、「戦争小説とサリンジャー――アーウィン・ショーへの反論」（『英語青年』一九八九年十一月号）、「戦争作家としてのサリンジャー」（『ユリイカ』一九九〇年三月号）による。

この反論はショーの「戦争について書くとすれば」（『サタディ・レビュー・オブ・リテラチャー』一九四五年二月十七日号）の所説を受け、「作家が気の毒だろうか？」と題され、同誌一九四五年八月四日号の投書欄に載った。アーウィン・ショーは第一次世界大戦時の反戦作家で、その後、反ファシズムの第二次世界大戦に従軍して社会的な戦争小説を書いたことで知られる。彼は一九四五年二月、こういう意味のことを書いた。最近の作家は気の毒だ。中で一番気の毒なのは軍隊に入らず、戦場の経験をもたない作家である。彼ら、特に若い作家には最も感動的で意味深い、世代的に共通する体験が奪われているからだ。第二次世界大戦は第一次世界大戦とはまったく違っている。この新しい戦争の全貌を描く小説の出現を、自分は期して待つ、云々。これに対するサリンジャーの反論はこういうものだった。ショーの戦争にふれた文は子どもじみている。わたしはDデー以来、五つの戦闘を経験したが、もしショー自身が戦争にいっている戦争経験者でなかったら、度肝を抜かれただろう。自分が反論するのは、第一次世界大戦のおり、戦争にいかなかった作家達がそのことでひけめを感じたのを見たからだ。戦争作家は、わたしがなりたいと思っている唯一の作家の範疇だが、戦争は、わたしがその戦争作家になることと、ほとんど関係していない。ショーは浅はかな理論で人を驚かすべきではない。作家が気の毒なケースはただ一つ、書かない時だけだ。

井上謙治は戦争作家としてのサリンジャーに関心を示し続ける数少ないサリンジャー研究家の一人であり、アーウィン・ショーへの反論を発掘しているのも、この井上である。この論のサリンジャー観を形成するうえに、これらの資料が役に立った。

(41) 「最後の休暇の最後の一日」(『若者たち』刈田元司・渥美昭夫訳、荒地出版社、一九六八年)。なお、気づかれるように、この小説の主人公が、先に触れた「ストレンジャー」の主人公ベイブ・グラドウォーラーである。またこの小説で、ベイブの家を訪れるヴィンセントが弟のホールデンが戦場で行方不明になった、というが、これがサリンジャーの小説世界にホールデン・コールフィールドの名前が現れる最初でもある。ベイブの親しい友人であるヴィンセントも死ぬ。彼が、そのヴィンセント・コールフィールドの死の様子を告げに元の婚約者を訪れる話が、あの「ひゅうとも何ともいわない」臼砲の出てくる「ストレンジャー」という小説だと思う時、わたしにも、いま、音を立てずに落ちてくる、何かのあることを感じる。

(42) 高橋美穂子『J・D・サリンジャー論——「ナイン・ストーリーズ」をめぐって』(桐原書店、一九九五年)による。これはすぐれたサリンジャー研究書である。実証的な側面で助けられた。

語り口の問題

（1）佐藤卓己「ファシスト的公共性」（『岩波講座　現代社会学』第二十四巻、岩波書店、一九九六年、所収）による。これは、独自の観点からハーバーマスの公共性論への批判的な検討を行う好論文である。

（2）加藤「新潟の三角形」（『日本風景論』講談社、一九九〇年、所収）。

（3）VP, p. 23.

（4）なお、この問題にふれたものとして、加藤「『痩我慢の説』考――『民主主義とナショナリズム』の閉回路をめぐって」（『岩波講座　現代社会学』第二十四巻所収）を参照のこと。

（5）『ル・ヌーヴェル・オプセルヴァトゥール』一九六六年十月二十六日号（Le Nouvel observateur, 26 octobre, 1966, pp. 37–39）。この記事は、アーレントの『イェルサレムのアイヒマン』の同誌への抄録発表後、反響の大きさから、これに寄せられた賛否両論を紹介したものだが、編集部は反アーレントの立場を明らかにしている。記事のリードには、本誌への抄録紹介の後、各分野の著名人から憤激の手紙が寄せられたことを記し、「ハンナ・アーレントの示す主題はアイヒマンの行動の犯罪的性格を過小評価し、ナチスの『最終解決』方針実施におけるユダヤ人の『責任者たち』の役割を問題視している」と述べている。さらに、反論特集の後記に、こうある。ハンナ・アーレント問題への読者の関心を喚起したい。「我々はこれを『不快』かつ『皮肉な』、また『時として耐えがたい』著作であると判断している」。

（6）『エンカウンター』一九六四年一月号（Encounter, January, 1964, pp. 51-56）。以下に紹介するハンナ・アーレントとゲルショム・ショーレムの往復書簡は、ショーレムの仏語版の著作『忠誠とユートピア』（Gershom Scholem, "Fidélité et utopie", Calmann-Lévy, 1978, pp. 213-228）所収の「アイヒマン裁判——ハンナ・アーレントとの論争」（Le Procès Eichmann: Un débat avec Hannah Arendt）として出ている仏語訳を底本として、この『エンカウンター』誌所収の英語訳「『イェルサレムのアイヒマン』——ゲルショム・ショーレム／ハンナ・アーレント往復書簡」（"Eichmann in Jerusalem": An Exchange of Letters between Gershom Scholem and Hannah Arendt）と照合の上、訳出している。二言語の訳の間には微妙なニュアンスの差がある。両者共通の第一言語であるドイツ語からの日本語への訳出を希望しておきたい。またこの文章で取りあげる「語り口」は、フランス語の ton、英語の tone の訳語である。他の言葉についてもいえるが、参照した文献の言語により、この文章では二言語を併用している。なお、アーレントは、この往復書簡の返信で、冒頭、ショーレムに「親愛なるゲアハルト（Cher Gerhard）」と、ショーレムのドイツ時代の同化名で呼びかけている。本論末尾のブルーメンフェルトへの言及を考えると、興味深いコミットをここに見ることができる。

（7）Scholem, Gershom, Fidélité et utopie, Calmann-Lévy, 1978, p. 217; Encounter, p. 51.

（8）Ibid., p. 219; p. 52.

（9）Ibid., p. 222; p. 53.

（10）Ibid., p. 222; p. 54.

(11) Ibid., p. 223; p. 54.
(12) Ibid., p. 223; p. 54.
(13) Ibid., p. 224; p. 54.
(14) EJ, p. 472.
(15) Courtine = Denamy, Sylvie, Hannah Arendt, Belfond, 1994, pp. 112-115. このハンナ・アーレントの論及び評伝に、著者は、「『語り口』への非難：『自己嫌悪』?」と題し、一項を設けてこの問題にふれている。
(16) Ibid., p. 112.
(17) Hannah Arendt & Mary McCarthy, Correspondance 1949-1975, Stock, 1996, p. 137.
(18) Ibid., p. 160.
(19) EJ, pp. II-III.『イェルサレムのアイヒマン』のこの仏語訳は、当初、アンヌ・ゲラン訳が一九六三年に出たものを、一九九一年、ミシェル＝イレーヌ・ブルーニ＝ローネイが校訂し、部分的に改訳の上、再版したものである。その前言を、改訳者であるブルーニ＝ローネイが書いているが、そこにこのくだりがある。
(20) Scholem, Fidélité et utopie, p. 227.
(21) TC, p. 245. ギュンター・ガウスによるインタビュー「母国語だけが残る」。同題のテレビ一九六四年十月二十八日放映分をもとに収録したもの。なお、このアーレントのフランス語版著作『隠された伝統――パリアとしてのユダヤ人』は、これまでドイツ語で二度刊行され、ついでそれを受け、一九七八年英語で刊行された"The Jew as Pariah: Jewish identity and politics in the Modern Age"に、「パリアとしてのユダヤ人」という主題に沿ってこれまで未収録の数編を加えたものである。引用のインタビューは、これまでドイツ語の著作に二度再録されているが、フランス語では『エスプリ』第六号(一九八〇年)に訳出の後、この本にはじめて収録されている。

(22) Ibid., p. 245.

(23) アーレントは『人間の条件』の第二章「公的領域と私的領域」にこう述べている。「この公的領域の多様な意味との関係で、『私的』という語の奪われているという意味の原義は、理解されなければならない。完全に私的な=奪われた生を生きるとは、何より真に人間的な生活になくては叶わない本質的なものを奪われて生きるということである。それは、人が他者から見られ、聞かれることから生じる現実性を奪われること、共通な対象を媒介に人が他者と結ばれ、また他者から分離されることから生じる他者との〈客観的〉な関係を奪われること、人生よりも永続的な何かを作り上げる可能性を奪われること、を意味している。この剥奪は他者の不在に基づいている。他者との関係に関する限り、そこに私的な人間の登場の場はない。彼はあたかも存在しない人間のようである。他人にとって彼の行うことは、重要性のない、どうでもいいことであり、彼にとって大切なことは、なんら他人の興味をひかない」。CHM, p. 99.

(24) Courtine = Denamy, Hannah Arendt, p. 114.

(25) VP, p. 36.

(26) Ibid., p. 39.
(27) Ibid., p. 24.
(28) 小林のこの発言については「敗戦後論」注8を参照のこと。
(29) Hannah Arendt & Karl Jaspers, Correspondance, 1926–1969, Payot, 1996, pp. 516–517.
(30) アーレントはカフカに少なからず言及している。最初のカフカ論である「フランツ・カフカ——再評価」（一九四四年）は、その冒頭で「ドイツ語を話すプラーグのユダヤ人フランツ・カフカ」とカフカを呼んでいる。なお、「隠された伝統」（一九四八年）で彼女は、ハイネ、チャーリー・チャップリンらとともにカフカを「パリアとしてのユダヤ人」の代表的な一人として論じている（ともにTCに収録）。
(31) Courtine = Denamy, Hannah Arendt, p. 30.
(32) EJ, pp. 405–406.『イェルサレムのアイヒマン』大久保和郎訳、一九四頁。
(33) Courtine = Denamy, Hannah Arendt, p. 60.
(34) クルト・ブルーメンフェルトの名前 Blumenfeld はドイツ語で花畑。ヘブライ名をドイツ語化してえられた同化名ではないかと思われる（瀬尾育生の教示による）。

*

以上の注記でのアーレントの著作略記は以下の通り。

EJ: Eichmann à Jérusalem: Rapport sur la banalité du mal, Gallimard, Folio historique 32,

1991. (c1963の Anne Guérin 訳を Michelle = Irene Brudny = de Launay が改訳したもの)。= Eichmann in Jerusalem: A Report on the Banality of Evil, c1963（『イェルサレムのアイヒマン――悪の陳腐さについての報告』大久保和郎訳、みすず書房、一九六九年、一九九四年、新装版）

VP: Vies Politiques, Gallimard, 1974. Traduit de l'anglais et de l'allemand par Eric Adda et al. = Men in Dark Times, c1968.（『政治的な生』= 邦訳『暗い時代の人々』阿部斉訳、河出書房新社、一九七二年）

TC: La Tradition cachée: le Juif comme paria, Christian Bourgois, 1987. Traduit de l'allemand et l'anglais par Sylvie Courtine = Denamy.（『隠された伝統』）

CHM: Condition de l'homme moderne, Calmann-Lévy, c1961, 1983. Traduit de l'anglais par Georges Fradier. = The Human Condition, c1958.（『人間の条件』志水速雄訳、中央公論社、一九七三年、一九九四年、ちくま学芸文庫版）

あとがき

1

これは、この二年半ほど、時間をかけて準備したわたしなりの戦後論である。一九九四年の夏に、東京新聞に五回の連載の形で戦後の問題を整理して書く機会を与えられたのが最初で、その時、だいぶ根をつめて考えたことに導かれるようにして、一九九五年一月、一九九六年八月、一九九七年二月の三回にわたり、先に発表したものを足場にする形で、書いた。単行本にするに際して最初の二本、「敗戦後論」と「戦後後論」に手を入れた。特に「戦後後論」は、自分にとって大切な主題を扱っていることが確信されたこともあり、徹底的に書き直している。この「戦後後論」と「語り口の問題」の執筆及び、「敗戦後論」を加えた三本の全面的な改訂をすべてパリで行っているので、わたしとしてはそれなりの感慨のある、思い出深い本である。

一九九六年の四月から一年間、日本を留守にしている間に、丸山真男、埴谷雄高の両氏がなくなった。また、吉本隆明氏の水難事故重態の報もあった。日本からの便りでは、今度はポストコロニアリズムが流行だとか、新しい教科書を作る運動が起こったとか、だいぶ新しい動きが現れているようだが、だいたい、一九九四年の末に、「敗戦後論」を書いた時にわたしの考えていた線に沿って事態は動いたとも見える。そういう問題よりも、ここに書いた問題、ユダヤ人をめぐる問題、敗戦という経験の新しい性格、また、文学の問題の方が、わたしには、はるかに新鮮である。

この本は互いに性格の異なる三本の論考からなっているが、わたしのつもりでは、「敗戦後論」が政治篇、「戦後後論」が文学篇、そして「語り口の問題」が、その両者をつなぎ、その他の問題意識と相渉るところで書かれた、蝶番の論である。

ここに記したわたしの考えの起点は、遠く取れば、一九八五年に単行本として出した『アメリカの影』にあり、近く取れば、一九九一年冬の湾岸戦争をめぐる日本内外の動きにある。しかしもっと遠く考えれば、わたしの中で小説と批評が分裂した、一九七〇年代初期にまで、それを遡及させることができるかも知れない。

その点で、もっともわたしに意味があると思われるのは、「戦後後論」が展開している議論であり、そこに書いているように、わたしがこの間の考察でたどり着いた結論の一つは、政治と文学、他者と自己の対立は、その後者、文学、自己の観点に徹する時にのみ、解除される、ということ、つまり、この二つは、対立しない、ということである。

2

さて、わたしは当初、こんな具合にこの文章をはじめ、このままあと後半部分がきて、このあとがき稿は終わっていたのだが、帰国して、この本を用意しているうちにまたいくつかの批判が現れた。内容的に、これらの批判に改めて答える必要は認められないが、ただ、わたしのこの論がわたしの考えているようにはなかなか受け入れられないらしい、日本社会の現在の知識人の世界の一傾向はよくわかる。

わたしはこうした傾向に反対である。これらの批判は、いずれも、わたしの論が国民というナショナルな単位をもとに考えているとみなしたうえで、そのことを批判している。何かわたしが間違って国民の枠に立っていると考えているようなのだが、むろん、このことをわたしは自覚して選択している。その理由は、簡単にいうと、イデオロギー批判ということである。

以下、ほんの一言だけ、このイデオロギー批判ということについて、述べておこう。

現在この日本社会にすんでいる人で、この社会がもう少し風通しのよい社会になればいい、また、他国の住民との関係でももう少しまっとうな責任を果たす社会が実現されればいい、と思わない人は、そういないだろう。わたしもそう思っている。しかし、わたしの姿勢は、この一般的な善意の形とその起点でほんの少し違っている。問題はここにある。このように考える人はたくさんいるし、この種の言論には事欠かない。それなのに、日本の社会は、戦後五十年を過ぎても、そうはなっていない。それはなぜなのだろうか。

わたしは、その理由の大きな一つを、このナイーブな善意を土壌として咲く言論、つまり、ここで旧護憲派と呼んでいる陣営の考え方が、しっかりしていなかったからだと考えている。なぜしっかりしていないか。それが、イデオロギー的な国民批判にほかならないからである。

イデオロギー的な国民批判とは、国民をまずイデオロギーとしてとらえ、そのイデオロギーとしての国民に対する批判の立場から、いわばトップダウン式に、さまざまな事象に対処していくありかたをさしている。「国民を単位とした考え方は、構造的にナショナルなものへの拝跪を内にひそめている。したがって、そのような考え方の枠にとらわれている限り、最終的にはナショナルな戦前的国民観へと帰着せざるをえない」。このような形をとるのが、わたしのいうトップダウン式の考え方だが、イデオロギー的な批判は、必ずこうした、鳥瞰的視点と時間の先取りという二重に先回り的な構造をもち、またそれから自由ではないのである。

では、なぜこうした先回り的な構造ではダメなのか。

国民という考え方は、これだけをとれば、歴史的に、また地域的に、よい側面もあれば、悪い側面もある。イデオロギー的な国民批判は、この、そのつどよくも悪くもある国民という概念を、一色で悪としてとらえ、そこから判断を繰り出す。そのため、必ず、いや、国民というのはいいものだという、これも先回り的で一色の国民称揚のイデオロギーを、対抗的に産みださないではいないのである。

ところで、なぜこのイデオロギー的ないたちごっこがまずいか、その理由は明らかだろう。この結果として現れるのは、国家、国民は悪だ、という国民批判イデオロギーと、国家、国民は善だ、という国民称揚イデオロギーの対立だが、これはイデオロギー的な対立であって、現実との関係から導きだされていない。そこから、一対の相すくみのイデオロギー対立の構造が現れるが、このイデオロギー的な対立は問題の性質をいわばスコラ的なものに変え、現実とのではない、教条との合致の有無がその価値判断の出所となる。ほんらい現実に立脚するものである国民批判は、この構造自体を敵に回す覚悟をもたなければ、日の目を見ないこととなるが、そのような批判は、この教条的世界にあってなかなか現れないところから、全般的に、国民批判は、袋小路的状況におかれてしまうのである。

戦後の五十年間の旧護憲派と旧改憲派の相すくみ状況と、その帰結としての謝罪発言と失言のセット状況は、このようにして現れている。

では、この状況を打開する手がかりは、何か、といえば、このイデオロギー的な対立の構造の総体を問題にし、この二つのイデオロギーをイデオロギーであるという理由からひつくり返していく論点を築くことが、そこに求められる、第一のことだろう。

こう考えてみよう。国民批判の起点は現実の不如意、不都合、理不尽にある。当然、それは、当初、今の国民概念をこれに代るより開かれた国民概念に変えていこうという、国民という枠に則った考え方の構えをとる。そのため、それは、そのような生ぬるい考え方ではだめだ、とか、それはかえってナショナルな立場を利することになる、といった先回り的なイデオロギー的な批判を呼ぶ。そして、多くの場合、これらの現実的国民批判の立場は、イデオロギー的な国民批判に対し、無自覚な同伴者的あり方をとっているため、こうした批判にあうと、しどろもどろとなり、意気阻喪してしまうのだが、わたしの考えをいえば、そうであるからこそ、現実から出発するこのボトムアップ式のあり方は、素朴な善意の形のままにいるわけにいかない。それは、トップダウン式のイデオロギー的批判ではダメだというイデオロギー批判へと進みでなければ、当初の国民批判たりえないのである。

さて、わたしは、日本の戦後の閉塞性を、一つに、岸田秀の指摘している、日本社会が全体として他国に謝罪できない構造になっている状況、もう一つに、日本の中で相対立する意見の間に議論が成立しない状況に見る。わたしの論はここからはじまっている。わたしに対する批判は、このわたしの論が、国民という枠に沿っているといって批判するが、こうした先回りするイデオロギー的な国民批判が、この日本の戦後の手詰まり状況を作ったというのが、わたしの論の出発点なのだから、わたしに対する反論は、もし自分をまっとうしたければ、このわたしのイデオロギー批判に対し、正面からこたえるものでなければならないのである。

このことに関連してもう一つ、歴史の問題がある。

わたしが、これまでの歴史をきちんと受けとめることのできる主体、というほどの意味で「語り口の問題」で使った「歴史形成の主体」という言葉が、ヘーゲルと結びつけられ、国民の大文字の歴史の創造といったナショナルな主張として受けとめられ、そこから、「歴史主体論争」などという言葉も生まれているが、それは、虚心にこの本を読んで下さった読者には明らかなように、わたしの論とは無関係である。しかし、この批判(?)とは別に、これを一つの問いとして、受け取り直してみることができる。その場合、問いはこうなるだろう。過去の歴史を引き受けるとは、どういうことか。それは、いったい、どういう「歴史」を引き受けることか――。

「敗戦後論」で、わたしは先に触れた戦後日本の他国に謝罪できない構造を、岸田秀の指摘を受け、「日本社会の人格分裂」と書いた。しかし、もちろん、日本社会は一個の人間ではないので、集団的な自我ともいうべきものを想定するのでないと、これは日本社会の分裂した構造の説明にはならない。では、この人格分裂の克服とは何か、この点が、「敗戦後論」では、十分に明確ではなかった。

ところで、これをわたしは、「語り口の問題」では一歩進め、共同的なものとしてある死者との関係を公共的なものに変えること、それが先の人格分裂の克服の意味だと述べている。ここでは、この死者との関係を広く他者との関係と考えてもらってもよい。その場合、他者との関係が共同的だというのは、同一性を基礎にした集合性だというほどの意味であり、公共的だというのは、互いに異なる個別性と差異性を基礎にした集合性というほどの意味である。

さて、これまで敗戦は、死者と生き残った者を共同的な関係におく契機としてあった。そこから、たとえばフィヒテの「ドイツ国民に告ぐ」とか、ルナンの「国民とは何か」とか、時代を画する国民論が敗戦を契機に現れるということが生じたのだが、「語り口の問題」でわたしは、世界戦争の出現以降、敗戦の意味は変わり、第二次世界大戦の敗戦は、逆に、死者と共同的であろうとすると、国民を分裂させる、そういう契機となったと述べている。

この共同性と公共性という観点に立ち、歴史の問題を見ると、先の問いに対するわたしの答えは、次のようなものになる。

まず、共同的な他者との関係とは、こういうことである。

旧改憲派は、自分たちをナショナルな他者、国内の他者との関係で自己同定化（アイデンティファイ）している。そこには国外的な他者との関係の項が脱落している。彼らの論理が、自国の三百万の死者の英霊化による哀悼をいいながら、二千万の他国の死者をそこに位置づけられないものとなっているのは、それが単一にナショナルな他者との同一的な共同的関係であることの現れである。

しかし、旧護憲派も、その事情は変わらない。彼らは、この旧改憲派のナショナルな共同性を否定し、自分たちをいわばインターナショナルな他者、国外の他者との関係で自己同定化することで、反共同性の立場に抜け出たと考えるが、それは単なるイデオロギー的な反転に過ぎない。そこでのインターナショナルな他者との関係も、それが国内の他者を排した同一の他者とのイデオロギー的な連帯に過ぎない以上、わたしのいうイデオロギー的な共同的関係のままなのである。そこには、先の場合と同じく異質な他者、国内的な他者との関係の項が脱落している。彼らの理論が、二千万人のアジアの死者への謝罪をいいながら、三百万人の自国の死者をその関係のなかに位置づけられないのは、これも、そこにあるのが単一な他者との同一的な――つまり共同的な――関係であることの現れなのである。

では、この他者（死者）との関係を公共化するとは何か。これは、歴史の問題として述べれば、次のようなことである。

二様の死者との共同的な関係とは、そのまま、二様の歴史との単一的な関係ということである。歴史という概念は、西洋近代以降、世界史と自国史というあり方をもつようになったが、ここにいう二様の歴史とは、この世界史と自国史とをさしている。わたしは、旧護憲派と旧改憲派のイデオロギー的な分裂＝一対構造を「敗戦後論」では、ジキル氏とハイド氏の人格分裂として語り、「語り口の問題」では、二様の死者との共同的な関係であり、公共化されるべきものとして語ったが、いま、これを「歴史」の問題として語れば、これは、世界史との関係で自分を同定化する論理と自国史との関係で自分を同定化する論理の、分裂＝一対の構造ということにほかならない。

ここで、わたしが過去の歴史を引き受ける主体、というのは、この二つの歴史の分裂そのものを引き受ける主体、というほどの意味であって、このうちの自国史としての歴史を引き受け、これを形成するナショナルな主体などというものでないことは、いうまでもない。

ここで、共同的な死者との関係、他者との関係が日本の戦後社会を分裂させているという指摘は、世界史、自国史のいずれか一方と単一的な関係を結ぶことで自分を同定化するあり方が、日本の旧護憲派、旧改憲派の双方を、論理主体として、半人前の存在にしている、という指摘として言い直すことができる。もう少しいえば、彼らの世界史、自国史のいずれにも疑いをもたず、その一方にのみ、信従するあり方が、こうした戦後日本社会の分裂の原因なのである。

したがって、いまわたし達に求められているのは、世界史、自国史のいずれとも自分を関係させ、その双方との関係の中で、その双方をいわば串刺しする形で、これまでと違う歴史との関係を作りだすことだろう。そうでなければ、わたし達に歴史との関係、つまり他者との関係はもてない。わたしは、このことを「敗戦後論」で、自国の死者への哀悼を先にして、そのことが、そのまま、わたし達を他国の死者への謝罪の位置に立たせることへと続くあり方の創出、という主張として語っている。この主張の趣旨はどちらが先か、というようなことではなく、この二様の死者の分裂を克服するあり方の創出ということであるから、そのあり方を作りだすうえで、わたしのいう自国の死者を先にするあり方ではうまくいかない、という批判が出てくるのなら、わたしとしては歓迎したい。しかし、本論に触れたように、現在までのところ、現れているのは、このわたしの論の基本的なモチーフを見ない、いずれが先であるべきか、というまたしてもイデオロギー的な立場からの素朴な批判でしかないのである。

世界史のうちに位置をもち、かつ自国史のうちにも位置をもつあり方を作り出すこと。世界史と自国史のはざまを生きること、それが、歴史を引き受ける、歴史を形成するとわたしがいう時の、歴史の意味ということになる。

また、このことの延長線上で、「主体」という言葉も問題にされたが、これもわたしにいわせれば、イデオロギーの問題にほかならない。ある批判者が、わたしが国民という枠を否定しないことをとらえて、かつては国家という悪があったが、それはいまでは国民という隠れ蓑に移った、いまや国民が国家に代る妖怪である、と述べている（西川長夫）。しかし、このイデオロギーをこのまま推し進めれば、ことは国民ではおさまらず、主体まで行くだろう。案の定、別の批判者が、最近になり、分裂した主体の回復とわたしが述べている言い方をとらえ、そこには「つまり、父への回帰、父への同一化、父の死体の体内化、取り込みによって、ネーションあるいは国民共同体の法に恭順を示す、そういう主体化＝服属（assujettissement）のメカニズムが働いているのではないか」と述べている（高橋哲哉）。これは、イデオロギー的な主体批判だが、イデオロギー的な国家批判は、イデオロギー的に純化する限り、国家にはじまり、国民をへて、最後、この主体批判にいたるのである。

しかし、たとえ、国民という考え方が、これに立ってものごとを考えていくと、最後、ナショナルなものに取り込まれることになるとしても、また、主体という考え方に立つことがすでにして、ネーションあるいは国民共同体の法への恭順になり、主体の形而上学に陥ることだとしても、しかし、わたし達は、この道を、この道がこのような危険をもつということを組み込んだうえで、この順序で、進んでいくのがいい。そしてそれが現実の問題として現れたら、そこで、これを解決するのがいいのである。どうか、このわたしの主張を、イデオロギー的に受け取らないでほしい。ポストモダン思想と呼ばれた一連の思想は、抜本的なイデオロギー批判の思想として登場した。しかし、困ったことに、今度はそれ自体が、イデオロギー批判というイデオロギーに反転したのだった。わたしのこの論は、これとはっきり対立している。このイデオロギー批判を、そう、「誤りうる形」に生き生きと保ち続けることが、ここでは徹頭徹尾、極度の細心さで、めざされているのである。

3

ゆっくりした歩みで自分の関心を追ってきたら、ここまできた。歩きはじめたのはポストモダンの流行がはじまろうという時だったが、十二年もたつと、それも終わり、また次の流行が現れようとしている。塙保己一ではないが、「目あきの不自由な」時代は、なお続きそうである。

ヨーロッパに一年を過ごし、ハンナ・アーレントへの関心と、めっぽう好きになったピーター・ブリューゲルの絵に誘われるようにして、ウィーン、プラーグ、ベルリン、ブダペスト、ブリュッセル、デン・ハーグなど、中部ならびに東部ヨーロッパの都市をめぐり、暗い街灯の下、旧ユダヤ人街などを歩いた。ベルリンのザクセンハウゼン強制収容所跡地では取り壊されたガス室跡の前に立った。この十余年、自分なりに考えてきたことが、ヨーロッパに培われた思考の中に、一つの対応した動きをもっていることがわかったことが、わたしの今回の滞在の収穫だった。その嬉しい発見の余韻が、この本に底流するわたしの気分になっている。

今回の本がわたしにとってもつ意味は少なくない。わたしは今回ここに収録する文章を書いていて、「ラディカルな思考」の意味を自分でもう一度更新し、取り戻すことができた。また自分の中の政治と文学の分裂を克服できたし、自分の中の文学の意味をさらに一歩深めることができた。今後わたしはこの線の延長上で仕事をしていくが、当面の目標としては、仕事の量を減らし、輪郭のはっきりした荒削りでシンプルな仕事を心がけたい。メディアの発達しすぎた社会で、まともな仕事をするには、人非人にならなければいけないだろうと思っている。

今回、この本ができあがるに際しては多くの方のお世話になった。「敗戦後論」では、『群像』編集部の寺西直裕、前『群像』編集部の藤岡啓司、国立国会図書館調査局の戸田典子の各氏、「戦後後論」では、『群像』編集部の寺西直裕、サリンジャー研究家で明治学院大学文学部英文学科助教授の佐藤あや子の各氏、「語り口の問題」では、『中央公論』編集部の関陽子、明治学院大学国際学部付属研究所のドキュマンタリスト金子頼子の各氏に、さまざまな形でお世話になっている。とりわけ、パリで雑誌初出の初稿を執筆した「戦後後論」で助けられた竹田青嗣、また、これと「語り口の問題」の両方で、文献の送付、その他貴重な助言で、言葉に尽くせないお世話になった瀬尾育生、荒尾信子、三人の友情に、深い感謝の気持を表したい。また、今回のパリでの在外研究を許してくれた明治学院大学と明治学院大学国際学部、在外研究先として Collège International de Philosophie を紹介してくれた西谷修氏、素晴らしい装丁を寄せてくださった平野甲賀氏、最後になったが、これを本にするに際し、さまざまな助言と親身な助力、辛抱強い忍耐を惜しまれなかった講談社文芸図書第一出版部の見田葉子氏に、感謝の言葉を申し上げる。

一九九七年二月、パリ、サン・シュルピス広場、六月、志木、柳瀬川のほとりで

加藤典洋

初出誌
敗戦後論……『群像』95年1月号
戦後後論……『群像』96年8月号
語り口の問題……『中央公論』97年2月号

ちくま文庫版あとがき

いつの頃からか、ひとつのイメージがわたしの中に住まうようになった。

そこでわたしはひとつの四角い建物なのだった。二十階建てくらいもあるだろうか。それは古びている。同じ形の窓が規則正しく並んでいる。変哲もない四角いビル。わたしは目を閉じて、深呼吸する。すべてを忘れる。すると、そのわたしの意識の眠りに少しだけ遅れて、わたしの中で、その建物の部屋の電気が、ひとつずつ、消えてゆく。

しかし全部は消えない。いくつかの部屋だけが、いつまでも、夜しごとをする人の住んでいる家のように、ぼんやりと明るく夜の中に浮かんで残る。

長い間、批評のようなしごとを続けていると、じぶんがしごとをしているのか、世の中にしごとをさせられているのか、わからなくなる。そして、そういうじぶんのしごとのうちのどこまでがじぶんで、どこからがじぶんでないのかがあてどなくなってくる。

一九九〇年代の初頭に、わたしはそんなとめどもなさをじぶんの批評のしごとに感じていた。少しじぶんの輪郭をたしかめたくなって、湾岸戦争への文学者の反戦署名の運動に、こういうものはおかしいという意味の文章を書いた。そして、それから、四年間ほど、文芸雑誌関係のしごとから遠ざかった。そのうちの二年は、写真の評のしごとをした。それは実りある時間だった。しかし、将来を考えれば茫洋とする時間でもあった。

しかし、そのうち、こうしている時間の意味ということに頭がいくようになった。「犬も歩けば棒にあたる」。いったい、何も考えないでじっとしていたら、じぶんの中の批評の犬は、どういう問題にぶつかるのか。身体から力を抜き、長距離走者のように、規則正しく呼吸を続けること。じぶんの中の建物の電気が、ひとつひとつ、消えてゆくのを観察すること。

一九九四年の夏にあるきっかけから、戦後の問題に頭がいくようになり、どうも、そのあたりに、何かじぶんの気になる問題があるらしいと思うようになった。ひと夏をかけて、それが何なのだろうといくつか、暇にまかせて関心の向くまま、図書館のなかで本を読んだ。

文芸雑誌にほとんど、執筆しなかった四年間は、考えてみれば、ひとりの人間が大学で過ごす時間と同じなのだった。実際に本を読んだのは、ひと夏のことだが、それは、それに先立つ、「何も考えない」数年間がわたしのなかで行ったしごとだった。

今回、文庫にしてもらう『敗戦後論』が、わたしにとってもある動かしがたさをもっているとすれば、そこで語られた問題に、わたしが、犬が歩いて棒にあたるようにして、ぶつかっていることだ。ここでわたしは、憲法の問題、天皇の問題、戦争の死者との関係の問題などにふれている。敗戦という経験、世界戦争、民主化という問題などが、そこから出てきていまも続くものとしてわたしのなかにある。

その後、この根こそぎ的な敗戦という経験の意味について考える本が、アメリカや、ドイツでも、刊行されているが、わたしがこの本でとりあげたことは、わたしがこのとき、こういう形で書かなくとも、必ずや、誰かが、どこかで、一度は書かなくてはならないことだったのではないかと、いまは思っている。

文芸評論家という人間は、この近代日本のなかで、奇妙な役割をはたしてきた。その役割とは、人々が規則正しい生活をしている空間に一匹の犬が放たれているということである。そうして、この文芸評論家というものは、「占領下の文学」というものを書いたり、平和論というものは、ちょっとおかしいのではないか、といってみたりしてきた。この『敗戦後論』も、そのようなものの末端に連なっている。

この本は、いまから約十年前、単行本として出版されたときには、多くの批判にであった。しかし、それが今度、文庫本となり、少しは若い人々の手にも入りやすくなる。新たにこれを読む人は、何だ、当たり前のことが書いてあるだけじゃないか、と思うだろうけれど、ここにひとつ、少なくとも当時未知であった問題との出会いがあることを、感じとってもらえれば、一匹の批評の犬としては、うれしい。

新たな読者の地平のうちにおかれることは、一冊の本にとって、もう一度、新しい生を与えられることである。今回の文庫化は、単行本になった出版社とは違う出版社からの刊行となるが、これを許可してくれた講談社と、この文庫を出すことに決めた筑摩書房に、お礼をいいたい。

最後になったけれども、この本の文庫化に際しては筑摩書房編集部の山野浩一さんに大変お世話になった。感謝します。また、すばらしい解説を書いてくれた内田樹さん、ありがとう。

加藤典洋

二〇〇五年十月

ちくま学芸文庫版によせて

一度電子版となり、紙媒体では手に入らなくなっていた『敗戦後論』がこうしてちくま学芸文庫に入り、また、一般の人びとに本屋さんで手にとってもらえる。そのことを著者である私は喜んでいる。

この本はいままではこの本の著者である私としっかりと結びつき、つくづく気の毒な運命をたどってきた。世評（といっても悪評が大部分）ばかりが高く、あるときからしっかりと虚心に手にとって読んでくれる謙虚な読書人が少なくなった。じつはよい本なので、人のものであれば、声を上げて高く評価してあげたいが、自分の本なのでそうもいかない。しかし本として生を与えられている。後は、自分で生きていきなさい、ということができる。

この本は三つの文章からできている。最初の文章「敗戦後論」は一九九四年の末に書いた。本文にも出てくるけれども、きっかけは一九九一年の湾岸戦争時に柄谷行人、中上健次、高橋源一郎らが働きかけた文学者反戦署名ともいうべきものにハンタイの意思表示をしたことで、その後生まれたヒマな時間に考えたことが、四年後、戦後についての論になった。

一九八九年にベルリンの壁が壊れ、東西冷戦が終わり、やがて、ソ連がなくなろうというなか、一九九一年に湾岸戦争が起こった。憲法九条をもちだして、反戦の動きがはじまったのだが、もうすこし九条に敬意を払ってはどうかと思ったのがケチのつきはじめであった。そこで、憎まれっ子を以て任じて、「これは批評ではない」、「聖戦日記」という二つの文章を書いたのだが、これが、心の狭い人たちを怒らせた(そのためかどうか、この二つの文章はいまだに単行本に入っていない)。それから四年後、ひさしぶりにまた書いた文章が、今度は、もう少し心の広い人びとをも、戸惑わせることになったのである。けれども、多くの批判(といくつかの支持の声)が寄せられたので、さらに考えを深める機会がやってきて、続いて「戦後後論」、「語り口の問題」を書いた。最初の「敗戦後論」では大岡昇平を、次の「戦後後論」では太宰治とJ・D・サリンジャーを、最後の「語り口の問題」では、ハンナ・アーレントを取りあげている。いずれも著者自身にとってはいまも、大切な論である。

ここにとりあげた大岡、太宰、サリンジャー、アーレントという四人の文学者、哲学者の共通点は、四人がそれぞれに第二次世界大戦を生きたということである。私は、もともと戦争とか戦後とは無縁に生きてきたつもりだが、まともに考えることをはじめたら、彼らとぶつかった。その結果、こうして戦争と戦後にかかずらうことになったのは、私たちの生きる世界が、まだまだ二つの世界戦争の激動の余燼のなかにあるからなのだろう。

日本の社会は、いまやこの本が問題にした「ねじれ」とは無縁な「一本気」な世界になって、一直線に米国と心中する路線を突っ走っている。この路線はまた別様な矛盾をも内蔵していて（反米vs従米の）、だいぶ危なっかしく、その道行きは、小動物の自殺行を思わるが、こういう時期に、この本がもう一度世に出る機会を得たことを、ありがたく思っている。

なぜ戦争で死んだ人々のことを考え、哀悼の気持ちを浮かべようとすると、うまくいかないのか。また、憲法を占領軍から与えられたわけだが、それが「よい憲法」なのだから、それはそれでよいだろうと思おうとすると、どこか落ち着かないのか。

私は、それらの底に「ねじれ」の構造があり、それが第二次世界大戦の旧敗戦国に特有の真新しい経験である以上、その「ねじれ」を直視して、そこからものごとを考えていくということをしないと、戦後の新しい考え方（平和思想）は、弱まるばかりだと、この本には書いた。そして新しい戦争の死者への哀悼と謝罪のあり方、人からもらったよい憲法を「わがもの」にするための方策とはどのようなものかについて、自分の考えを記した。

いまでいう靖国問題、憲法九条問題だが、世の中の進み行きは、そのとき危惧した方向に向かい、だいたい私のいった通りになってしまった。

それで多くの論者が私のこの本にはふれたりふれなかったりしながら、私のこのときの考えを土台に、いまは自分の考えを記すようになっている。むろん、だからといって、喜ぶわけにもいかない。

この本にも足りなかったところがあると、いま、私は考えている。

その第一のものは、日本人の戦争体験の深さにもっと注目すべきだった。戦争で家族を亡くした人びとの苦しみは、残された人が生きているあいだ、生き続ける。死んだ人は、そのあいだ、苦しみとして生きているのだが、残された人が死んでしまうと、死者も消える。そういう人びとが消えると、何が起こるかを、いま私たちは現に目にしているのである。

その第二のものは、憲法はしっかりと「使われ」なくてはいけない。戦争放棄の理想を、どのように「使う」か。ということは、どのように「生きる」か、ということでもあるのだが、そこまで考えないと、憲法の「選び直し」も具体的な像を結ばなかった。

憲法については、もらうことはマイナスではない、別に自分では作らなくともよい、という奇説もあったが、そういえたのは戦争体験がまだ、生きていたからである。それがなくなり、接点が消え、いまでは当の国民が、憲法論議に倦いてしまっている。

著者としては、こういう現状をひっくり返したい。いま改めて、新しい読者に読んでもらい、戦後について考えることが、人間について考えることでもあることを知ってもらえれば、ラッキーである。

伊東祐吏氏が新しく学芸文庫版によい解説を寄せてくれた。また、復刊に尽力してくれたのは筑摩書房の山野浩一氏、増田健史氏である。記してお三方に感謝する。

二〇一五年五月

加藤典洋

ちくま文庫版解説

卑しい街の騎士

内田　樹

はじめて『敗戦後論』を読んだときの印象は、熟練の案内人に導かれて峻険な峰に登った感じに似ていた。

自分がどこに向かっているのか、初心の登山家である私にはよくわからない。でも、案内人の顔を見ていると、「この人はわかっている」ということがわかる。その歩みについて行くと、彼はざくざくと勝手知ったるように山道を進んでゆく。ときどき私がちゃんとついてきているかどうか、立ち止まって振り返る。息切れしていると看て取ると、しばらく小休止する。少し休むと、また立ち上がって、黙って歩き出す。読者である私は案内人の背中だけを見つめて、その規則正しい足取りに自分の足取りを合わせることに集中する。そんなふうに何時間も歩き続けているうちに、いつのまにか藪の中の小径を抜け出して、思いがけないほど広々とした眺望をもつ尾根に出ていたことに気がつく……。

「先達」（メンター）に導かれて思考するというのは、そんなふうにして、自分ひとりでは達することのできないような思考の高度に達することである。

ありふれた経験ではあるけれども、この比喩にはたいせつなことが一つ言い落とされている。それは、目的地も、ルートも知らない初心の登山家である私が、ほかならぬこの案内人であれば私を正しく導いてくれるだろうという確信を得た理由である。

読者はどうやって「正しい案内人」と「そうでない案内人」を識別し得るのだろう。そう問いを立てることによってはじめて、私たちは「メンターに導かれて思考する」というありふれた経験が実は説明することの困難な構造をもっていることを知る。

学問でも武術でも芸能でも、初心者は、自分がまだ知らない知識、まだ使えない技術について、誰がそれを熟知し、誰がそれを伝授してくれるのかを言い当てなければならない。私はこれを「メンターのパラドクス」と名づけている。「先達」や「師匠」ということばを私たちはこともなげに用いるけれど、彼らはよく考えると不条理な存在なのである。「先達」を必要とするということは、自分の行き先や行き方がわかっていないということであり、にもかかわらず私たちは私たちの目的地に導いてくれる案内人とそうでない案内人を識別している。

プラトンは『メノン』の中で、「問題の解決を求めることは不条理だ」と述べた。なぜなら、もし何を探し求めているのかわかっているなら問題は存在しないことになるし、逆に、もし何を探し求めているのかわかっていないなら、何かを発見できるはずもないからである。しかし、そのような背理にもかかわらず、現に私たちは毎日のように問題を立てては、それに解答している。それは「この問題が必ず解けることはわかっているのだが、どうやって解けるのかを今は言うことができない」という状態のときにはじめて「問題」が前景化するからである。

それは「先達」についても同じである。この人が私を正しく導いてくれることはわかっているのだが、その判断が何を根拠になされたのかを今は言うことができないという仕方で私たちはメンターを選ぶ。私たちは私たちが知っている以上のことをすでに知っているのだが、何を知っているのか、どうして知っているのかは知らない。

それを知るために知性が起動する。思考の力はそのように構造化されている。

『敗戦後論』の最初の数頁を読んだところで、私は「この案内人についていっても大丈夫だ」という確信を得た。何がそのときの私の確信の根拠になったのか、「案内人」に導かれてかなりの行程を進んできた今ならすこしは近似的な説明ができるかもしれない。

たぶん、私は加藤典洋について、この人の思考が現場から必然的に出てきたものだと感じたのである。それについてすこし思うところを書きたい。

加藤典洋は『ぼくが批評家になったわけ』（岩波書店、二〇〇五年）の中で、批評家としての最初の仕事となった柄谷行人『隠喩としての建築』の書評に取り組んだときのことについて、自身の文章を引いて、こう書いている。

「要するにぼくは、何も勉強しないで柄谷の本の前に立てば、それが一つの批評行為になるだろうという、奇妙な確信に支えられたのである。」（「畏怖と不能」）

批評の質を決定するのは、情報量の多寡ではなく、批評家自身の「知っている以上のことをすでに知っている」というかたちで私の中にあるけれど私にはいまだ隠されている知に対する畏怖の念だと、加藤はおそらく直感した。そしてこう続けている。

批評が「本を百冊読んでいる人間と本を一冊も読んでいない人間とが、ある問題を前にして、自分の思考の力というものだけを頼りに五分五分で勝負をできる、そういうものなら、これはなかなか面白い。」（『ぼくが批評家になったわけ』一三頁）

私たちは自分の批評性のたしかさの保証を外部の権威や上位の審級に求めず、自分の「中」に探すことができる。それは必ずしも自己中心的であるとか自閉的であるとかいうことではない。なぜなら、私たちが何かを確信したり何かについて正否の判断をしているとき、私たちは自分にはどうして「そんなこと」ができるのかを説明できないからである。

マルクスやフロイトはまごうかたなき天才であり、彼らは実に多くのことを説明してくれた。けれどもどうしてこれらのことを彼らが説明できるのかについては説明してくれなかった。

自分がいま思考しつつあるメカニズムについて当の思考は語ることができない。自分がある問題を選びそれを現に解きつつあるのはどうしてなのかを解答者は説明できない。

この構造的な非‐知がすべての生産的な思考の起点にはある。この非‐知の自覚のうちに思考の可能性のほとんどは胚胎されていると私は思う。だから、私が思想家の信頼性を判断するときには、彼がおのれの非‐知をどれくらい痛切に覚知しているか、反対側から言えば、どれくらい自分の思考の底知れない可能性に対して畏敬の念を抱いているか、そのことを基準に取るようにしている。

本書には、哲学者高橋哲哉とのあいだで交わされた「戦死者の弔い」についての論争を通じて、加藤の思考が深化してゆく過程が記録されている。文学と政治をめぐる戦後の論争のうちでおそらくもっとも重要なものの一つであるこの論争でほんとうに賭けられていたものは何だったのか。上に述べたような予備的考察を踏まえて、この問いに私なりの回答を試みてみたいと思う。

「日本の三百万の死者を悼むことを先に置いて、その哀悼をつうじてアジアの二千万の死者の哀悼、死者への謝罪にいたる道は可能か」という加藤の問いかけに対して、「死者への責任とは何よりもまず記憶の責任である」という立場を取った高橋哲哉は 従軍慰安婦問題をはじめとするアジア諸国への戦争責任・戦後責任を果たしうる国民主体を立ち上げるためには自国の「汚れた死者」を哀悼することよりもまずこの「汚辱の記憶」を引き受けることが優先すると反論した。

「侵略者である自国の死者への責任とは、死者としての死者への必然的な哀悼や弔いでも、ましてや国際社会の中で彼らを〝かばう〟ことでもなく、何よりも、侵略者としての彼らの法的・政治的・道義的責任をふまえて、彼らとともにまた彼らに代わって、被侵略者への償いを、つまり謝罪や補償を実行することでなければなるまい。」(「汚辱の記憶をめぐって」、『群像』一九九五年三月号、一八二頁)

高橋哲哉の理路は正しい。しかし、私もまたこの文章を読みながら「思想というのはこんなに、鳥肌が立つようなものなのか」という印象を加藤と共有したことを告白しなければならない。その一方で、加藤が書く「汚れた死者を汚れたまま哀悼する」ということばは、それがどのような営みを具体的に指示しているのかがよくわからないままに「この人にはついていっても大丈夫だ」という確信を私にもたらした。

この「鳥肌」と「安心」の分岐はいったいどのような仕方で私のうちに生成したのだろう。

「敗戦国民」という私たちの立場は、加藤の卓抜な比喩を借りれば、火事場で自分の上に身を覆い被さって焼け死んだ人の灰に守られて生き延びた人が、生きて最初に命ぜられた仕事が「自分を守って死んだその人を否定することである」という理不尽なあり方をしている。

生き残った私は「私のために死んだこの死者を私は否定できない」と言うべきなのか、それとも「私のために死んだにせよ、死者の悪業は告発されねばならない」と言うべきなのか。

ここに万人が納得できるような「正解」はない。

「正解」がないままに、ある人々は「死者を礼讃する」道を選び、ある人々は「死者を糾弾する」道を選んだ。そうやって戦後六〇年間、日本の左右の知的指導者たちはそれぞれ「私は正解を述べており、お前は誤答をしている」とむなしく言い続けてきた。論者たちそれぞれの「善意」を私は疑わない。けれども、それでもなおその努力が私たちを「敗戦国問題」の解決に少しも近づけてくれなかったという事実は認めなければならない。

高橋哲哉の文章に「鳥肌」が立つと私は書いたが、それは彼の主張が間違っているということではない。そうではなくて、「『正解』を日本国民に周知徹底させる」という不可能な仕事にひたむきな努力を注いでいる高橋自身が日々ゆっくりと近づいている「結論」に私の身体が拒否の反応をしたということである。

高橋の語る「正解」は、「正解」であるにもかかわらず日本国民に周知徹底されていないし、近い将来に日本国民全体の総意を得る見通しもない。その場合、論理的にも倫理的にも「正しい」主張が受け容れられないという事実は、「日本国民の多くは救いがたく愚鈍で邪悪である」という判断に与することでしか説明できない。

論理の経済は高橋と彼の読者たちをいずれそのような判断に導くだろう。

たしかにそう判断することで、思想の風景はたいへん見通しのよいものになる。けれども、その代償に失うものが多すぎはしまいかと私は思うのである。

高橋哲哉は近著『靖国問題』（ちくま新書、二〇〇五年）でも本書の論件であった戦没者の国民的追悼の問題を再び取り上げた。そして靖国参拝のみならず、およそ政治が戦没者の慰霊を国民国家の統合強化に利する可能性があるあらゆる哀悼のみぶりに対して厳しい懐疑の目を向けている。その結論部において高橋はこう書いている。

「国家が『国のために』死んだ戦死者を『追悼』しようとするとき、その国家が軍事力をもち、戦争や武力行使の可能性を予想する国家であるかぎり、そこにはつねに『尊い犠牲』、『感謝と敬意』のレトリックが作動し、『追悼』は『顕彰』になっていかざるをえないのである。（中略）軍事力をもち、戦争や武力行使を行なう可能性のある国家は、必ず戦没者を顕彰する儀礼装置をもち、それによって戦死の悲哀を名誉に換え、国家を新たな戦争や武力行使に動員していく。」（二〇五頁）

高橋の主張は依然として「正しい」。しかし、やはり「正しすぎる」ように思われる。というのは、この批判が原理的に正しいのだとしたら、それは現存するすべての国民国家、すべての民族集団、すべての宗教集団に適用されねばならないからである。靖国神社を非とする以上、世界のすべての共同体における慰霊の儀式の廃絶を論理の経済は要求する。

だが、「戦没者の顕彰を禁じる」という禁則を中国や韓国の人々は受け容れないだろうし、イスラム過激派も受け容れないだろう。もちろんアメリカ国民もヨーロッパ諸国民も受け容れないだろう。
受け容れないのはそれらの人々が倫理的に十分に開明されていないからなのかもしれない。けれども、そのようにして世界中の全員を倫理的に見下すような立場に孤立してゆくことが、政治に実効的なコミットメントを果たすことのように私には思われない。

ことが政治にかかわる限り、どのような善意に基づいてなされたものであっても、私たちはそのつどすでに汚れている。いかなる汚れもまぬかれた無垢の政治的立場というものを無限消失点のようなものとして想定して、それを希求することを「政治的正しさ」だとする考え方に私はどうしても同意することができないのである。

高橋哲哉の論理はそのまま極限までつきつめると、いかなるナショナリズムも認めないところまで行きつくし、すべての民族集団、宗教集団の共同性を否定するところまで行き着かざるを得ない。彼が勧奨するアジア諸国への謝罪にしても、論理的に言えば、加害国民である日本人から謝罪を勝ち取ったことを外交的得点に数えることをアジア諸国の政府に禁じなければならないし（それはそれらの国の排外的ナショナリズムを亢進させるからである）、「戦争責任・戦後責任を完遂しうるほどに倫理的に高められた国民的主体を立ち上げた」という意識をもつことを日本人には禁じなければならない（それはナショナルな優越感の表現に他ならないからである）。

原理的な正しさを求める志向はいずれおのれが存在すること自体が分泌する「悪」に遭

遇するほかない。そのときには「私が存在することが悪だというなら、私は滅びよう」という「結論」をおそらく高橋は粛然と受け容れる覚悟なのだと思う。

私の身体に「鳥肌」が立ったのはおそらくそのような「自裁の結論」に対しての生物的な怯えゆえである。

『敗戦後論』をめぐる加藤典洋と高橋哲哉の論争の真の賭け金は「正しさは正しいか?」という問いに集約できるだろうと私は思う。

加藤はこの論争を通じて、「正義」は原理の問題ではなく、現場の問題であるという考え方をあきらかにしていった。ことばを換えて言えば、この世界にいささかでも「善きもの」を積み増しする可能性があるとしたら、それは自分自身のうちの無垢と純良に信頼を寄せることによってではなく、自分自身のうちの狡知と邪悪に対する畏怖の念を維持することによってである。

「悪から善をつくるべきであり、それ以外に方法はない」ということばに加藤が託していたのはそういうことではないかと私は解釈している。そして、それは私自身の問題意識にひきつけていえば、「非‐知の核が思考の力を胚胎するのであり、それ以外に知性が生き続ける道はない」ということでもある。

高橋哲哉の説く透明な理説がひとつの基軸として存在することには、思想的には重要な意味があることを私は何度でも認める。けれども、私はこの「案内人」にはついてゆくことができない。それはこの穢れた世界の卑しい街こそが私の現場であり、そこを歩むときには街の「卑しさ」を網羅的に列挙できる人ではなく、「卑しさ」から「美しいもの」を掬い上げる術を知っている人についてゆけと私の直感が告げるからである。

一九九五年という時代と「敗戦後論」

伊東祐史

今年もまた、「戦後何十年」という言葉を耳にする季節がやってくる。しかし、そこで言われる「戦後」の問題は、時代によって少々違うようだ。

戦後十年。経済白書が「もはや戦後ではない」としたのは、一九五六年のことである。このときの「戦後」とは、なによりも戦争によって大きな打撃を受けた生活や経済を意味していた。

戦後二十年。東京オリンピックと高度経済成長の時代になると、人々の戦争の記憶が一気に風化する。一方で、苦しい生活や記憶が去ることで、それと入れ替わるように、アジアへの加害責任がようやく意識され始めた。

そして、さらなる経済成長と記憶の風化の果てに迎えたのが、戦後五十年である。半世紀が経過すると、戦争の同時代人は高齢化し（昭和天皇の死去は一九八九年）、次世代への戦争体験の引き継ぎが問題となる。また、冷戦の終結（一九八九年）により、国家や国際社会においても既存の枠組みや関係が見直され、五五年体制は終焉を迎え（細川内閣の成立は一九九三年)、戦後五十年の終戦記念日には「村山談話」(過去の侵略戦争をアジア諸国に謝罪した)が発表される。

「敗戦後論」は、戦後五十年を迎えるタイミングで書かれた。

加藤はデビュー作の『アメリカの影』(一九八五年)以来、戦後という問題を追い続けているが、「敗戦後論」の直接的な淵源は、一九九一年の湾岸戦争にさかのぼる。このとき発表された「文学者の反戦署名声明」(中上健次、島田雅彦、川村湊の発意による討論集会の声明として、柄谷行人、田中康夫、高橋源一郎の手で書かれた)に深い欺瞞を感じとった加藤は、彼らを果敢に批判しつつバカにするような「これは批評ではない」(『群像』五月号)という文章を書いた。敵味方なく、空気も読まず、こういうことができるのが加藤の真骨頂であろう。しかし、これが原因で加藤は文芸誌から干される。そして数年のあいだ、静かに自分と向き合うなかで、やがて心の中に浮びあがってきたのは、戦後の問題であった。加藤はそこで「敗戦論覚え書」(『東京新聞』一九九四年十月二十五日~十一月九日)という短い文章を書き、それが発展して「敗戦後論」(『群像』一九九五年一月号)となる。

「これは批評ではない」、「敗戦論覚え書」、「敗戦後論」の問題意識は一直線につながるものであり、「これは批評ではない」にはすでに、「敗戦後論」の冒頭で語られる小学生時代の相撲のエピソードが登場している。そして、これらを貫くのは、①ウソやゴマカシがあってはいけないということ、②自己中心性(さらには、無関心やノン・モラルを基底に考えること)。すなわちそれが、加藤の「文学」である。

『敗戦後論』に収められた三つの論文について、加藤はあとがきで、「敗戦後論」は政治篇、「戦後後論」が文学篇、その両者をつなぐのが「語り口の問題」だと述べている。たしかにそうだが、私なりに敷衍するなら、次のように言ってみたい。

まず、『敗戦後論』のみならず、加藤のすべての著作の〝扇の要〟に位置するのは、第二論文「戦後後論」であり、これが加藤の「文学」の原論である。そして、加藤の「文学」をもとに、日本の戦後を論じたのが第一論文「敗戦後論」であり、デリケートな政治社会問題の語り方について論じたのが第三論文「語り口の問題」となる。

とはいえ、やはりこれらの論文のなかで、当時もっとも広く読者にアピールしたのは、「敗戦後論」であろう。加藤の「文学」は、戦後日本の核心は「ねじれ」(自分たちに義がないという矛盾やジレンマ)であり、右派も左派もそこにゴマカシがあることを見抜いた。そして、「ねじれ」のままに生きるには、押しつけられた憲法を自ら国民投票で選び直し、天皇の戦争責任についても認めるべきで、また、対外的には、侵略戦争をした戦死者とのつながりを引き受けないとアジア諸国にも謝罪できないとして、「三百万の自国の死者への哀悼をつうじてアジアの二千万の死者への謝罪にいたる道」を編み出すべきだと主張した。

これは単純に、自分たちが戦争と無関係であるようなスタンスだと、相手にも謝罪することができない、という意味である。

しかし、加藤の主張は、多くの批判を巻き起こし、その一部は論争へと発展していく。「敗戦後論」についての論争は、主に、フランス哲学の研究者である高橋哲哉とのあいだでおこなわれた。その推移は、次のとおりである（なお、高橋の批判は、『戦後責任論』に収められているので、ご覧いただきたい）。

○加藤典洋「敗戦後論」（『群像』一九九五年一月号）
●高橋哲哉「汚辱の記憶をめぐって」（『群像』一九九五年三月号）
○西谷修・加藤典洋「世界戦争のトラウマと『日本人』」（『世界』一九九五年八月号）
●高橋哲哉「哀悼をめぐる会話」（『現代思想』一九九五年十一月号）
○加藤典洋「戦後後論」（『群像』一九九六年八月号）
○加藤典洋「語り口の問題」（『中央公論』一九九七年二月号）
●柄谷行人・浅田彰・西谷修・高橋哲哉「責任と主体をめぐって」（『批評空間』一九九七年四月）

高橋の批判は、「敗戦後論」の死者の弔いに関する部分へと向かう。

なぜ、「自国の死者」の弔いを先に置くのか。それは、侵略者である死者をかばう、「内向き」の態度ではないのか（「汚辱の記憶をめぐって」）。これらの違和感が、高橋の批判の源である。そして、加藤に対し、「侵略の重みをどこまで受け止めているのか疑問だ」、「アジア軽視といわざるをえない」という言葉を投げかける（「哀悼をめぐる会話」）。

だが、加藤はそもそも、日本社会が一方ではアジア諸国に謝罪し、一方では無反省に放言するような、ジキルとハイドの〝人格分裂〟状態にあることを問題視しており、その場だけの謝罪にしないためにも、侵略者であった戦死者との関係を明確にすべきだと言っているのである。しかし高橋は、侵略者である死者をかばうと、相手が反発するから謝罪できないと言うのだから、かみ合わない。

両者がかみ合わない原因のひとつは、高橋が「敗戦後論」の文脈をとばして議論していることにある。議論の前提となるのは「ねじれ」だが、高橋にはその問題意識がなく、解決する気もない。加藤の論の根幹には触れず、ただ「自国の死者」を先に弔うという表現に固執し、拒否反応を示している。

東浩紀は、両者の論争について、加藤は文学者として高橋を説得できなければならなかった（「棲み分ける批評」）と述べるが、それは違うだろう。論争を仕掛けたのはあくまで高橋であり、その際に相手の主張をよく理解しなければならないのは当然で、これは単に高橋の読解力の問題である。また、高橋の主張に対しては、内田樹の的確な批判があり、被害者のアジア諸国側に立って「反省が足りない」「恥じ入れ」とせまる態度は、日本国内では必然的に自らを特権的で無敵のポジションに立たせるからこそ容易にふりかざすべきではなく、高橋が加藤批判の際に依拠するレヴィナスの説についても、理解が正しくないことを指摘している（『ためらいの倫理学』）。

しかし当時も今も、『敗戦後論』は「内向きのナショナリズム」だという評価が定着しており、上野千鶴子が「あれだけ評がたくさん出た本はなかったけれども、あれだけ評判の悪い本もなかった」と回顧するほどである（『現代思想』二〇〇一年十一月臨時増刊号）。それには、当時の風潮が大きく関係しているだろう。

『敗戦後論』には、これまでに私が確認できた限りでも、大小あわせて三百ほどの批判や言及があったが、特に多いものとして次の二つが挙げられる。

ひとつは、「『敗戦後論』は被害者を無視した、日本人に都合のよい自己弁明だ」という批判である。

『敗戦後論』は、どうすればきちんと被害者に謝罪できるかという問題に正面からとりくんでおり、決してアジア諸国を無視し、自分の都合のよさだけを考えたものではない。しかし、「なぜ被害者を無視するのか」「侵略者をかばうのか？」と非難する声が続出した。

彼らがそう感じるのは、『敗戦後論』が被害者側のアジアではなく、加害者側の日本を足場にした論考だからであろう。冷戦が終わった一九九〇年代には、中国や韓国との議論も活発となり、従軍慰安婦問題などが注目を集めるなかで、被害者たちに同情・共感し、被害者の立場から発言する論者が多くあらわれた。それは、「自分」と「自国」を同一化してしまうナショナリズムをちょうど裏返したような、「自分」と「相手国」を同一化する症状と言えるが、彼らは加藤を被害者無視と決めつけ、「ネオナショナリズム」のレッテルを貼り、「新しい歴史教科書をつくる会」や「自由主義史観研究会」と同一視したのである。これらは感情的で無根拠な批判に過ぎないが、加藤バッシングの空気をつくりあげるうえで大きな役割を果たした。

そして、もうひとつは、「なぜ『国民』や『われわれ』という主体のたちあげを主張するのか」という批判である。

加藤は、日本は〝人格分裂〟状態を克服し、新たな「われわれ」をたちあげるべきだと述べたが、これに対して「国民国家批判」の論者から多くの批判が寄せられた。「国民国家批判」とは、国民という共同性によって「われわれ」と「彼ら」という彼我を発生させたり、権力関係や差別意識を生みだすなど、様々な弊害をもたらす「国民国家」というシステムを批判的に論じる立場のことである。当時は、東西冷戦構造が崩壊した追い風を受けて、国民国家批判やポスト・コロニアリズムなど、「国家」や「国民」の自明性を疑い、その悪を暴く学問が大流行しており、加藤はまさにその餌食となった。

とはいえ、もちろん加藤にそのような意味での国民や国家を立ち上げるつもりはない。

それは、『敗戦後論』において何度も説明されているとおりである。つまり、加藤と彼らの主張に大きな相違はないのであるが、「国民国家批判」の論者たちは加藤が「国民」や「われわれ」という表現を用いただけでアレルギー反応を示し、論の中身を受けとれなかったのである。

要するに、加藤には主に以上の二つの批判が浴びせられたのだが、批判者たちの物凄い権幕とは裏腹に、実質的には、加藤と批判者の理想や目的は対立していない。そのため、批判が生産的な議論を生み出すわけでもなく、一応は論争に発展した高橋哲哉ともかみあわず、「歴史主体論争」とも呼ばれた『敗戦後論』をめぐる議論は、ただ加藤バッシングの印象だけを強烈に残した、蜃気楼のようなものであった。そして、加藤が指摘した問題は、いまもそのままの姿で残されているのである。

さて、今年は戦後七十年をむかえる。

戦争のダメージからの回復（戦後十年）、記憶の風化（戦後二十～三十年）、戦争体験の引き継ぎ（戦後四十年～五十年）などを経て、私たちの目の前には、敗戦によってつくられた体制が残された。現在は、戦後生まれが人口の八〇%を占め、戦争体験者が年々減少するなかで、国のかたちが再検討されており、憲法改正、領土問題（北方領土、竹島、尖閣諸島）、米国との関係性（米軍基地、日米安保、対米従属か自主路線か）、アジアとの歴史認識問題、さらには沖縄独立論まで、戦後レジームの根本的な見直しを迫る議論が盛んである。そして、これまで江藤淳や加藤典洋が提起してきた戦後の問題を引き継ぎ、戦後七十年における〝敗戦後論〟と言えるものとしては、白井聡『永続敗戦論』が挙げられる。同書は、日本の「対米従属的態度」や「敗戦を認めない心性」を指摘し、この侮辱的状況を変えようと訴える書である。しかし、アメリカ人に愛想を振りまく日本人への怒りを元に執筆され、一方で保守派を愚弄する表現が頻出する同書には、右派と左派の憤懣がないまぜに充満しており、私としては堪らない軽さを感じる。戦後五十年の『敗戦後論』が、右派と左派の軽さを同時に撃つものであったことを思うと、問題意識は共通していても、大違いと言わざるをえない。

また、この二十年のあいだに、加藤典洋にもいくらかの変化があったように私は思う。ひとことで言えば、加藤の「文学」は錆びたのではないだろうか。

加藤の「文学」は、ウソやゴマカシを拒むとともに、自己中心性を大きな特徴としていた。だが、憲法の選び直しを主張していた加藤は、安倍政権の改憲が見えてくると、憲法九条を守ることを第一に考えるようになる。これは、〝新敗戦後論〟と銘打たれた文章(「戦後から遠く離れて」)での主張だが、自らの思想信条よりも、手続き自体を重んじ、そこでのウソやゴマカシを指摘していた頃とくらべると、明らかな後退だろう。また、近著『人類が永遠に続くのではないとしたら』では、「ギブ・アンド・テイク(give and take)」

ならぬ「ギブン・アンド・ギビング（given and giving）」の〝贈与の関係性〟を説くのだから、ジコチュー（自己中心）の大切さを説いていた二十年前とくらべると、隔世の感がある。

はたして、世の中が変わったのか。加藤が変わったのか。加藤は、三・一一がすべてを変えたと言う。しかし本来、加藤の「文学」ならば、八・一五（終戦）や三・一一（東日本大震災と福島第一原発事故）なんかで世の中は変わらない、と言うはずだ。加藤の「文学」は、ひとりの少年が「王様は裸だ！」と声をあげるようにして、物事を考え、発言してきたのではないか。現在の加藤は、「文学」による直感や抵抗よりも、頭や理屈が勝ってしまっているように思う。

そう考えると、『敗戦後論』という作品は、不遇だったからこそ加藤の「文学」がもっとも鋭く磨かれ、また、世の中に戦争体験者の重みと、保守・革新ともに堅牢で硬直した考え方があったからこそ、日本社会の硬い岩盤に深く突き刺さるような論となったのだろう。それはまさに、一九九五年という時代が生んだ僥倖であった。そしていまでも、戦後五十年に書かれた『敗戦後論』は、私たちが「戦後」を考えるうえでの原点なのである。

本書は一九九七年八月五日、講談社より刊行され、
二〇〇五年十二月十日、ちくま文庫で再刊された。

ちくま学芸文庫

敗戦後《はいせんご》論《ろん》

二〇一五年七月十日　第一刷発行
二〇二五年七月十五日　第九刷発行

著者　加藤典洋（かとう・のりひろ）

発行者　増田健史
発行所　株式会社　筑摩書房
東京都台東区蔵前二―五―三　〒一一一―八七五五
電話番号　〇三―五六八七―二六〇一（代表）
装幀者　安野光雅
印刷所　ＴＯＰＰＡＮクロレ株式会社
製本所　加藤製本株式会社

ISBN978-4-480-09682-1　C0136